FONDATION ET EMPIRE

Isaac Asimov

Fondation et empire

roman

TRADUIT DE L'ANGLAIS
PAR JEAN ROSENTHAL

FRANCE LOISIRS
123, boulevard de Grenelle, Paris

Titre original :

FOUNDATION AND EMPIRE

Édition du Club France Loisirs, Paris,
avec l'autorisation des éditions Denoël

ISBN 2-7242-2326-8

PREMIÈRE PARTIE

LE GÉNÉRAL

I

BEL RIOSE : ... *Au cours de sa carrière relativement brève, Riose s'acquit le titre de « Dernier des Impériaux » et le mérita bien. Une étude de ses campagnes montre qu'il était l'égal de Peurifoy en habileté stratégique, et qu'il lui était peut-être supérieur quant à l'aptitude à manier les hommes. Le fait qu'il fût né sur le déclin de l'Empire ne lui permit pas d'égaler les exploits de Peurifoy comme conquérant. Il eut pourtant sa chance quand, premier en cela des généraux de l'Empire, il affronta directement la Fondation...*

ENCYCLOPEDIA GALACTICA.

Bel Riose voyageait sans escorte, ce qui est contraire aux prescriptions de l'étiquette pour le chef d'une flotte stationnée dans un système solaire encore peu amical, sur les marches de l'Empire Galactique.

Mais Bel Riose était jeune et énergique — assez énergique pour qu'une cour calculatrice, qui ne s'embarrassait pas de sentiments, l'envoyât aussi près que possible du bout de l'univers — et, en outre, il était curieux. Des légendes étranges et invraisemblables, colportées par des centaines de gens et dont des milliers d'autres avaient vaguement entendu parler, piquaient sa curiosité ; la possibilité d'une aventure militaire séduisait sa jeunesse et son énergie. Le tout composait un ensemble irrésistible.

Il descendit de la vieille voiture terrestre qu'il s'était procurée et s'arrêta devant la porte de la demeure décrépite qui était sa destination. Il attendit. L'œil photonique qui balayait le seuil fonctionnait mais, quand la porte s'ouvrit, ce fut à la main...

Bel Riose sourit au vieillard.

« Je suis Riose...

— Je vous reconnais. (Le vieil homme demeurait figé sur place, sans avoir l'air surpris.) La raison de votre visite ? »

Riose recula d'un pas, en un geste plein de déférence.

« Une raison pacifique. Si vous êtes Ducem Barr, je sollicite la faveur d'un entretien. »

Ducem Barr s'écarta et, à l'intérieur de la maison, les murs s'éclairèrent. Le général entra dans une lumière de plein jour.

Il toucha les murs du cabinet, puis regarda le bout de ses doigts.

« Vous avez ça sur Siwenna ?

— Et nulle part ailleurs, je crois, fit Barr avec un petit sourire. Je maintiens ça en état du mieux que je peux. Je dois vous prier de m'excuser de vous avoir fait attendre à la porte. Le système automatique enregistre la présence d'un visiteur, mais n'ouvre plus la porte.

— Et ça, vous n'arrivez pas à le réparer ! fit le général d'un ton légèrement railleur.

— On ne trouve plus de pièces. Si vous voulez vous asseoir, monsieur. Vous buvez du thé ?

— Sur Siwenna ? Mon cher monsieur, l'étiquette interdit tout bonnement de ne pas en boire ici. »

Le vieux patricien s'éclipsa sans bruit, avec un léger salut, survivance du cérémonial légué par la ci-devant aristocratie des jours meilleurs du siècle dernier.

Riose regarda son hôte s'éloigner avec une certaine gêne.

Son éducation à lui avait été purement militaire ; tout comme son expérience. Il avait, comme on dit, affronté la mort bien des fois ; mais toujours une mort très familière et très tangible. On comprendra donc que le héros idolâtré de la Vingtième Flotte se sentit parcouru d'un bref frisson dans l'atmosphère de cave de cette vieille pièce.

Le général reconnaisait les petites boîtes en ivroïde noire qui s'alignaient sur les rayons : c'étaient des livres. Leurs titres ne lui étaient pas familiers. Il supposa que le gros appareil au fond de la pièce était le récepteur qui transformait ces livres en spectacle audiovisuel sur demande. Il n'en avait jamais vu fonctionner ; mais il en avait entendu parler.

On lui avait dit un jour que jadis, à l'âge d'or où l'Empire s'étendait sur toute la Galaxie, neuf maisons sur dix possédaient ce genre de récepteur et ces rangées de livres.

Mais il y avait des frontières à surveiller, maintenant ; les livres, c'était bon pour les vieillards. Et la moitié des récits parlaient de temps révolus et mythiques. Plus de la moitié.

Le thé arriva, et Riose s'assit. Ducem Barr leva sa tasse.

« A votre honneur.

— Merci. Au vôtre.

— Il paraît que vous êtes jeune, dit Ducem Barr. Trente-cinq ans.

— A peu près. Trente-quatre.

— Dans ce cas, dit Barr, je ne saurais mieux commencer qu'en ayant le regret de vous informer que je n'ai en ma possession ni charmes d'amour, ni potions, ni philtres. Et je ne suis pas le moins du monde capable de vous gagner les faveurs d'une jeune dame que vous convoiteriez.

— Je n'ai pas besoin d'artifices dans ce domaine, monsieur. (Le contentement de soi qu'on ne pouvait manquer de sentir dans le ton du général se teintait d'amusement.) On vous demande beaucoup ce genre d'articles ?

— Encore assez. Malheureusement, un public mal informé tend à confondre érudition et art de la magie, et la vie amoureuse semble être le domaine où l'on a le plus recours à la magie.

— Cela semble des plus naturel. Mais pour moi, je ne compte sur l'érudition que pour répondre aux questions difficiles. »

Le Siwennien prit un air grave et songeur.

« Peut-être votre erreur est-elle aussi grave que la leur !

— Peut-être pas. (Le jeune général reposa sa tasse dans son étui scintillant, où elle se remplit à nouveau. Il laissa tomber dedans la petite capsule à infuser qui lui était offerte.) Dites-moi donc, patricien, qui sont les magiciens ? Les vrais. »

Barr parut étonné qu'on lui donnât ce titre depuis longtemps inusité.

« Il n'y a pas de magiciens, dit-il.

— Mais les gens en parlent. Sur Siwenna, on raconte une foule d'histoires sur eux. Des cultes s'édifient autour d'eux. Il y a un étrange rapport entre tout cela et ces groupes, parmi vos compatriotes, qui rêvent du temps jadis et de ce qu'ils appellent la liberté et l'autonomie. Cette affaire pourrait finir par devenir un danger pour l'État.

— Pourquoi me questionner ? dit le vieil homme en secouant la tête. Flairez-vous une révolte, avec moi pour chef ?

— Jamais de la vie ! fit Riose en haussant les épaules. Oh ! ce n'est pas une idée absolument ridicule. Votre père en son temps était un exilé ; vous-même, vous avez été un patriote et un chauvin. Il est indélicat de ma part, en tant qu'invité, d'y faire allusion, mais ma mission l'exige. Une conspiration maintenant, dites-vous ? J'en doute. En trois générations, on en a fait perdre le goût à Siwenna.

— Je vais être aussi indélicat comme hôte que vous comme invité ; je vais vous rappeler que jadis un vice-roi a eu la même opinion que vous des Siwenniens. C'est sur l'ordre de ce vice-roi que mon père est devenu un pauvre fugitif, mes frères des martyrs, et que ma sœur s'est suicidée. Mais ce vice-roi a connu une mort assez horrible des mains de ces mêmes serviles Siwenniens.

— Ah ! en effet, et vous abordez là un sujet qu'il pourrait me plaire d'évoquer. Depuis trois ans, la mort mystérieuse de ce vice-roi n'est plus un mystère pour moi. Il y avait dans sa garde personnelle un jeune soldat dont le comportement était fort intéressant. Ce soldat, c'était vous, mais il est inutile, je pense, d'entrer dans les détails. »

« Inutile. Que proposez-vous ?

— Que vous répondiez à mes questions.

— Pas sous la menace. Je suis vieux, mais pas encore assez pour que la vie ait pour moi trop de prix.

— Mon cher monsieur, nous vivons une dure époque, dit Riose d'un ton entendu, et vous avez des enfants et des amis. Vous avez une patrie qui vous a fait jadis clamer des phrases d'amour et de folie. Allons, si je décidais de recourir à la force, je ne serais pas assez maladroit pour vous frapper, vous.

— Que voulez-vous ? dit froidement Barr.

— Patricien, écoutez-moi. Nous sommes à une époque où les plus brillants soldats sont ceux qui ont pour mission de commander les défilés militaires qui serpentent au long des jardins du palais impérial, les jours de fête, et d'escorter vers les planètes d'été les étincelants astronefs de plaisance qui transportent Sa Splendeur Impériale. Je... je suis un raté. Je suis un raté à trente-quatre ans, et je le resterai. Parce que voyez-vous j'aime me battre.

« C'est pourquoi on m'a envoyé ici. A la cour, je suis trop encombrant. Je ne me plie pas à l'étiquette. J'offense les dandys et les amiraux, mais je suis un trop bon commandant de navires et d'hommes pour qu'on m'abandonne simplement quelque part dans l'espace. Alors, on a trouvé Siwenna. C'est un monde-frontière ; une province rebelle et pauvre. C'est loin, assez loin pour satisfaire tout le monde.

« Alors, je bous. Il n'y a pas de rébellions à écraser, et ces temps-ci les vice-rois des États-frontière ne se révoltent pas ;

en tout cas pas depuis que feu le père de Sa Majesté Impériale, de glorieuse mémoire, a fait un exemple de Mountel de Paramay.

— Un empereur énergique, murmura Barr.

— Oui, et il nous en faudrait d'autres. L'empereur est mon maître, ne l'oubliez pas. Ce sont ses intérêts que je défends. »

Barr haussa les épaules.

« Quel rapport avec ce dont nous parlions ?

— Je vais vous le montrer en deux mots. Les magiciens dont j'ai parlé viennent de là-bas, au-delà des postes-frontière, là où les étoiles sont rares...

— *Là où les étoiles sont rares,* répéta Barr, *et où flotte le froid de l'espace.*

— Ce sont des vers ? fit Riose en fronçant les sourcils. (La poésie lui semblait bien frivole pour la circonstance.) En tout cas, ils viennent de la Périphérie, de la seule aire où je sois libre de combattre pour la gloire de l'empereur.

— Et de servir ainsi les intérêts de Sa Majesté Impériale, tout en satisfaisant votre amour du combat.

— Exactement. Mais je dois savoir contre quoi je me bats, et c'est là que vous pouvez m'aider.

— Comment le savez-vous ?

— Parce que, reprit Riose en mordillant un petit gâteau, voilà trois années que j'étudie toutes les rumeurs, tous les mythes, tous les bruits concernant les magiciens ; et de toute la somme d'information ainsi amassée, seuls deux faits isolés sont unanimement acceptés, et sont donc certainement exacts. Le premier, c'est que les magiciens viennent du bord de la Galaxie en face de Siwennna ; le second, c'est que votre père, autrefois, a rencontré un magicien, un vrai, vivant, et qu'il lui a parlé. »

Le vieux Siwennien soutint le regard de Riose, qui poursuivit :

« Vous feriez mieux de me dire ce que vous savez...

— Ce serait intéressant de vous dire certaines choses, fit

Barr d'un ton songeur. Ce serait une expérience psychohistorique, à mon propre compte.

– Quel genre d'expérience ?

– Psychohistorique. (Le vieillard eut un sourire un peu crispant. Puis il reprit sèchement.) Vous feriez mieux de reprendre du thé. J'ai pas mal de choses à vous raconter. »

Il se renversa parmi les coussins de son fauteuil. Les murs lumineux n'émettaient plus qu'une douce lueur d'un rose ivoirin, qui adoucissait même le rude profil du soldat.

« Ce que je sais, commença Ducem Barr, est le résultat de deux accidents : l'accident d'être le fils de mon père, et celui d'être né dans ce pays. Cela remonte à plus de quarante ans, peu après le grand massacre, à l'époque où mon père vivait en fugitif dans les forêts du Sud, pendant que j'étais canonnier dans la flotte personnelle du vice-roi. Ce même vice-roi, à propos, qui avait ordonné le massacre et qui connut par la suite une fin si cruelle. »

Barr eut un sourire railleur et reprit :

« Mon père était un patricien de l'Empire et un sénateur de Siwenna. Il s'appelait Onum Barr. »

Riose l'interrompit avec impatience :

« Je connais fort bien les circonstances de son exil. Inutile de vous étendre là-dessus. »

Le Siwennien poursuivit, comme s'il n'avait rien entendu :

« Pendant son exil, il fit la connaissance d'un errant : un Marchand des confins de la Galaxie, un jeune homme qui parlait avec un étrange accent, qui ne savait rien de la récente histoire impériale, mais qui était protégé par un bouclier énergétique individuel.

– Un bouclier énergétique individuel ? s'exclama Riose. Vous divaguez. Quel générateur pourrait être assez puissant pour condenser un écran protecteur aux dimensions d'un seul homme ? Par la Grande Galaxie, est-ce qu'il portait avec lui, sur un petit chariot, un générateur atomique de cinq mille myriatonnes ?

— Il s'agit, reprit doucement Barr, du magicien sur le compte duquel vous avez entendu toutes ces histoires et toutes ces rumeurs. Le terme de « magicien », je ne l'emploie pas à la légère. Il n'avait pas avec lui de générateur assez grand pour qu'on le vît, mais l'arme la plus lourde qu'on puisse tenir à la main n'aurait même pas égratigné son bouclier.

— C'est à cela que se résume toute l'histoire ? Les magiciens sont-ils nés des radotages d'un vieillard brisé par la souffrance et par l'exil ?

— L'histoire des magiciens, monsieur, était antérieure même aux dires de mon père. Et les preuves en sont plus concrètes. Après avoir quitté mon père, ce Marchand, que les hommes appellent magicien, rendit visite à un technicien de la ville jusqu'où mon père l'avait guidé, et il laissa là un générateur du type qu'il portait. Mon père a repris ce générateur lorsqu'il est rentré d'exil après l'exécution du vice-roi. Il lui a fallu longtemps pour trouver...

« Le générateur est accroché au mur derrière vous, monsieur. Il ne fonctionne plus. Il n'a jamais fonctionné que les deux premiers jours. Mais si vous voulez bien le regarder, vous verrez qu'aucun sujet de l'Empire ne l'a jamais conçu. »

Bel Riose tendit la main vers la ceinture d'anneaux métalliques collée au mur incurvé. Elle s'en détacha avec un petit bruit de succion, lorsque son très faible champ d'adhésion se rompit au contact de sa main. L'ellipsoïde fixé à la boucle de la ceinture attira son attention : il était de la taille d'une châtaigne.

« C'est cela... dit-il.

— Qui était le générateur, compléta Barr. Mais *c'était* le générateur. On ne connaît plus maintenant le secret de son fonctionnement. Un examen subélectronique a montré qu'il était fondu en un seul bloc de métal, et les études les plus minutieuses des spectres de diffraction n'ont pas permis de distinguer les éléments qui le constituaient avant la fusion.

— Alors, votre « preuve » demeure sur la douteuse frontière des mots que ne soutient aucun indice concret. »

Barr haussa les épaules.

« Vous avez voulu apprendre ce que je savais, et menacé de me l'arracher par la force. Si vous choisissez de l'accueillir avec scepticisme, que n'importe ? Voulez-vous que je me taise ?

— Continuez ? fit sèchement le général.

— Je poursuivis les recherches de mon père après sa mort, puis survint le second accident dont j'ai parlé et qui me facilita la tâche, car Siwenna était bien connue de Hari Seldon.

— Et qui est Hari Seldon ?

— Hari Seldon était un savant du règne de l'empereur Daluden IV. C'était un psychohistorien ; le dernier et le plus grand d'eux tous. Il a visité une fois Siwenna, quand Siwenna était un grand centre commercial, renommé sur le plan des arts et des sciences.

— Bah ! marmonna Riose, citez-moi donc une planète en pleine stagnation qui ne prétende pas avoir été jadis un pays florissant ?

— Le temps dont je parle remonte à deux siècles, quand l'empereur gouvernait encore jusqu'à l'étoile la plus lointaine ; quand Siwenna était un monde de l'intérieur et non pas une province-frontière à demi barbare. En ce temps-là, Hari Seldon prédit le déclin du pouvoir impérial et l'état de barbarie dans lequel allait sombrer toute la Galaxie.

— Il a prévu cela ? fit Riose en riant. Alors, il s'est trompé, mon cher savant. Car je suppose que c'est ce titre que vous vous donnez. Voyons, l'Empire est plus puissant aujourd'hui qu'il ne l'a été depuis un millénaire. Vos vieux yeux sont aveuglés par le froid de la frontière. Venez un jour dans les mondes intérieurs ; venez connaître la chaleur et la richesse du centre. »

Le vieil homme secoua la tête d'un air sombre.

« C'est sur les bords que cesse en premier la circulation. Il faudra quelque temps pour que la décadence atteigne le cœur. Je veux dire la décadence évidente, qui saute aux yeux, et non pas le pourrissement intérieur qui est une vieille histoire depuis quinze siècles.

— Ainsi donc, ce Hari Seldon a prévu une Galaxie uniformément plongée dans la barbarie, dit Riose, souriant. Et ensuite ?

— Alors il a créé deux Fondations aux deux extrémités de la Galaxie : des Fondations où se trouvaient réunis les meilleurs, les plus jeunes et les plus forts parmi les hommes de son temps, pour se reproduire, croître et multiplier. Les mondes où on les a installés ont été choisis avec soin, tout comme le temps et les circonstances. Tout a été arrangé de telle façon que l'avenir, tel que le prévoient les mathématiques invariables de la psychohistoire, découle de leur isolement du corps principal de la civilisation impériale, et voit se développer là-bas les germes du Second Empire Galactique, réduisant ainsi un interrègne barbare de trente mille ans à mille à peine.

— Et où avez-vous découvert tout cela ? Vous semblez bien renseigné.

— Je ne le *sais* pas et je ne l'ai jamais *appris*, dit je patricien d'un ton digne. C'est le pénible résultat auquel je suis parvenu en rassemblant certaines preuves découvertes par mon père, et quelques autres par moi-même. La base est fragile, et j'ai dû romancer un peu la toile de fond pour combler d'énormes brèches. Mais je suis convaincu que, dans l'essentiel, c'est exact.

— Vous êtes facilement convaincu.

— Vraiment ? Cela m'a pris quarante ans de recherches.

— Fichtre. Quarante ans ! Je pourrais régler la question en quarante jours. En fait, je crois que je devrais. Ce serait... différent.

— Et comment feriez-vous ?

— De la façon la plus simple. Je pourrais devenir un explorateur. Je pourrais découvrir cette Fondation dont vous parlez et l'observer de mes yeux. Vous dites qu'il y en a deux ?

— Les textes parlent de deux. Il n'existe de preuves que de l'existence d'une seule, ce qui est compréhensible, puisque l'autre se trouve à l'extrémité opposée du grand axe de la Galaxie.

— Eh bien, nous allons visiter la plus proche. (Le général se leva et boucla sa ceinture.)

— Vous savez où aller ? demanda Barr.

— A peu près. Dans les archives de l'avant-dernier vice-roi, celui que vous avez si bien assassiné, il y a d'étranges contes où il est question de barbares qui vivent à l'extérieur. D'ailleurs, une de ses filles a été donnée en mariage à un prince barbare. Je trouverai bien. (Il tendit la main.) Je vous remercie de votre hospitalité. »

Ducem Barr effleura de ses doigts la main tendue et s'inclina cérémonieusement.

« Votre visite a été un grand honneur.

— Quant aux renseignements que vous m'avez donnés, reprit Bel Riose, je saurai comment vous remercier de cela quand je reviendrai. »

Ducem Barr suivit humblement son hôte jusqu'à la porte et murmura, tandis que s'éloignait le véhicule terrestre :

« *Si* vous revenez. »

II

FONDATION : ... *Avec quarante ans d'expansion derrière elle, la Fondation affronta la menace de Riose. Les temps épiques de Hardin et de Mallow étaient passés, et avec eux, un certain esprit d'audace et de résolution...*

ENCYCLOPEDIA GALACTICA.

Il y avait quatre hommes dans la pièce et celle-ci était hors d'atteinte de quiconque. Les quatre hommes échangèrent un bref regard, puis considérèrent la table qui les séparait. Il s'y trouvait quatre bouteilles et autant de verres, mais personne n'y avait touché.

Puis celui qui était le plus près de la porte étendit le bras et se mit à tambouriner des doigts sur la table.

« Est-ce que vous allez rester indéfiniment assis là, à vous interroger ? fit-il. Qu'importe qui parle le premier ?

– Parlez vous-même le premier, alors, dit le gros homme assis juste en face de lui. C'est vous qui devriez être le plus inquiet. »

Sennett Forell eut un petit ricanement sans gaieté.

« Parce que vous croyez que je suis le plus riche. Ma foi... Ou bien est-ce que vous vous attendez à ce que je continue comme j'ai commencé ? Vous n'oubliez pas, je pense, que c'est ma propre flotte marchande qui a capturé leur astronef de reconnaissance.

— C'est vous qui avez la flotte la plus importante, dit un troisième, et les meilleurs pilotes. Ce qui est une autre façon de dire que vous êtes le plus riche. C'était un risque terrible, et qui aurait été plus considérable encore pour l'un de nous autres. »

Sennett Forell émit de nouveau un petit ricanement.

« J'ai un certain goût du risque que je tiens de mon père. Après tout, l'essentiel, quand on prend des risques, c'est que les bénéfices le justifient. Pour cela, je vous prends à témoin du fait que l'appareil ennemi a été isolé et capturé sans perte de notre côté, et sans alerter les autres. »

On reconnaissait ouvertement, dans la Fondation, que Forell était un lointain parent de feu le grand Hober Mallow. On admettait aussi, discrètement, qu'il était le fils naturel de Mallow.

Le quatrième personnage eut un petit clin d'œil furtif.

Des mots glissèrent d'entre ses lèvres minces.

« Il n'y a pas de quoi dormir sur nos lauriers, parce que nous arraisonnons de petits astronefs. Selon toute probabilité, cela ne fera qu'accroître la colère de ce jeune homme.

— Vous croyez qu'il a besoin de raisons ? dit Forell d'un ton méprisant.

— Parfaitement, et cela lui épargnera peut-être la peine d'avoir à s'en forger une. (Le quatrième homme parlait lentement.) Hober Mallow employait d'autres méthodes. Et Salvor Hardin aussi. Ils laissaient les autres s'engager sur les chemins incertains de la force, tandis qu'ils manœuvraient sûrement et silencieusement.

— Cet astronef a prouvé sa valeur, dit Forell en haussant les épaules. Les raisons ne coûtent pas cher, et celle-là, nous l'avons vendue avec un bon bénéfice. (On sentait dans ses paroles la satisfaction du Marchand-né.) Ce jeune homme, reprit-il, est du vieil Empire.

— Nous le savions, dit le second homme, le grand, d'un ton maussade.

— Nous le soupçonnions, corrigea doucement Forell. Si un homme arrive avec des astronefs et des richesses, offrant son amitié et proposant de commercer, le simple bon sens demande qu'on s'abstienne de le heurter de front, tant qu'on n'est pas certain de ses intentions. Mais maintenant...

— Nous aurions pu quand même être plus prudents, fit le troisième homme d'un ton un peu geignard. Nous aurions pu nous en apercevoir tout de suite. Nous aurions pu comprendre, avant de le laisser partir. Ç'aurait été le plus sage.

— C'est une question dont nous avons déjà discuté et qui est réglée, dit Forell, écartant ce sujet d'un geste catégorique.

— Le gouvernement est mou, déplora le troisième homme. Le Maire est un idiot. »

Le quatrième homme regarda tour à tour les trois autres et ôta le mégot de cigare qu'il avait à la bouche. Il le laissa négligemment tomber dans la petite trappe à sa droite, où le mégot disparut, désintégré dans un bref éclair silencieux.

« Je pense, dit-il d'un ton sarcastique, que le dernier de mes honorables interlocuteurs ne parle que par habitude. Nous pouvons nous permettre, ici, de nous souvenir que c'est *nous* le gouvernement. »

Il y eut un murmure approbateur.

Le quatrième homme avait ses petits yeux fixés sur la table.

« Alors, laissons tranquille la politique du gouvernement. Ce jeune homme... cet étranger aurait pu être un client éventuel. Cela s'est déjà vu. Vous avez essayé tous les trois de lui faire signer un contrat. Nous avons un accord contre cela, mais vous avez essayé.

— Vous aussi, grommela le second.

— Je le sais, dit tranquillement le quatrième.

— Alors, oublions ce que nous aurions dû faire plus tôt , déclara Forell avec impatience, et voyons un peu ce que nous devrions faire maintenant. Et d'ailleurs, même si nous l'avions emprisonné, ou tué ? Aujourd'hui encore, nous ne sommes pas certains de ses intentions et, en mettant les choses au pire, nous ne pouvions pas détruire un Empire en supprimant la vie d'un seul homme. De plus il pourrait y avoir des flottes entières qui attendent simplement de l'autre côté qu'il ne revienne pas.

— Exactement, acquiesça le quatrième. Dites-moi donc maintenant ce que vous avez tiré de l'appareil que vous avez capturé. Je suis trop vieux pour tous ces bavardages.

— Cela peut se résumer en quelques mots, dit Forell. C'est un général impérial, ou ce qui correspond là-bas à ce grade. C'est un jeune homme qui a prouvé ses talents militaires — à ce qu'on m'a dit — et qui est l'idole de ses hommes. Une carrière très romanesque. Les histoires qu'ils racontent à son propos ne sont sans doute qu'à moitié vraies, mais cela fait quand même de lui un personnage assez étonnant.

— Qui ça « ils » ? interrogea le second.

— L'équipage de l'astronef capturé. J'ai toutes leurs dépositions enregistrées sur microfilm et rangées en lieu sûr. Plus tard, si vous le désirez, vous pourrez les voir. Vous pourrez même parler aux hommes si vous le jugez nécessaire. Je vous ai dit l'essentiel.

— Comment les avez-vous fait parler ? Comment savez-vous qu'ils disent la vérité ?

— Ce n'est pas la douceur que j'ai utilisée, mon cher, répliqua Forell. Je les ai tabassés, je les ai abrutis de drogue, et j'ai utilisé sans pitié la psychosonde. Ils ont parlé. Vous pouvez les croire.

— Autrefois, dit le troisième homme brusquement, on aurait simplemet utilisé la psychologie. C'est sans douleur, vous savez, mais très sûr. Pas de trucages possibles.

— Oh ! il y a des tas de choses qu'on faisait autrefois, dit sèchement Forell. Mais c'était autrefois.

— Mais, reprit le quatrième, qu'est-ce qu'il voulait faire

ici, ce général, ce héros de roman ? » On sentait en lui une inébranlable obstination.

Forell lui lança un bref regard.

« Vous croyez qu'il confie à son équipage les détails de la politique d'État ? Ils n'en savaient rien. Impossible de rien tirer d'eux sur ce plan, et j'ai essayé, la Galaxie le sait !

— Ce qui nous laisse...

— Tirer nous-mêmes nos conclusions, de toute évidence. (Les doigts de Forell pianotaient de nouveau sur la table.) Ce jeune homme est un chef militaire de l'Empire, et pourtant il a voulu se faire passer pour un prince régnant sur quelques étoiles d'un coin perdu de la Périphérie. Cela seul suffirait à nous assurer que ses véritables mobiles sont tels qu'il n'aurait pas intérêt à nous les révéler. Rapprochez la nature de sa profession avec le fait que l'Empire a déjà financé une attaque contre mon père, et la menace se précise. Cette première attaque a échoué. Je doute que l'Empire nous en sache gré.

— Il n'y a rien dans ce que vous avez découvert, demanda prudemment le quatrième homme, qui nous donne une certitude ? Vous nous avez tout dit ?

— Je ne peux rien vous cacher, répondit tranquillement Forell. Désormais, il ne saurait être question de concurrence entre nous. L'unité nous est imposée.

— Du patriotisme ? fit la voix fluette du troisième homme, un peu sarcastique.

— Je me moque bien du patriotisme, répondit tranquillement Forell. Croyez-vous que je donne deux bouffées d'émanations atomiques pour le futur Second Empire ? Croyez-vous que je risquerais une seule mission de Marchands pour lui ouvrir la voie ? Mais... pensez-vous que l'invasion impériale faciliterait mes affaires ou les vôtres ? Si l'Empire l'emporte, il y aura bien assez de charognards pour revendiquer le butin.

— Et c'est nous, le butin, ajouta sèchement le quatrième homme. »

Le second homme sortit soudain de son mutisme et s'agita

d'un air furieux sur son siège, qui se mit à craquer sous lui.

« Mais, pourquoi parler de cela ? L'Empire ne peut pas gagner, n'est-ce pas ? Nous avons l'assurance de Seldon que nous finirons par constituer le Second Empire. Il ne s'agit là que d'une crise de plus : il y en a déjà eu trois.

— Que d'une crise de plus, oui ! répéta Forell d'un ton soucieux. Mais, lors des deux premières, nous avions Salvor Hardin pour nous guider ; au moment de la troisième, il y avait Hober Mallow. Qui avons-nous maintenant ? (Il considéra ses compagnons d'un air sombre.) Les règles de psychohistoire de Seldon, sur lesquelles il est si réconfortant de s'appuyer, comprennent sans doute, parmi les variables, un certain degré normal d'initiative de la part des habitants de la Fondation eux-mêmes. Les lois de Seldon aident ceux qui s'aident.

— C'est l'époque qui fait l'homme, lança le troisième. Voilà un autre proverbe.

— Vous ne pouvez pas compter là-dessus, pas avec une absolue certitude, grommela Forell. Voici comment je vois les choses : s'il s'agit de la quatrième crise, alors Seldon l'a prévue. Dans ce cas, on peut la surmonter et il doit y avoir un moyen d'y parvenir.

« L'Empire est plus fort que nous ; il l'a toujours été. Mais c'est la première fois que nous sommes menacés d'une attaque directe, si bien que sa force devient terriblement menaçante. Si donc cette crise doit être surmontée, ce doit être une fois de plus, comme lors de toutes les crises précédentes, par une méthode différente de la force pure. Il nous faut trouver le point faible de l'ennemi et porter là notre attaque.

— Et quel est ce point faible ? demanda le quatrième homme. Avez-vous une théorie à proposer ?

— Non. Et c'est là où je veux en venir. Nos grands chefs d'autrefois ont toujours vu les points faibles de leurs ennemis et ont porté là leurs coups. Mais aujourd'hui... »

Il y avait dans sa voix un aveu d'impuissance, et pendant un moment personne ne fit de commentaire.

Puis le quatrième homme dit :

– Il nous faut des espions.

– Exactement ! renchérit Forell. Je ne sais quand l'Empire va attaquer. Nous avons peut-être du temps devant nous.

– Hober Mallow lui-même a pénétré dans les dominions impériaux, suggéra le second.

– Rien de si direct, dit Forell en secouant la tête. Aucun de nous n'est à proprement parler un jeune homme ; et nous sommes tous rouillés par la paperasserie et la routine dans la course...

– Les Marchands indépendants ? » suggéra le quatrième.

Et Forell hocha la tête en murmurant :

« S'il en est encore temps... »

III

Bel Riose interrompit ses allées et venues agacées pour tourner vers son aide de camp qui entrait un regard plein d'espoir.

« Pas de nouvelles du *Starlet* ?

– Aucune. La patrouille de recherches a quadrillé l'espace, mais les instruments n'ont rien détecté. Le commandant Yume a signalé que la flotte est prête pour une attaque immédiate de représailles.

– Non, fit le général en secouant la tête. Pas pour un simple patrouilleur. Pas encore. Dites-lui de doubler... attendez ! Je vais mettre ce message par écrit. Faites-le coder et transmettre. »

Tout en parlant, il écrivait, et il remit le papier à l'officier qui attendait.

« Le Siwennien est déjà arrivé ?

– Pas encore.

– Faites-le conduire ici dès qu'il arrivera. »

L'aide de camp salua et sortit. Riose se remit à arpenter la pièce.

Quand la porte s'ouvrit une seconde fois, c'était Ducem Barr qui se tenait sur le seuil. Lentement, et suivant l'aide de camp qui l'avait introduit, il s'avança dans le luxueux cabinet dont le plafond était une maquette stéréoscopique de la

Galaxie, et au centre duquel se tenait Bel Riose en tenue de campagne.

« Patricien, bonjour ! »

Puis le général propulsa du pied un fauteuil et congédia son aide de camp en lui disant : « Cette porte doit rester fermée jusqu'à ce que je l'ouvre. »

Il se planta devant le Siwennien, jambes écartées et mains derrière le dos, se balançant lentement d'un air méditatif.

Puis il lança soudain :

« Patricien, êtes-vous un loyal sujet de l'empereur ? »

Barr, qui avait jusqu'alors observé un silence indifférent, haussa les sourcils, l'air nonchalant.

« Je n'ai aucune raison d'aimer l'autorité impériale.

— Ce qui ne veut tout de même pas dire que vous seriez un traître.

— C'est vrai. Mais le simple fait de n'être pas un traître ne veut pas dire que j'accepte de vous prêter activement mon concours.

— C'est généralement vrai aussi. Mais refuser votre concours en l'occurrence, dit lentement Riose, sera considéré comme une trahison, et des mesures seront prises en conséquence.

— Gardez vos phrases massues pour vos subalternes, fit Barr. Une simple déclaration de vos besoins et de vos exigences me suffira. »

Riose s'assit et croisa les jambes.

« Barr, nous avons déjà discuté il y a six mois.

— Votre histoire de magiciens ?

— Oui. Vous vous rappelez ce que j'ai dit que je ferais. »

Barr acquiesça. Il gardait les mains croisées devant lui.

« Vous comptiez aller leur rendre visite dans leurs repaires, et vous avez été absent quatre mois. Les avez-vous trouvés ?

— Si je les ai trouvés ? Je pense bien, s'écria Riose. (Il parlait les lèvres crispées et semblait faire un effort pour ne pas grincer des dents.) Patricien, ce ne sont pas des magiciens ; ce sont des démons. Rendez-vous compte ! C'est un monde grand comme un mouchoir de poche, avec des ressources si maigres, une puissance si infime, une population si microscopique, que cela ne suffirait pas aux mondes les plus arriérés des préfets empoussiérés des Étoiles Sombres. Et malgré cela, ces gens sont assez fiers et ambitieux pour rêver tranquillement et méthodiquement de gouverner la Galaxie.

« Tenez, ils sont si sûrs d'eux qu'ils ne se dépêchent même pas. Ils procèdent lentement, flegmatiquement ; ils disent qu'il faudra des siècles.

« Et ils réussissent. Il n'y a personne pour les arrêter. Ils ont édifié une misérable communauté marchande qui étend ses tentacules, à travers les systèmes, plus loin que n'osent aller leurs minuscules astronefs. Leurs Marchands — c'est le nom que se donnent leurs agents — pénètrent à des parsecs de chez eux. »

Ducem Barr coupa court à cette furieuse tirade.

« Qu'y a-t-il de renseignements précis dans tout cela ; et qu'y a-t-il de simple fureur ? »

Le soldat reprit son souffle et se calma.

« La fureur ne m'aveugle pas. Je vous dis que je suis allé dans des mondes plus proches de Siwenna que de la Fondation, où l'Empire est un mythe lointain et les Marchands, des vérités vivantes. Nous-mêmes, on nous a pris pour des Marchands.

— Ce sont les gens de la Fondation eux-mêmes qui vous ont dit qu'ils visaient à l'hégémonie galactique ?

— Allons donc ! fit Riose, de nouveau furieux. Il n'était pas question de me le dire. Les fonctionnaires n'ont rien dit. Ils ne parlaient qu'affaires. Mais j'ai conversé avec des gens ordinaires. J'ai absorbé les idées de la masse : leur « destin évident », le calme avec lequel ils acceptent un grand avenir. C'est une chose qui ne peut se dissimuler : un optimisme universel qu'ils ne cherchent même pas à cacher. »

Le Siwennien manifestait ouvertement une sorte de satisfaction tranquille.

« Vous remarquerez que, jusqu'à maintenant, tout cela semble confirmer fort précisément la reconstruction des événements à laquelle j'ai procédé, à partir des quelques indices que j'ai pu réunir sur le sujet.

— Vous rendez là sans nul doute, répondit Riose d'un ton mordant, un beau tribut à vos facultés d'analyse. Il y a là aussi un commentaire fort outrecuidant sur le danger croissant qui menace les domaines de Sa Majesté Impériale. »

Barr haussa les épaules avec indifférence, et Riose se pencha soudain pour prendre le vieil homme par les épaules, et le dévisager avec une étrange douceur au fond des yeux.

« Allons, patricien, dit-il, pas de ça. Je n'ai pas envie de me montrer barbare. Pour moi, le legs de l'hostilité siwennienne à l'Empire est un odieux fardeau, et que je ferais tout ce qui est en mon pouvoir pour supprimer. Mais, ma patrie, ce sont les questions militaires, et je ne puis intervenir dans les affaires civiles. Cela provoquerait mon rappel et je ne pourrais plus servir à rien. Vous comprenez ? Je sais que vous le comprenez. Alors, de vous à moi, que l'atrocité d'il y a quarante ans soit effacée par la vengeance que vous avez exercée sur son responsable, et qu'on n'en parle plus. J'ai besoin de votre aide. Je l'avoue franchement. »

Il y avait une frémissante insistance dans la voix du jeune homme, mais Ducem Barr secoua la tête avec une tranquille obstination. Riose se leva d'un air suppliant.

« Vous ne comprenez pas, patricien, et je doute que je puisse parvenir à vous convraincre. Je ne peux pas discuter sur votre terrain. C'est vous l'érudit, pas moi. Mais je peux vous dire une chose. Quoi que vous pensiez de l'Empire, vous conviendrez qu'il rend de grands services. Ses forces armées ont pu commettre ici et là quelques crimes isolés, mais dans l'ensemble, elles ont servi à protéger la paix et la civilisation. C'est la flotte impériale qui a instauré la *Pax Imperium* qui s'est étendue à toute la Galaxie penant deux mille ans. Voyez les deux millénaires de paix de l'Empire, auprès des deux millénaires d'anarchie interstellaire qui les ont précédés. Songez aux guerres et aux dévastations de ce temps-là et dites-moi si, avec tous ses défauts, l'Empire ne mérite pas d'être sauvé.

« Songez, continua-t-il avec feu, à quoi en est réduite la bordure extérieure de la Galaxie, en ces jours de rupture et d'indépendance, et demandez-vous si, pour assouvir une vengeance mesquine, vous voudriez faire renoncer Siwenna à sa position de province protégée par une flotte puissante, pour la faire tomber dans un monde barbare au sein d'une Galaxie barbare, où tout sombrerait dans une misère et une décadence communes.

— C'est si grave... déjà ! murmura le Siwennien.

— Non, avoua Riose. Même si nous vivions quatre fois l'âge normal, nous ne risquerions sans doute encore rien. Mais c'est pour l'Empire que je me bats ; pour cela, et pour une tradition militaire qui représente quelque chose pour moi seul, et que je ne puis vous faire partager. C'est une tradition militaire bâtie sur l'institution impériale que je sers.

— Vous devenez mystique, et j'ai toujours du mal à comprendre le mysticisme d'un autre.

— Peu importe. Vous comprenez le danger de cette Fondation.

— C'est moi qui vous ai fait remarquer ce que vous appelez le danger, avant même que vous quittiez Siwenna.

— Vous vous rendez compte alors qu'il faut l'étouffer dans l'œuf, faute de quoi ce ne sera peut-être plus possible. Vous connaissiez l'existence de cette Fondation avant que quiconque en ait entendu parler. Vous en savez plus sur elle que n'importe qui d'autre dans l'Empire. Vous savez probablement quels seraient les meilleurs moyens de l'attaquer ; et vous pouvez probablement me mettre en garde contre ses ripostes éventuelles. Allons, soyons amis. »

Ducem Barr se leva.

« L'aide que je pourrais vous donner ne veut rien dire, dit-il sans ambages. Je ne vais donc pas vous l'imposer.

— Ce sera à moi de juger de sa signification.

— Non, je suis sérieux. Toute la puissance de l'Empire ne parviendrait pas à écraser ce monde pygmée.

— Pourquoi donc ? fit Bel Riose, les yeux étincelants de fureur. Non, restez où vous êtes, je vous dirai quand vous pourrez partir. Pourquoi ? Si vous pensez que je sous-estime cet ennemi que j'ai découvert, vous vous trompez. Patricien, reprit-il comme à regret, j'ai perdu un astronef au retour. Je n'ai pas la preuve qu'il soit tombé entre les mains de la Fondation ; mais on ne l'a pas retrouvé depuis lors et, s'il s'agissait d'un simple accident, on aurait certainement retrouvé sa coque en route. Ce n'est pas une perte considérable, pas même le dixième d'une piqûre de puce, mais cela veut peut-être dire que la Fondation a déjà entamé les hostilités. Un pareil empressement et un tel mépris des conséquences pourraient signifier la présence de forces secrètes dont je ne sais rien. Pouvez-vous m'aider alors en répondant à une question précise ? Quelle est leur puissance militaire ?

— Je n'en ai pas la moindre idée.

— Alors expliquez-vous. Qu'est-ce qui vous permet de dire que l'Empire est incapable de vaincre ce minuscule ennemi ? »

Le Siwennien se rassit et détourna la tête pour fuir le regard fixe de Riose.

« Parce que, dit-il gravement, j'ai foi dans les principes de la psychohistoire. C'est une science étrange. Elle est parvenue à la maturité mathématique avec un homme, Hari Seldon, et elle s'est éteinte avec lui car nul depuis lors n'a su en manipuler les mécanismes délicats. Mais, durant cette brève période, elle s'est révélée l'instrument le plus puissant jamais inventé pour l'étude de l'humanité. Sans prétendre prédire les actions des individus, elle a énoncé des lois précises, justifiables de l'analyse mathématique et de l'extrapolation, pour gouverner et prédire l'action collective de groupes humains.

— Mais...

— C'est cette psychohistoire que Seldon et ses collaborateurs ont pleinement utilisée pour établir la Fondation. Le lieu, le temps, les circonstances, tout concorde mathématiquement et inéluctablement jusqu'au développement de l'Empire universel. »

La voix de Riose tremblait d'indignation.

« Vous voulez dire que l'art de ce charlatan prédit que j'attaquerai la Fondation et que je perdrai telle et telle bataille pour telle ou telle raison ? Vous essayez de me faire croire que je suis un robot stupide qui suit une course prédéterminée vers l'abîme ?

— Non, répliqua sèchement le vieux patricien. Je vous ai déjà dit que la science ne s'occupait pas des actions individuelles. C'est l'arrière-fond, plus vaste, qui a été prévu.

— Alors, nous sommes aux mains de la déesse de la nécessité historique.

— De la nécessité *psycho*historique, murmura Barr.

— Et si j'exerce ma prérogative du libre arbitre ? Si je choisis d'attaquer l'année prochaine ou de ne pas attaquer du tout ? Quelle latitude me laisse la déesse ?

— Attaquez maintenant ou jamais, fit Barr en haussant les épaules, avec un seul astronef ou avec toute la force de l'Empire ; par les armes ou par le blocus économique ; en déclarant la guerre loyalement ou en tendant une embuscade. Faites ce que bon vous semblera dans le plein exercice de votre libre arbitre. Vous perdrez quand même.

— A cause d'Hari Seldon ?

— A cause des mathématiques du comportement humain, qu'on ne peut ni arrêter, ni dévier, ni retarder. »

Les deux hommes se dévisagèrent longuement, puis le général recula.

« J'accepte le défi, dit-il simplement. Une volonté vivante contre une science morte. »

IV

CLEON II : ... *Communément appelé le « Grand ». Dernier empereur fort du Premier Empire, il est important en raison de la renaissance politique et artistique qui eut lieu durant son long règne. Mais il est surtout connu dans la littérature romanesque pour ses rapports avec Bel Riose et, pour le commun des mortels, il est simplement « l'empereur de Riose ». Les événements de la dernière année de son règne ne doivent pas rejeter dans l'ombre quarante ans de...*

ENCYCLOPEDIA GALACTICA.

Cléon II était le Maître de l'Univers. D'autre part, Cléon II souffrait d'un mal douloureux et qu'on n'avait pu diagnostiquer. Par un étrange détour des affaires humaines, ces deux affirmations ne s'excluent pas mutuellement et ne sont même pas tellement incompatibles. Il y a eu un nombre accablant de précédents dans l'histoire.

Mais Cléon II se moquait bien des précédents. Méditer sur une longue liste de cas analogues ne soulagerait pas d'un iota ses souffrances personnelles. Cela ne le consolait pas plus de penser que, si son arrière-grand-père avait été un pirate gouvernant une planète minuscule, lui-même dormait dans le palais de plaisirs d'Ammenetik le Grand, héritier d'une lignée de dirigeants galactiques qui s'étendait jusqu'à un lointain passé. Cela ne le consolait pas non plus de se dire que les efforts de son père avaient nettoyé l'Empire des taches lépreuses de la rébellion, pour lui faire retrouver la paix et l'unité qu'il avait connues sous Stanel VI ; si bien que, pendant les vingt-cinq années de son règne, aucun nuage de révolte n'en avait assombri la gloire.

L'empereur de la Galaxie et le maître de toutes choses gémissait en secouant la tête sur le champ de force qui entourait ses oreillers. Ce champ magnétique se laissait doucement enfoncer et, à cet agréable contact, Cléon se détendit un peu. Il se redressa péniblement et contempla d'un œil sombre les murs lointains de la grande pièce. C'était trop vaste. Toutes les chambres étaient trop vastes.

Mais mieux valait être seul durant ces crises qui le paralysaient que de subir le harcèlement des courtisans, leur compassion servile, leur stupidité condescendante. Mieux valait être seul que de voir ces masques insipides, derrière lesquels se déroulaient de tortueuses spéculations sur les probabilités de son trépas et les aléas de la succession.

Ces pensées le tourmentaient. Il y avait ses trois fils ; trois robustes garçons pleins de promesses et de vertu. Où disparaissaient-ils dans ces moments-là ? Ils attendaient, sans nul doute. Chacun surveillait l'autre, et tous le surveillaient.

Il s'agita nerveusement. Et voilà maintenant que Brodrig demandait audience. Ce Brodrig, de basse extraction mais fidèle ; fidèle parce qu'il était l'objet d'une haine cordiale et unanime, seul point sur lequel se rencontraient les douzaines de coteries qui divisaient la cour.

Brodrig, le fidèle favori, qui était bien obligé d'être fidèle, puisqu'à moins de posséder l'astronef le plus rapide de la Galaxie et d'y prendre place le jour du décès de l'empereur, il se retrouverait dès le lendemain dans la chambre d'atomisation.

Cléon II effleura le bouton fixé sur le bras de son large

divan, et la grande porte au fond de la chambre devint transparente.

Brodrig avança sur le tapis rouge et s'agenouilla pour baiser la main molle de l'empereur.

« Votre santé, sire ? demanda le secrétaire privé, d'un ton marqué d'une sollicitude de bon aloi.

— Je vis, répliqua l'empereur avec exaspération, si l'on peut parler de vie quand la première canaille capable de lire un livre de médecine m'utilise comme cobaye pour ses tristes expériences ! S'il existe un remède chimique, physique ou atomique qu'on n'ait pas encore essayé, dès demain, des charlatans venus des confins du royaume arriveront pour l'expérimenter. Et tout livre de médecine découvert depuis peu — et vraisemblablement faux — sera considéré comme faisant autorité.

« Par la mémoire de mon père, marmonna-t-il, on dirait qu'il n'existe pas un bipède qui puisse étudier une maladie en se fiant à ses seuls yeux. Il n'y en a pas un capable de vous prendre le pouls sans avoir devant lui quelque ouvrage des anciens. Je suis malade et ils appellent ça *mal non identifié.* Les imbéciles ! Si, au cours des âges, le corps humain découvre de nouvelles façons de se détraquer, ce seront des maladies incurables car les anciens ne les auront pas étudiées. »

L'empereur débita tout un chapelet de jurons tandis que Brodrig le laissait parler avec déférence.

« Combien attendent dehors ? demanda Cléon II avec mauvaise humeur, tout en désignant de la tête la direction de la porte.

— Il y a la foule habituelle dans le grand vestibule, dit patiemment Brodrig.

— Eh bien, qu'ils attendent. Les affaires de l'État me retiennent. Que le capitaine de la garde l'annonce. Ou bien, attendez, oubliez les affaires de l'État. Faites simplement annoncer que je ne donne pas audience, et que le capitaine de la garde prenne un air lugubre. Peut-être les chacals qu'il y a parmi eux se révéleront-ils, ricana l'empereur.

— Le bruit court, sire, dit Brodrig d'un ton uni, que c'est votre cœur qui vous donne des ennuis.

— Il causera plus d'ennuis à d'autres qu'à moi-même, s'il en est qui agissent prématurément en se fondant sur cette rumeur. Mais qu'est-ce que *vous* me voulez ? Finissons-en. »

Brodrig, sur un geste de l'empereur, se releva et dit :

« Il s'agit du général Bel Riose, le gouverneur militaire de Siwenna.

— Riose ? fit Cléon II en fronçant les sourcils. Je ne le situe pas. Attendez, est-ce lui qui a envoyé cet étrange message, il y a quelques mois ? Oui, je me souviens. Il suppliait qu'on l'autorise à se lancer dans une carrière de conquérant pour la gloire de l'Empire et de l'empereur.

— Exactement, sire. »

L'empereur eut un petit rire.

« Pensiez-vous qu'il me restait encore des généraux comme ça, Brodrig ? Quel curieux atavisme ! Que lui a-t-on répondu ? J'imagine que vous vous en êtes chargé.

— En effet, sire. Il a eu la consigne d'envoyer un supplément d'informations et de ne prendre aucune mesure impliquant une intervention de la flotte sans de nouveaux ordres de l'Empire.

— Hum. C'est assez prudent. Qui est ce Riose ? A-t-il jamais été à la cour ? »

Brodrig acquiesa.

« Il a commencé sa carrière comme cadet dans les gardes il y a dix ans. Il a participé à cette affaire du côté de l'Amas de Lemul.

— L'Amas de Lemul ? Vous savez, ma mémoire n'est pas très... Était-ce la fois où un jeune soldat a sauvé deux astronefs de ligne d'une collision en... heu... en faisant je ne sais plus quoi ? (Il eut un geste d'impatience.) Je ne me souviens pas des détails, mais c'était quelque chose d'héroïque.

— Ce soldat, c'était Riose. Cela lui a valu de l'avancement, dit sèchement Brodrig, et un poste de commandant d'astronef.

— Et le voilà aujourd'hui gouverneur militaire d'un système frontalier, si jeune. C'est un garçon doué, Brodrig !

— Mais il n'est pas sûr, sire. Il vit dans le passé. Il rêve des temps anciens, ou plutôt des mythes liés aux temps anciens. Des hommes comme lui sont inoffensifs par eux-mêmes, mais leur étrange manque de réalisme les rend dangereux pour autrui. Ses hommes, m'a-t-on dit, sont totalement sous sa coupe. C'est un de vos généraux les plus populaires.

— Vraiment ? fit l'empereur d'un ton songeur. Ma foi, Brodrig, je ne désire pas n'être servi que par des incompétents. Lesquels au demeurant ne sont guère plus fidèles.

— Un traître incompétent n'est pas dangereux. Ce sont plutôt les hommes doués qu'il faut surveiller.

— Notamment vous, Brodrig ? fit Cléon en riant, puis une grimace de douleur lui crispa le visage. Allons, oubliez la remontrance pour l'instant. Quel nouveau développement y a-t-il à propos de ce jeune conquérant ? J'espère que vous n'êtes pas venu simplement pour remâcher des souvenirs.

— Sire, on a reçu un nouveau message du général Riose.

— Oh ? Et pour dire quoi ?

— Il est allé espionner le pays de ces barbares et il préconise une expédition en force. Ses arguments sont longs et assez ennuyeux ; je ne veux pas importuner Votre Majesté Impériale pour le moment, alors que vous êtes souffrant. D'autant plus qu'on en discutera tout à loisir lors de la session du Conseil des Seigneurs, ajouta-t-il en lançant à l'empereur un regard en coulisse.

— Les Seigneurs ? fit Cléon II en fronçant les sourcils. Est-ce une question qui les concerne, Brodrig ? Cela entraînera de nouvelles exigences pour une interprétation plus large de la Charte. On en arrive toujours là.

— C'est inévitable, sire. Il aurait peut-être mieux valu que votre auguste père eût été en mesure d'écraser la dernière rébellion sans octroyer la Charte. Mais puisqu'elle est là, il nous faut la supporter pour l'instant.

— Vous avez raison, je pense. Alors, va pour les Seigneurs. Mais pourquoi toute cette solennité, mon cher ? Ça n'est, après tout, qu'un point secondaire. Une victoire dans une région-frontière avec des effectifs limités n'est guère une affaire d'État. »

Brodrig eut un petit sourire.

« C'est l'affaire d'un idiot romanesque, dit-il calmement ; mais même un idiot romanesque peut être une arme redoutable, quand un rebelle qui, lui, n'est pas romanesque, l'utilise comme un instrument. Sire, l'homme était populaire ici et il l'est là-bas. Il est jeune. S'il annexe une vague planète barbare, il deviendra un conquérant. Or, un jeune conquérant qui a montré qu'il était capable d'éveiller l'enthousiasme de pilotes, de mineurs, de commerçants et autre racaille est dangereux à toutes les époques. Même s'il n'avait pas le désir de vous faire subir le sort que votre auguste père a réservé à l'usurpateur Ricker, un de nos loyaux seigneurs du domaine pourrait décider de faire de lui son instrument. »

Cléon II eut un geste brusque du bras que la douleur immobilisa aussitôt. Il se détendit lentement, mais son sourire était faible, et sa voix n'était qu'un murmure.

« Vous êtes un conseiller précieux, Brodrig. Vous soupçonnez toujours plus qu'il n'est nécessaire, et je n'ai qu'à prendre la moitié des précautions que vous suggérez pour ne courir aucun risque. Nous allons porter l'affaire devant les Seigneurs. Nous verrons ce qu'ils diront et nous prendrons nos mesures en conséquence. Le jeune homme n'a pas encore engagé les hostilités ?

— Il prétend que non. Mais il demande déjà des renforts.

— Des renforts ! De quelles forces dispose-t-il ?

— Dix astronefs de ligne, sire, avec le complément d'appareils auxiliaires. Deux des astronefs sont équipés de moteurs récupérés sur l'ancienne grande flotte, et l'un a une batterie d'artillerie atomique de même provenance. Les autres datent des cinquante dernières années, mais sont quand même en état de servir.

— Dix astronefs me sembleraient suffisants pour n'importe quelle entreprise raisonnable. Voyons, avec moins de dix astronefs, mon père a remporté ses premières victoires contre l'usurpateur. Qui sont d'ailleurs ces barbares qu'il combat ? »

Le secrétaire privé haussa les sourcils d'un air dédaigneux.

« Il les désigne sous le nom de la « Fondation ».

— La Fondation ? Qu'est-ce donc ?

— Il n'y en a pas trace, sire. J'ai fouillé soigneusement les archives de la Galaxie. La zone de la Galaxie indiquée dépend de l'ancienne province d'Anacréon qui, depuis deux siècles, a sombré dans le brigandage, la barbarie et l'anarchie. Il n'existe cependant pas, dans la province, de planète connue sous le nom de Fondation. Il y a une vague allusion à un groupe de savants envoyés dans cette province juste avant sa séparation de notre protectorat. Ils devaient préparer une Encyclopédie. Je crois qu'ils appelaient ça la Fondation de l'Encyclopédie.

— Ma foi, dit l'empereur d'un ton sombre, tout cela me paraît bien mince pour que vous vous avanciez ainsi.

— Je ne m'avance pas, sire. On n'a jamais reçu de nouvelles de cette expédition après le développement de l'anarchie dans cette région. Si leurs descendants vivent encore et conservent leur nom, alors ils sont sûrement retombés dans la barbarie.

— Ainsi donc, il veut des renforts. (L'Empereur considéra d'un œil sévère son secrétaire.) C'est extrêmement curieux : proposer de combattre des sauvages avec dix astronefs et en demander davantage avant d'avoir frappé un seul coup. Et pourtant, je commence à me souvenir de ce Riose ; c'était un beau garçon d'une famille loyale, Brodrig, il y a dans tout cela des complications qui m'échappent. C'est peut-être plus important qu'il n'y paraît. »

Ses doigts jouaient avec le drap étincelant qui recouvrait ses jambes ankylosées.

« Il me faut un homme là-bas, dit-il, un homme avec des yeux, un cerveau et un cœur loyal. Brodrig... »

Le secrétaire pencha la tête d'un air soumis.

« Et les astronefs, sire ?

— Pas encore ! (L'empereur poussa un petit gémissement en changeant de position. Il braqua vers son secrétaire un doigt sans force.) Pas avant d'en savoir plus. Réunissez le Conseil des Seigneurs pour aujourd'hui. Ce sera une bonne occasion pour discuter le budget. Je le ferai passer, ou des têtes tomberont. »

V

Avec Siwenna pour base, les forces de l'Empire explorèrent prudemment les ténèbres inconnues de la Périphérie. Des astronefs géants franchirent les vastes distances qui séparaient les étoiles vagabondes au bord de la Galaxie, jusqu'aux parages où s'exerçait l'influence de la Fondation.

Des mondes isolés depuis deux siècles dans une nouvelle barbarie se retrouvèrent avec des envoyés impériaux sur leur sol. On prêta des serments d'allégeance au vu des forces d'artillerie braquées sur les capitales.

On laissa des garnisons ; des garnisons d'hommes en uniformes impériaux portant sur l'épaule l'insigne de l'Astronef et du Soleil. Les vieillards le remarquèrent et se rappelèrent les récits oubliés des pères de leurs grands-pères du temps où l'univers était vaste, riche et pacifique et où ce même signe de l'Astronef et du Soleil régnait partout.

Puis les grands astronefs s'en allèrent vers des bases plus avancées aux alentours de la Fondation. Et, à mesure que chaque monde reprenait sa place dans l'ensemble, les rapports arrivaient à Bel Riose, au Grand Quartier Général qu'il avait établi sur les espaces déserts et rocheux d'une planète sans soleil.

Riose se détendit et sourit à Ducem Barr.

« Eh bien, qu'en pensez-vous, patricien ?

— Moi ? Que valent mes pensées ? Je ne suis pas un militaire. »

D'un coup d'œil las, il embrassa le désordre de la salle taillée dans les parois d'une caverne, avec son atmosphère, sa lumière et sa chaleur artificielles qui représentaient l'unique bulle de vie dans l'immensité d'un monde mort.

« Pour l'aide que je pourrais ou voudrais vous donner, murmura-t-il, vous feriez aussi bien de me renvoyer sur Siwenna.

— Pas encore. Pas encore. (Le général tourna son fauteuil vers le coin où se tenait la grande sphère brillante et transparente, représentant la vieille préfecture impériale d'Anacréon et les secteurs voisins.) Plus tard, quand ce sera fini, vous retournerez à vos livres. Je veillerai à ce que les biens de votre famille vous soient rendus, à vous et à vos enfants, pour le reste de votre existence.

— Merci, dit Barr avec un soupçon d'ironie, mais je n'ai pas votre foi dans l'heureuse issue de toute cette affaire.

— Ne recommencez pas vos prophéties, fit Riose en riant. Cette carte est plus éloquente que toutes vos théories de malheur. (Il en caressa doucement l'invisible contour.) Savez-vous lire une carte en projection radiale ? Oui ? Eh bien, alors, voyez vous-même. Les étoiles dorées représentent les territoires impériaux. Les étoiles rouges sont celles soumises à la Fondation et les roses celles qui sont sans doute dans leur sphère d'influence économique. Maintenant, regardez... »

La main de Riose se posa sur un bouton arrondi et, lentement, une région de petits points blancs se changea en un bleu profond. Comme une tasse renversée, ces points entouraient les étoiles rouges et roses.

« Ces étoiles bleues ont été conquises par mes forces, dit Riose avec une satisfaction tranquille, et mes hommes avancent encore. Aucune opposition ne s'est manifestée nulle part. Les barbares sont paisibles. Et surtout, nulle opposition n'est venue des forces de la Fondation. Elles dorment tranquillement.

— Vous disséminez beaucoup votre force, n'est-ce pas ? demanda Barr.

— En fait, dit Riose, malgré les apparences, il n'en est rien. Les points stratégiques où j'installe des garnisons et des fortifications sont relativement rares, mais ils sont soigneusement choisis. Si bien que la force dépensée est faible, mais que les résultats stratégiques obtenus sont importants. Il y a bien des avantages, plus qu'il n'en apparaîtrait à quiconque n'a pas soigneusement étudié la tactique spéciale ; mais il saute aux yeux, par exemple, que je puis utiliser comme base d'attaque n'importe quel point d'une sphère ainsi englobante et que, quand j'en aurai fini, la Fondation ne pourra m'attaquer de flanc ni me prendre à revers. Je n'aurai pour eux ni flanc ni arrière.

« Cette stratégie de l'encerclement préalable a déjà été essayée, notamment dans les campagnes de Loris VI, il y a quelque deux mille ans, mais toujours de façon imparfaite, toujours au su de l'ennemi qui s'efforçait alors d'intervenir. Cette fois, c'est différent. »

— C'est la question de cours idéale ? fit Barr d'une voix alanguie et indifférente.

— Vous croyez encore que mes forces échoueront ? fit Riose avec impatience.

— Elles le doivent.

— Sachez qu'il n'y a pas d'exemple dans l'histoire militaire où un encerclement ait été achevé sans que les forces attaquantes finissent par l'emporter, sauf quand il existe à l'extérieur des réserves d'astronefs en assez grand nombre pour briser le blocus.

— Si vous le dites.

— Mais vous ne changez pas d'avis. Comme vous voudrez », fit Riose en haussant les épaules.

Barr laissa le silence planer un moment, puis demanda sans se démonter :

« Avez-vous reçu une réponse de l'empereur ? »

Riose prit une cigarette dans une boîte murale derrière sa

tête, plaça le bout filtre entre ses lèvres et alluma soigneusement la cigarette.

« Vous parlez, dit-il, de ma demande de renfort ? Elle est arrivée, mais c'est tout. Rien que la réponse.

— Pas d'astronefs ?

— Aucun. Je m'y attendais un peu. Franchement, patricien, je n'aurais jamais dû laisser vos théories me pousser à les demander. Cela me met dans un mauvais cas.

— Vraiment ?

— Mais oui. Les astronefs sont rares. Les guerres civiles des deux derniers siècles ont anéanti plus de la moitié de la grande flotte et ce qui reste est en assez triste état. Vous savez que les astronefs que l'on construit aujourd'hui ne valent pas grand-chose. Je ne crois pas qu'il existe aujourd'hui dans la Galaxie un homme capable de construire un moteur hyperatomique de première qualité.

— Je le savais, dit le Siwennien d'un air songeur. J'ignorais que vous, vous le saviez. Ainsi Sa Majesté Impériale n'a pas d'astronefs à distraire. La psychohistoire aurait pu le prévoir ; elle l'a d'ailleurs probablement fait. Je dois dire que Hari Seldon gagne la première manche.

— J'ai bien assez d'astronefs pour l'instant, répliqua Riose. Votre Seldon ne gagne rien du tout. Si la situation devenait plus sérieuse, alors on trouverait bien d'autres astronefs. Pour l'instant, l'empereur ne connaît pas toute l'histoire.

— Ah ! oui ? Que ne lui avez-vous pas dit ?

— Je ne lui ai pas parlé évidemment de vos théories, fit Riose d'un ton sardonique. Cette histoire, avec tout le respect que je vous dois, est assez invraisemblable. Si la suite des événements l'exige, et si ces événements me fournissent des preuves, alors, mais alors seulement, je parlerai de danger mortel. Et d'ailleurs cette histoire, si elle n'est pas appuyée sur des faits, a un parfum de lèse-majesté qui ne plairait guère à Sa Majesté Impériale. »

Le vieux patricien sourit.

« Vous voulez dire que lui apprendre que son auguste trône court des dangers du fait d'une poignée de barbares en haillons, vivant au fond de l'univers, n'est pas une mise en garde qu'il doive croire ou apprécier. Alors, vous n'attendez rien de lui.

— A moins que vous comptiez pour quelque chose un envoyé spécial.

— Et pourquoi un envoyé spécial ?

— C'est une vieille coutume. Un représentant direct de la Couronne assiste à toutes les campagnes militaires qui se déroulent sous les auspices du gouvernement.

— Vraiment ? Pourquoi ?

— C'est une façon de sauvegarder le symbole du commandement impérial personnel dans toutes les campagnes. Cela a en outre l'utilité d'assurer la fidélité des généraux. Mais cela ne réussit pas toujours à cet égard.

— Vous allez trouver cela gênant, général : cette autorité extérieure.

— Je n'en doute pas, dit Riose en rougissant un peu, mais je n'y peux rien. »

Le récepteur placé près de la main du général s'alluma et, avec une secousse imperceptible, le message roulé en cylindre tomba dans sa case. Riose le déroula.

« Bon. Ça y est ! »

Ducem Barr haussa les sourcils d'un air interrogateur.

« Vous savez que nous avons capturé un de ces Marchands, dit Riose. Vivant... et avec son astronef intact.

— J'en ai entendu parler.

— Eh bien, on vient de l'amener, et il va être ici dans une minute. Restez assis, patricien, je tiens à ce que vous soyez là quand je vais l'interroger. C'est pourquoi je vous ai demandé de venir aujourd'hui. Vous le comprendrez peut-être là où je risquerais de manquer des points importants. »

Le signal de la porte retentit et, d'une pression du doigt, le général fit s'ouvrir le battant. L'homme qui se tenait sur le seuil était grand et barbu, et il portait un court manteau de matière plastique ayant l'aspect du cuir, avec un capuchon rabattu derrière sa nuque. Il avait les mains libres et, s'il remarqua que les hommes qui l'entouraient étaient armés, il ne parut pas s'en soucier.

Il s'avança d'un pas dégagé et promena autour de lui un regard observateur. Il gratifia le général d'un vague geste de la main et d'un demi-salut.

« Votre nom ? demanda Riose sèchement.

— Lathan Devers. (Le Marchand passa ses pouces dans sa large ceinture de couleur vive.) C'est vous le patron ici ?

— Vous êtes un Marchand de la Fondation ?

— Exact. Écoutez, si vous êtes le patron, vous feriez mieux de dire à vos hommes de laisser ma cargaison tranquille. »

Le général leva la tête et toisa froidement le prisonnier.

« Répondez aux questions. Vous n'avez pas d'ordres à donner.

— Très bien. Moi, ça ne me gêne pas. Mais un de vos hommes s'est déjà fait ouvrir un trou de soixante centimètres dans la poitrine, en fourrant ses doigts là où il ne devait pas. »

Riose se tourna vers le lieutenant.

« Est-ce que cet homme dit la vérité ? Votre rapport, Vrank, affirmait qu'il n'y avait eu aucune perte en vies humaines.

— Aucune sur le moment, mon général, dit le lieutenant d'un ton un peu gêné. Des fouilles ont été entreprises par la suite à bord de l'astronef, le bruit ayant couru qu'une femme s'y dissimulait. Au lieu de cela, mon général, on a trouvé des instruments de nature inconnue, dont le prisonnier affirme qu'ils font partie de son stock. L'un d'eux s'est mis à lancer des éclairs quand on l'a manipulé et le soldat qui le tenait est mort. »

Le général se retourna vers le Marchand.

« Votre appareil transportait des explosifs atomiques ?

— Galaxie, non ! Pour quoi faire ? Cet imbécile a mis la main sur une perforeuse atomique, qu'il a prise à l'envers alors qu'elle était réglée au maximum de dispersion. Ce sont des choses qui ne se font pas. Autant se braquer un pistolet à neutrons sur la cervelle. Je l'aurais arrêté, si je n'avais pas eu cinq hommes assis sur ma poitrine. »

Riose, d'un geste, congédia le garde qui attendait.

« Vous pouvez vous retirer. Il faut mettre les scellés sur l'astronef capturé pour empêcher toute intrusion. Asseyez-vous, Devers. »

Le Marchand s'assit à l'endroit indiqué et soutint sans embarras le regard scrutateur du général de l'Empire et l'œil curieux du patricien siwennien.

« Vous êtes un homme raisonnable, Devers, dit Riose.

— Merci. Est-ce mon visage qui vous fait bonne impression ou bien voulez-vous quelque chose de moi ? Mais laissez-moi vous dire que je suis fort en affaires.

— Je n'en doute pas. Vous vous êtes rendu avec votre astronef quand vous auriez fort bien pu décider de nous faire gaspiller nos munitions et de vous faire réduire en poussière d'électrons. Si vous persistez dans cette attitude, cela pourrait vous valoir d'être bien traité.

— Être bien traité, c'est ce que je sollicite avant tout, chef.

— Bon, et votre coopération, c'est ce que moi, je sollicite avant tout.

— D'accord, dit calmement Devers. Mais de quel genre de coopération parlez-vous, chef ? A vous parler net, je ne sais pas très bien où j'en suis. (Il regarda autour de lui.) Où sommes-nous, par exemple, et à quoi tout ça rime-t-il ?

— Ah ! j'ai négligé l'autre moitié des présentations. Je m'en excuse. (Riose était de bonne humeur.) Ce monsieur est Ducem Barr, patricien de l'Empire. Je suis Bel Riose, pair de l'Empire et général de troisième classe dans les forces armées de Sa Majesté Impériale.

Le Marchand demeura bouche bée.

« L'Empire ? fit-il. Le vieil Empire dont on nous parlait en classe ? Ah ! c'est drôle ! J'avais toujours pensé qu'il n'existait plus.

— Regardez autour de vous. Il existe bel et bien, dit Riose d'un ton pincé.

— J'aurais dû m'en douter, dit Lathan Devers en pointant sa barbe vers le plafond. C'est un engin rudement soigné qui a abordé mon coucou. Aucun royaume de la Périphérie n'aurait pu produire ça. (Il fronça les sourcils.) Alors, qu'est-ce que tout ça veut dire, chef ? Ou bien est-ce que je dois vous appeler général ?

— Ça veut dire la guerre.

— L'Empire contre la Fondation, c'est ça ?

— Exactement.

— Pourquoi ?

— Je crois que vous savez pourquoi. »

Le Marchand le regarda d'un air surpris en secouant la tête. Riose le laissa méditer puis murmura :

« Je suis sûr que vous savez pourquoi. »

Lathan Devers murmura : « Il fait chaud ici », puis se leva pour ôter son manteau à capuchon. Il se rassit ensuite et allongea ses jambes devant lui.

« Vous savez, dit-il d'un ton bonhomme, vous vous dites sans doute que je devrais me lever en poussant un cri de guerre et me mettre à taper autour de moi. Si je calcule bien mon coup, je peux vous tomber dessus avant que vous ayez eu le temps de faire un geste, et ce vieux type, qui est assis là sans rien dire, ne pourrait pas faire grand-chose pour m'arrêter.

— Mais vous n'allez pas le faire, dit Riose d'un ton assuré.

— Mais non, assura Devers. Tout d'abord, vous tuer n'empêcherait pas la guerre, j'imagine. Il y a d'autres généraux là d'où vous venez.

« Et puis, je serais probablement maîtrisé deux secondes après vous avoir descendus, et je serais abattu sur-le-champ, ou peut-être tué à petit feu, ça dépend. Mais en tout cas, je ne survivrais pas, et c'est une perspective que je n'ai jamais envisager. Ça n'est pas rentable.

— Je disais bien que vous étiez un homme raisonnable.

— Mais il y a une chose que j'aimerais, chef. J'aimerais que vous me disiez ce que vous entendez en affirmant que je sais pourquoi vous nous faites la guerre. Je n'en ai aucune idée, et les devinettes, moi, ça m'ennuie.

— Ah ! oui ? Vous n'avez jamais entendu parler de Hari Seldon ?

— Non. Je vous ai dit que je n'aimais pas les devinettes. »

Riose jeta un petit coup d'œil à Ducem Barr qui sourit doucement et reprit son air rêveur.

« Ne jouez pas au plus malin avec moi non plus, Devers, fit Riose. Il existe une tradition, une fable, ou une affirmation historique — peu m'importe — selon laquelle votre Fondation finira par constituer le Second Empire. Je connais une version très détaillée du bla-bla psychohistorique de Hari Seldon, avec vos plans d'attaque contre l'Empire.

— Vraiment ? fit Devers d'un ton songeur. Qui vous a raconté tout ça ?

— Est-ce bien important ? dit Riose avec une inquiétante douceur. Vous n'êtes pas ici pour poser des questions. Je veux que vous me disiez ce que vous savez de la fable de Seldon.

— Mais si c'est une fable...

— Ne jouez pas sur les mots, Devers.

— Je ne joue pas sur les mots. Tenez, je vais vous parler franchement. Ce sont des histoires à dormir debout. Chaque monde a ses légendes ; on ne peut pas empêcher ça. En effet, j'ai entendu parler de ce genre d'histoires : Seldon, le Second Empire, etc. On raconte ça pour endormir les gosses le soir. Les gamins sont pelotonnés dans leurs chambres, avec leur projecteur de poche, à se gaver des aventures de Seldon. Mais c'est de la littérature enfantine. » Le Marchand secoua la tête.

Le regard du général impérial était sombre.

« Vraiment ? Vous mentez pour rien, mon ami. Je suis allé

sur la planète Terminus. Je connais votre Fondation. Je l'ai regardée en face.

— Et c'est à moi que vous posez des questions ? A moi, alors que je n'y ai pas passé deux mois de suite en dix ans ? C'est vous qui perdez votre temps. Mais faites donc la guerre, si c'est aux fables que vous en avez. »

Barr, pour la première fois, intervint d'une voix douce :

« Vous êtes donc si sûr que la Fondation sera victorieuse ? »

Le Marchand se retourna. Il avait rougi un peu et une vieille cicatrice qu'il avait à la tempe formait une ligne blanche.

« Tiens, le muet. Comment avez-vous déduit ça de ce que j'ai dit ? »

Riose fit un petit signe de tête à Barr et le Siwennien poursuivit d'une voix étouffée :

« Parce que l'idée de cette guerre vous tracasserait si vous pensiez que votre monde était susceptible de la perdre et de connaître l'amertume de la défaite. Je le sais : c'est arrivé à mon monde à moi. »

Lathan Devers se caressa la barbe, regardant tour à tour ses deux interlocuteurs, puis il eut un petit rire.

« Il parle toujours aussi bien, chef ? Écoutez, fit-il en reprenant un ton sérieux, qu'est-ce que la défaite ? J'ai vu des guerres et j'ai vu des défaites ? Qu'est-ce qui se passe si le vainqueur s'empare du gouvernement ? Qui est-ce que ça gêne ? Moi ? Des types comme moi ? (Il secoua la tête d'un air railleur.) Comprenez bien une chose, reprit-il avec force. Il y a cinq ou six gros pachas qui dirigent généralement une planète moyenne. Alors on leur fait le coup du lapin, mais ce n'est pas ça qui m'empêchera de dormir. Alors, il reste le peuple, le commun des mortels ? Bien sûr, il y en a qui se font tuer et les autres paient des impôts plus lourds pendant un moment. Mais ça se tasse. Et puis, on se retrouve dans la même situation qu'avant, avec cinq ou six autres types au gouvernement. »

On voyait frémir les narines de Ducem Barr, et les tendons de sa vieille main droite se crispèrent ; mais il ne dit rien.

Lathan Devers ne le quittait pas des yeux.

« Écoutez, dit-il. Je passe ma vie dans l'espace à transporter la marchandise des Cartels. Là-bas, fit-il, en braquant son pouce par-dessus son épaule, il y a de gros bonnets qui restent dans leur trou et qui gagnent leur vie à me tondre, moi et des types dans mon genre. Imaginez que ce soit vous qui gouverniez la Fondation. Vous aurez encore besoin de nous. Vous aurez même encore plus besoin de nous que les Cartels... parce que vous ne connaîtrez pas la musique et que c'est nous qui rapportons la monnaie. Nous nous débrouillerons mieux avec l'Empire. Oui, j'en suis sûr ; et je suis un homme d'affaires. Si ça doit augmenter mes revenus, je suis pour. »

Et il contempla les deux hommes d'un air railleur.

Le silence se poursuivit plusieurs minutes, puis un cylindre dégringola dans sa niche. Le général l'ouvrit, jeta un coup d'œil aux caractères bien imprimés et alluma d'un geste les circuits audiovisuels.

« Préparez un plan indiquant la position de chaque astronef engagé. Attendez les ordres en état défensif armé. »

Il prit sa cape. Tout en la drapant autour de ses épaules, il murmura à Barr :

« Je vous laisse cet homme. Je compte sur des résultats. C'est la guerre et je peux être cruel avec les gens qui échouent. Ne l'oubliez pas ! » Il s'en alla après les avoir salués tous les deux.

Lathan Devers le suivit des yeux.

« Il n'a pas l'air content. Qu'est-ce qui se passe ?

— Une bataille, sans doute, dit Barr d'un ton rogue. Les forces de la Fondation se lancent dans leur première bataille. Vous feriez mieux de venir avec moi. »

Il y avait des soldats armés dans la pièce. Ils avaient une attitude respectueuse et un visage tendu. Devers suivit le vieux patriarche siwennien dans le couloir.

La pièce dans laquelle on les conduisit était plus petite, plus nue. Elle contenait deux lits, un visécran, une douche et des installations sanitaires. Les soldats sortirent et la lourde porte se referma avec un bruit sourd.

« Tiens ? fit Devers en promenant autour de lui un regard désapprobateur. Ça m'a l'air d'une installation permanente.

— En effet, dit Barr brièvement. (Le vieux Siwennien lui tourna le dos.)

— Quel rôle jouez-vous ? fit le Marchand d'un ton agacé.

— Je ne joue aucun rôle. On vous a confié à moi, voilà tout. »

Le Marchand se leva et s'approcha de lui. Il se dressa au-dessus du patricien immobile.

« Ah ! oui ? Mais vous êtes dans cette cellule avec moi, et quand on nous a escortés ici, les pistolets étaient braqués sur vous tout autant que sur moi. Bon, reprit-il comme l'autre ne répondait rien, laissez-moi vous demander quelque chose. Vous disiez que votre pays a été battu un jour. Par qui ? Des gens d'une comète venant d'autres nébuleuses ?

— Par l'Empire, répondit Barr.

— Vraiment ? Alors, qu'est-ce que vous faites ici ? »

Barr gardait un silence éloquent.

Le Marchand avança la lèvre inférieure et hocha lentement la tête. Il ôta le bracelet à mailles plates passé à son poignet droit et le tendit à son compagnon.

« Qu'est-ce que vous pensez de ça ? » Il portait le même au poignet gauche.

Le Siwennien prit le bracelet. Obéissant aux gestes du Marchand, il le passa à son propre poignet, éprouvant un étrange picotement qui disparut bientôt.

Le ton de Devers changea aussitôt.

« Bon, maintenant, vous pouvez y aller. S'il y a des micros dans cette pièce, ils n'entendront rien. Ce que vous avez là, c'est un distorseur de champ magnétique : le vrai modèle Mallow. Ça se vend vingt-cinq crédits n'importe où. Vous l'avez pour rien. Gardez les lèvres immobiles quand vous parlez et détendez-vous. Il faut s'y habituer. »

Ducem Barr se sentit las, soudain. Le Marchand fixait sur lui des yeux brillants et vibrants d'énergie. Il ne se sentait pas à la hauteur d'une pareille ardeur.

« Que voulez-vous ? dit Barr. (Les mots sortaient tant bien que mal d'entre ses lèvres immobiles.)

— Je vous l'ai dit. Vous jouez les patriotes. Et pourtant, votre monde a été battu par l'Empire et vous voilà ici en train de faire le jeu d'un général de l'Empire. A quoi ça rime ?

— J'ai fait mon devoir, dit Barr. Un vice-roi impérial est mort à cause de moi.

— Ah ! oui ? Récemment ?

— Il y a quarante ans.

— Quarante ans ! Ça fait longtemps pour vivre sur des souvenirs. Est-ce que ce jeune crétin en uniforme de général le sait ? »

Barr acquiesça.

« Vous voulez que l'Empire gagne ? » fit Devers d'un air méditatif.

Le vieux patricien siwennien éclata soudain dans une brusque crise de colère.

« Puisse l'Empire et toutes ses œuvres périr dans une catastrophe universelle. Siwenna tout entière le demande chaque jour dans ses prières. J'avais des frères autrefois, des sœurs, un père. Et j'ai des enfants aujourd'hui, des petits-enfants. Le général sait où les trouver.

Devers attendit.

« Mais cela ne m'arrêterait pas, reprit Barr, si les résultats envisagés en valaient le risque. Ils sauraient mourir.

— Vous avez tué un vice-roi jadis, hein ? fit doucement le Marchand. Vous savez, je me rappelle certaines choses. Nous avons eu un Maire autrefois, il s'appelait Hober Mallow. Il a visité Siwenna ; c'est votre monde, n'est-ce pas ? Il a rencontré là-bas un nommé Barr.

— Que savez-vous de cela ? demanda Ducem Barr d'un air méfiant.

— Ce que savent tous les Marchands de la Fondation. Vous pourriez être un vieux renard qu'on aurait planté là pour m'espionner. On braquerait des pistolets sur vous, vous proclameriez votre haine de l'Empire et vous ne demanderiez que sa ruine. Là-dessus, je me prendrais d'amitié pour vous, je vous déverserais mon cœur et c'est le général qui serait content. N'y comptez pas.

« Mais j'aimerais quand même que vous me prouviez que vous êtes le fils d'Onum Barr de Siwenna, le sixième et le plus jeune qui a échappé au massacre. »

Ducem Barr, d'une main tremblante, ouvrit un petit coffre métallique qu'il prit dans une niche creusée dans le mur. Il en tira un objet de métal qu'il lança au Marchand.

« Regardez ça », dit-il.

Devers examina l'objet. Il approcha de son œil le maillon central de la chaîne et jura doucement.

« Ce sont les initiales de Mallow, et ça date d'il y a cinquante ans comme un rien. »

Il leva les yeux et sourit.

« Ça va. Un bouclier atomique individuel, c'est une preuve qui me suffit », dit-il en tendant sa grande main.

VI

Les minuscules astronefs avaient surgi des profondeurs du vide pour foncer au cœur de l'armada. Sans tirer un seul coup de feu ni utiliser un rayon d'énergie, ils se frayèrent un chemin à travers la zone encombrée d'appareils, puis poursuivirent leur route, tandis que les mastodontes impériaux tournaient après eux comme de grosses bêtes maladroites. Il y eut deux éclairs silencieux dans l'espace, lorsque deux des petits engins furent désintégrés, puis le reste disparut.

Les grands astronefs fouillèrent l'espace puis reprirent leur mission et, monde après monde, la grande toile du blocus continua de s'étendre.

Brodrig portait un uniforme imposant et soigneusement coupé. Il marchait d'un pas nonchalant dans les jardins de l'obscure planète Wanda, quartier général provisoire des forces impériales ; mais son expression était sombre.

Bel Riose l'escortait, sa tenue de campagne ouverte au col et l'air sinistre dans son habit gris-noir.

Riose désigna le banc, sous la fougère odorante dont les larges feuilles spatulées se dressaient mollement contre le soleil blanc.

« Vous voyez, monsieur. C'est une relique de l'Empire. Ces bancs, installés pour les amoureux, sont restés, alors que les usines et les palais ont sombré dans les ruines de l'oubli. »

Il s'assit, tandis que le secrétaire privé de Cléon II restait debout devant lui, abattant les feuilles de la fougère arborescente à petits coups de son bâton d'ivoire.

Riose croisa les jambes et offrit une cigarette à son compagnon. Il en tripotait une tout en parlant.

« C'est bien ce que l'on attendrait de la sagesse éclairée de Sa Majesté Impériale que d'envoyer un observateur aussi compétent que vous. Cela dissipe toute inquiétude que j'aurais pu éprouver à songer que des affaires, plus pressantes et plus immédiates, risqueraient peut-être de faire passer dans l'ombre une petite campagne sur la Périphérie.

— Les yeux de l'empereur sont partout, dit Brodrig machinalement. Nous ne sous-estimons pas l'importance de la campagne ; il semblerait pourtant qu'on insiste trop sur ses difficultés. Leurs petits engins ne constituent tout de même pas une telle barrière qu'il nous faille entreprendre toutes les manœuvres compliquées d'un blocus préliminaire. »

Riose rougit mais il garda son calme.

« Je ne puis risquer l'existence de mes hommes, qui sont assez peu nombreux, ou celle de mes astronefs, qui sont irremplaçables, par une attaque trop téméraire. L'installation d'un blocus réduira mes pertes lors de l'attaque finale, si difficile que puisse être l'opération. J'ai pris la liberté de vous en expliquer hier les raisons militaires.

— Ma foi, je n'ai guère l'esprit militaire. Vous m'assurez en l'occurrence que ce qui semble de toute évidence juste est en réalité faux. Fort bien. Mais votre prudence va encore plus loin. Dans votre second message, vous avez demandé des renforts. Et cela contre un ennemi pauvre, numériquement faible et barbare, avec lequel vous n'aviez à l'époque pas eu une seule escarmouche. Souhaiter des renforts dans ces circonstances voilà qui sentirait presque l'incapacité, ou pire encore, si votre carrière jusqu'à ce jour n'avait donné des preuves suffisantes de votre hardiesse et de votre imagination.

— Je vous remercie, répondit froidement le général, mais je voudrais vous rappeler qu'il y a une différence entre la hardiesse et la témérité. On peut prendre un risque quand on connaît son ennemi et qu'on peut calculer ce risque, du moins approximativement ; mais faire le moindre mouvement contre un ennemi parfaitement inconnu, c'est de la témérité. Autant demander pourquoi le même homme court sans dommage une course d'obstacles dans la journée et trébuche sur les meubles de sa chambre la nuit. »

D'un petit geste, Brodrig balaya les arguments de son interlocuteur.

« C'est une explication spectaculaire, mais qui n'est pas satisfaisante. Vous vous êtes rendu vous-même dans ce monde barbare. Vous avez en outre ce prisonnier ennemi que vous choyez, ce Marchand. Vous n'êtes donc pas dans le brouillard.

— Ah ! non ? Je vous prie de ne pas oublier qu'un monde, qui s'est développé isolément depuis deux siècles, ne peut être connu au point de concevoir une attaque intelligente après une visite d'un mois. Je suis un soldat, et non pas un héros d'aventures spatiales à trois dimensions. Et ce n'est pas un seul prisonnier, qui, par-dessus le marché, est un membre obscur d'un groupe économique sans liens avec le monde ennemi, qui peut me faire pénétrer tous les secrets de la stratégie ennemie.

— Vous l'avez fait interroger ?

— Oui.

— Alors ?

— Cela a été utile mais pas capital. son astronef est de petite taille et sans importance. Il vend de petits objets qui sont amusants, sans plus. J'ai en ma possession quelques-uns des plus ingénieux, que je compte envoyer à l'empereur à titre de curiosité. Naturellement, il y a bien des détails de l'astronef et de son fonctionnement que je ne comprends pas, mais je ne suis pas un technicien.

— Vous en avez parmi vos hommes, fit observer Brodrig.

— Figurez-vous que je le sais aussi, répondit le général

d'un ton un peu caustique. Mais ces imbéciles sont loin de pouvoir m'être utiles dans ce domaine. J'ai déjà demandé des spécialistes capables de comprendre le fonctionnement des bizarres champs atomiques que contient l'appareil. Je n'ai pas encore reçu de réponse.

— Ce genre de technicien ne court pas les rues, général. Il doit tout de même y avoir un homme dans votre vaste province qui comprend la science atomique.

— S'il y en avait un, je lui ferais réparer les moteurs souffreteux qui alimentent deux des astronefs de ma petite flotte. J'ai deux appareils, sur dix dont je dispose en tout, qui ne sont pas capables de livrer un grand combat, faute d'énergie suffisante. Un cinquième de mes forces condamné à simplement consolider les positions derrière les lignes.

— Vous n'êtes pas seul dans ce cas, général, dit le secrétaire avec un peu d'impatience. L'empereur a le même genre d'ennui. »

Le général jeta la cigarette qu'il n'avait pas allumée, en alluma une autre et haussa les épaules.

« Bah, ce manque de techniciens de première classe, ça n'est pas un problème immédiat. Sinon que j'aurais pu avancer davantage avec mon prisonnier, si ma psychosonde était en bon état.

— Vous avez une sonde ? dit le secrétaire en haussant les sourcils.

— Une vieille. Un vieux modèle qui me lâche la seule fois où j'en ai besoin. Je l'ai mise en marche pendant que le prisonnier dormait, et ça n'a rien donné. Je l'ai essayée sur mes propres hommes et les résultats sont très normaux, mais là encore, je n'ai personne parmi mes techniciens, qui puisse me dire pourquoi l'appareil ne marche pas avec le prisonnier. Ducem Barr, qui, sans être mécanicien, est assez bon théoricien, affirme que la structure psychique du prisonnier reste peut-être imperméable à la sonde puisque, depuis son enfance, il a été soumis à un environnement et à des stimuli nerveux différents. Mais il peut encore être utile. C'est dans cet espoir que je le garde vivant. »

Brodrig s'appuya le menton sur sa canne d'ivoire.

« Je vais voir si l'on peut trouver un spécialiste dans la capitale. En attendant, et cet autre personnage dont vous venez de parler, ce Siwennien ? Vous avez trop d'ennemis dans vos bonnes grâces.

— Il connaît l'ennemi. Lui aussi, je le garde comme référence pour l'avenir et pour l'aide qu'il peut me fournir.

— Mais un Siwennien, et le fils d'un rebelle proscrit !

— Il est vieux et impuissant, et sa famille tient lieu d'otage.

— Je comprends. Il me semble pourtant que je devrais parler moi-même à ce Marchand.

— Certainement.

— Seul, ajouta sèchement le secrétaire, pour bien se faire comprendre.

— Certainement, répéta Riose sans se démonter. En tant que loyal sujet de l'empereur, je reconnais son représentant personnel comme mon supérieur. Toutefois, comme le Marchand est à la base permanente, vous allez devoir quitter les zones du front à un moment intéressant.

— Ah ! oui ? Intéressant à quel titre ?

— En ce sens que le blocus est aujourd'hui terminé. Intéressant en ce sens que, dans la semaine, la vingtième flotte de la frontière fait mouvement vers le cœur de la résistance. »

Riose sourit et tourna les talons.

Brodrig éprouvait un vague agacement.

VII

Le sergent Mori Luck était le soldat idéal. Il était originaire des grandes planètes agricoles des Pléiades, où seule l'armée permettait de rompre les liens de servitude qui vous attachaient à la Terre et à une existence sans intérêt ; c'était un échantillon typique de ce milieu. Assez dépourvu d'imagination pour affronter sans crainte le danger, il était assez fort et assez habile pour le surmonter brillamment. Il acceptait les ordres instantanément, menait sans défaillir les hommes de son peloton et vouait à son général une adoration inébranlable.

Et avec cela, il avait une heureuse nature. S'il tuait un homme — en service commandé — sans la moindre hésitation, c'était également sans la moindre animosité.

Que le sergent Luck actionnât le signal de la porte avant d'entrer était une nouvelle preuve de tact car il aurait été parfaitement en droit d'entrer sans annoncer sa venue.

Les deux prisonniers levèrent les yeux de leur repas du soir et l'un d'eux appuya du pied sur la pédale qui commandait l'arrêt du petit transmetteur de poche d'où sortait une voix fêlée.

« Encore des livres ? » demanda Lathan Devers.

Le sergent tendit le cylindre de pellicule bien serré et se gratta la nuque.

« Ça appartient à l'ingénieur Orre, mais il faudra le lui

rendre. Il compte l'envoyer à ses gosses, vous savez, en souvenir, quoi. »

Ducem Barr tourna le cylindre entre ses mains d'un air intéressé.

« Et où l'ingénieur l'a-t-il trouvé ? Il n'a pas de transmetteur, non ? »

Le sergent secoua la tête. Il désigna le vieil appareil délabré au pied du lit.

« C'est le seul qu'il y ait ici. Ce type, Orre, voyez-vous, il a trouvé ce livre dans un de ces grands mondes pénitentiaires que nous avons capturés. Ils avaient ça dans un grand bâtiment, et il a dû tuer quelques indigènes qui essayaient de l'empêcher de partir avec. (Il regarda l'objet d'un air approbateur.) Ça fait un joli souvenir... pour les gosses. »

Il se tut, puis reprit d'un ton furtif :

« Vous savez, il y a de grandes nouvelles qui circulent. Ça n'est qu'une rumeur, mais quand même, il faut que je vous le dise. Le général a remis ça. (Il hocha la tête lentement, gravement.)

— Pas possible ? fit Devers. Et qu'est-ce qu'il a fait ?

— Il a bouclé le blocus, voilà. (Le sergent eut un petit rire de fierté paternelle.) N'est-ce pas qu'il est fort ? Un des gars qui fait toujours de belles phrases dit que ça s'est passé aussi harmonieusement que la musique des sphères, mais je ne sais pas de quoi il parle.

— La grande offensive commence maintenant ? demanda Barr d'un ton calme.

— J'espère bien, répondit l'autre avec assurance. J'ai envie de regagner mon bord, maintenant que mon bras est rafistolé. J'en ai assez de traîner mes guêtres ici.

— Moi aussi », marmonna brusquement Devers d'un ton farouche.

Le sergent le regarda d'air hésitant, puis dit :

« Il faut que je m'en aille maintenant. Le capitaine va faire sa ronde et j'aimerais autant qu'il ne me surprenne pas ici. (Il s'arrêta sur le seuil.) A propos, monsieur, dit-il en s'adressant avec une brusque timidité au Marchand, j'ai eu des nouvelles de ma femme. Elle dit que le petit réfrigérateur que vous m'avez donné, pour lui envoyer, marche admirablement. Ça ne lui coûte rien et elle conserve dedans à peu près un mois de vivres. Je vous remercie bien.

— Allons donc, laissez ça. »

La grande porte se referma sans bruit derrière le visage souriant du sergent.

Ducem Barr se leva de son siège.

« Ma foi, il nous paye bien le réfrigérateur. Voyons un peu ce nouveau livre. Ah ! le titre a disparu. »

Il déroula un mètre environ de la pellicule et l'examina à la lumière. Puis, il murmura :

« Tiens, tiens, c'est *le Jardin de Summa,* Devers.

— Ah ! oui ? fit le Marchand d'un ton parfaitement indifférent. (Il repoussa ce qui restait de son dîner.) Asseyez-vous, Barr. Ça ne fait aucun bien d'écouter cette littérature d'autrefois. Vous avez entendu ce qu'a dit le sergent ?

— Oui. Et alors ?

— L'offensive va commencer. Et nous restons assis là !

— Où voulez-vous vous asseoir ?

— Vous savez ce que je veux dire. Inutile d'attendre.

— Vous croyez ? (Barr ôtait soigneusement la bobine du transmetteur pour y installer celle que le sergent venait d'apporter.) Vous m'avez beaucup parlé de l'histoire de la Fondation depuis un mois, et il me semble que, lors des crises précédentes, les grands chefs n'ont guère fait autre chose que de rester assis... et d'attendre.

— Ah ! Barr, mais ils savaient où ils allaient.

— Vous croyez ? Ils l'ont sans doute dit quand cela a été fini, et c'était peut-être vrai. Mais rien ne prouve que les choses ne se seraient pas aussi bien passées s'ils n'avaient pas su où ils allaient. Les forces économiques et sociologiques profondes ne sont pas dirigées par des individus.

— Inutile de me dire que les choses n'auraient pas tourné plus mal non plus, ricana Devers. C'est un raisonnement qu'on peut retourner. (Une lueur songeuse passa dans son regard.) Dites donc, et si je le descendais ?

— Oui ça ? Riose ?

— Oui. (Barr soupira. On sentait passer dans ses yeux le reflet d'un long passé.)

— L'assassinat n'est pas la solution, Devers. Je l'ai essayé, après provocation, quand j'avais vingt ans, mais cela n'a rien résolu. J'ai fait disparaître de Siwenna un triste personnage, mais le joug impérial est resté ; et c'était le joug impérial et non le triste personnage qui importait.

— Mais Riose n'est pas seulement un individu haïssable. Il est toute cette maudite armée. Sans lui, elle s'écroulerait. Ils sont pendus à ses basques comme des enfants. Ce sergent a les larmes aux yeux chaque fois qu'il parle de lui.

— Tout de même, il y a d'autres armées et d'autres chefs. Il faut aller plus profondément. Prenez ce Brodrig, par exemple : personne plus que lui n'a l'oreille de l'empereur. Il pourrait réclamer des centaines d'astronefs, alors que Riose doit s'arranger avec dix. Je le connais de réputation.

— Ah ! oui ? Que savez-vous de lui ? fit le Marchand avec un brusque intérêt.

— Vous voulez que je vous fasse un dessin ? C'est une canaille de basse extraction qui, à force d'habiles flatteries, s'est acquis les faveurs de l'empereur ; il est détesté par les courtisans, autres échantillons de vermine eux-mêmes, car il ne peut prétendre ni à la naissance ni à l'humilité. Il est en toute chose le conseiller de l'empereur et son instrument dans les pires entreprises. D'instinct, il est infidèle, mais il est loyal par nécessité. Il n'y a pas un homme dans l'Empire aussi subtil dans sa vilenie, ni aussi brutal dans ses plaisirs. On dit qu'il faut passer par lui pour accéder aux faveurs de l'empereur ; et qu'il faut passer par l'infamie pour accéder aux siennes.

— Bigre ! fit Devers en tirant d'un air songeur sur sa barbe. Et c'est lui que l'empereur a envoyé ici pour surveiller Riose. Savez-vous que j'ai une idée ?

— Je le sais maintenant.

— Et si ce Brodrig trouve antipathique la jeune coqueluche de notre armée ?

— C'est sans doute déjà le cas. Il n'est pas d'un tempérament très affectueux.

— Imaginez que les choses tournent vraiment mal. L'empereur pourrait en entendre parler et Riose pourrait avoir des ennuis.

— Ma foi, c'est assez probable. Mais comment proposez-vous de faire arriver cela ?

— Je ne sais pas. J'imagine qu'on pourrait le corrompre ?

— Oui, fit le patricien en riant doucement, dans une certaine mesure, mais pas comme vous avez corrompu le sergent : pas avec un réfrigérateur de poche. Et même si vous le faites à son échelle, ça n'en vaudrait pas la peine. Il n'y a probablement personne qui se laisse aussi facilement corrompre, mais il manque même de l'honnêteté fondamentale de l'honorable corruption. Il ne *reste* pas corrompu ; à aucun prix. Trouvez autre chose. »

Devers croisa les jambes et se mit à balancer nerveusement le pied.

« Tout de même, c'est la première solution que j'entrevois... »

Il s'interrompit ; le signal de la porte clignotait de nouveau et le sergent réapparut sur le seuil. Il avait l'air excité, et son large visage était rouge et grave.

« Monsieur, commença-t-il en s'efforçant nerveusement d'être déférent, je vous suis très reconnaissant pour le réfrigérateur et vous m'avez toujours paré comme il faut, bien que je ne sois que le fils d'un fermier et que vous soyez tous les deux de grands seigneurs. »

Son accent des Pléiades s'était épaissi, on avait du mal à le comprendre ; et dans son excitation, son tempérament paysan reprenait le dessus sur l'allure martiale si péniblement acquise.

« Qu'y a-t-il, sergent ? fit Barr d'une voix douce.

— Le seigneur Brodrig vient vous voir. Demain ! Je le sais, parce que le capitaine m'a dit de faire passer à mes hommes une revue d'équipement... pour lui. J'ai pensé... que je pourrais... vous avertir.

— Merci, sergent, dit Barr. Nous vous en sommes reconnaissants. Mais c'est très bien, inutile de... »

Mais l'expression qui se lisait maintenant sur le visage du sergent Luck était incontestablement de la peur. Il reprit dans un souffle rauque :

« Vous ne connaissez pas les histoires qu'on raconte sur lui. Il s'est vendu au démon de l'espace. Non, ne riez pas. On raconte sur lui des histoires épouvantables. On dit qu'il a des hommes avec des fusils atomiques qui le suivent partout, et quand il veut s'amuser, il leur dit simplement d'anéantir tous ceux qu'ils rencontrent. Ils le font, et ça le faire rire. On dit même que l'empereur a peur de lui et qu'il oblige l'empereur à lever des impôts sans le laisser prêter l'oreille aux doléances du peuple.

« Et puis il déteste le général, à ce qu'on dit. On raconte qu'il voudrait bien tuer le général, parce que le général est si grand et si sage. Mais il ne peut pas parce que lui, il n'est pas de taille. »

Le sergent eut un petit sourire, comme s'il était intimidé d'en avoir tant dit soudain, et il recula vers la porte.

« N'oubliez pas ce que je vous ai dit. Faites attention à lui. »

Et il s'éclipsa.

Devers leva les yeux, l'air résolu.

« Voilà qui nous arrange assez, vous ne trouvez pas ?

— Ça dépend de Brodrig, dit Barr, n'est-ce pas ? »

Mais Devers réfléchissait, il n'écoutait plus.

Il réfléchissait intensément.

Le seigneur Brodrig baissa la tête en pénétrant dans le poste d'équipage exigu de l'astronef marchand, et ses deux gardes armés lui emboîtèrent le pas, pistolet au poing, avec l'air farouche de tueurs à gages.

Le secrétaire privé n'avait guère l'air d'une âme perdue. Si le démon de l'espace l'avait acheté, il n'avait pas laissé de marques visibles de possession. Brodrig semblait plutôt être venu apporter un souffle d'air de la cour dans la laideur d'une base militaire.

Les lignes raides de son costume luisant et immaculé donnaient une illusion de grande taille, du haut de laquelle ses yeux froids et impassibles toisaient le Marchand. Les ruchés de nacre qui lui entouraient les poignets volèrent au vent lorsqu'il posa sa canne d'ivoire sur le sol devant lui et s'appuya dessus d'un air désinvolte.

« Non, dit-il avec un petit geste, vous restez ici. Oubliez vos joujoux. Ils ne m'intéressent pas. »

Il avança un siège, l'épousseta soigneusement avec le carré de tissu iridescent attaché au pommeau de sa canne et s'assit. Devers jeta un coup d'œil vers l'autre siège, mais Brodrig dit d'une voix nonchalante :

« Vous resterez debout en présence d'un Pair de l'Empire. »

Il sourit.

Devers haussa les épaules.

« Si mon stock ne vous intéresse pas, pourquoi suis-je ici ? »

Le secrétaire privé attendit d'un air glacial et Devers ajouta lentement : « Monsieur. »

— Pour que nous soyons tranquilles, dit le secrétaire. Voyons, est-ce vraisemblable que je parcoure deux cents parsecs à travers l'espace pour inspecter des babioles ? C'est *vous* que je veux voir. (Il prit une petite tablette rose dans une boîte gravée et la plaça délicatement entre ses dents, puis il la suça lentement d'un air de connaisseur.) Par exemple, reprit-il, qui êtes-vous ? Êtes-vous vraiment un citoyen de ce monde barbare qui provoque tout ce déchaînement de frénésie militaire ? »

Devers hocha gravement la tête.

« Et vous avez vraiment été fait prisonnier par lui, après le début de cette escarmouche qu'il appelle une guerre ? Je parle de notre général. »

Devers acquiesça de nouveau.

« Vraiment ! Très bien, digne étranger. Je vois que vous êtes peu bavard. Je vais vous aplanir la route. Il semble que notre général mène une guerre apparemment sans raison, au prix de formidables dépenses d'énergie, et tout cela à cause d'un petit monde perdu au bout de nulle part, qui ne semblerait pas mériter aux yeux d'un homme logique une seule décharge d'un seul pistolet. Et pourtant, le général n'est pas illogique. Au contraire, je dirais qu'il est extrêmement intelligent. Vous me suivez ?

– Ma foi non, monsieur.

– Écoutez encore, alors, dit le secrétaire en se regardant les ongles. Le général ne gaspillerait pas ses hommes et ses astronefs pour un acte de gloire stérile. Je sais bien qu'il parle tout le temps de gloire et de l'honneur impérial, mais il est bien évident que cette affectation d'être un des insupportables demi-dieux de l'Age héroïque est tout en surface. Il y a ici quelque chose de plus que la gloire : et d'ailleurs, il prend étrangement soin de vous. Si vous étiez mon prisonnier, et si vous me disiez aussi peu de choses utiles qu'à notre général, je vous ouvrirais l'abdomen et je vous étranglerais avec vos propres intestins. »

Devers demeura impassible. Son regard se déplaça imperceptiblement, se posant d'abord sur un des gardes du corps du secrétaire, puis sur l'autre. Ils étaient prêts ; ils n'attendaient que l'occasion.

« Ma foi, dit le secrétaire en souriant, vous êtes un gaillard bien silencieux. D'après le général, même une psychosonde n'a rien donné, et cela a d'ailleurs été une erreur de sa part, car cela m'a convaincu que notre jeune héros mentait. (Il semblait d'excellente humeur.) Mon brave Marchand, dit-il, j'ai une psychosonde à moi, et qui devrait vous convenir particulièrement bien. Vous voyez ceci... »

Entre le pouce et l'index, il tenait négligemment des rectangles roses et jaunes aux dessins compliqués, mais aisément identifiables.

« On dirait de l'argent, dit Devers.

— C'en est, et il n'y a pas mieux dans l'Empire, car cet argent est garanti par mes propriétés qui sont plus vastes que celles de l'empereur. Cent mille crédits. Là ! Entre mes deux doigts ! Qui sont à vous !

— Contre quoi, monsieur ? Je suis un bon Marchand, je sais que l'on n'a rien pour rien.

— En échange de quoi ? De la vérité ! Quels sont les mobiles du général ? Pourquoi fait-il cette guerre ? »

Lathan Devers soupira et se lissa la barbe d'un air songeur.

« Ce qu'il veut ? (Ses yeux suivaient les mains du secrétaire qui comptait l'argent lentement, billet par billet.) En un mot, l'Empire.

— Tiens. Comme c'est banal ! On finit toujours par en arriver là ! Mais comment ? Quelle est la route qui mène du bord de la Galaxie au sommet de l'Empire ?

— La Fondation, dit Devers d'un ton amer, a des secrets. Ils ont là-bas des livres, de vieux livres... si vieux que la langue dans laquelle ils sont rédigés n'est connue que de quelques dirigeants. Mais les secrets sont enveloppés dans le rituel et la religion, et personne ne peut les utiliser. J'ai essayé et voilà où j'en suis... avec une condamnation à mort qui m'attend.

— Je comprends. Et ces vieux secrets ? Allons, pour cent mille crédits, j'ai droit aux détails.

— La transmutation des éléments », dit brièvement Devers.

Le regard du secrétaire se durcit et perdit de son détachement.

« On m'a toujours dit que les lois de la physique atomique n'admettent pas la transmutation pratique.

— En effet, si l'on utilise des forces atomiques. Mais les anciens étaient malins. Il existe des sources d'énergie plus grandes que les atomes. Si la fondation utilisait ces sources... »

Devers éprouvait une petite crispation au creux de l'estomac. Il agitait l'appât ; le poisson allait mordre.

« Continuez, dit soudain le secrétaire. Le général, j'en suis sûr, sait tout cela. Mais que compte-t-il faire lorsqu'il en aura fini avec cet opéra-bouffe ? »

Devers poursuivit d'un ton impassible :

« Avec la transmutation, il contrôle l'économie de tout votre Empire. Les trusts miniers ne vaudront pas un clou quand Riose pourra faire du tungstène en partant de l'aluminium et de l'iridium en partant du fer. Cela renverse complètement tout un système de production fondé sur la rareté de certains éléments et sur l'abondance de quelques autres. Ce sera le plus grand bouleversement que l'Empire ait jamais vu et seul Riose pourra l'arrêter. Et puis il y a le problème de cette nouvelle forme d'énergie dont je vous ai parlé, et que Riose ne se privera pas d'utiliser.

« Il n'y a rien qui puisse l'arrêter maintenant. Il tient la Fondation par la peau du cou et, quand il en aura fini avec elle, il sera empereur d'ici deux ans.

— Vraiment, fit Brodrig avec un petit rire. De l'iridium en partant du fer, c'est ce que vous avez dit, n'est-ce pas ? Tenez, je vais vous confier un secret d'État. Savez-vous que la Fondation s'est déjà mise en rapport avec le général ? »

Devers tressaillit.

« Vous avez l'air surpris. Pourquoi pas ? Ça semble logique, maintenant. La Fondation lui a offert cent tonnes d'iridium par an pour faire la paix. Cent tonnes de *fer* converti en iridium, au mépris de leurs principes religieux, pour sauver leur peau. Je veux bien, mais ce n'est pas étonnant que notre incorruptible général ait refusé... alors qu'il peut avoir l'iridium et l'Empire par la même occasion. Et le pauvre Cléon dit que c'est le seul général honnête qui soit à son service ! Mon cher Marchand, vous avez bien gagné votre argent. »

Il lança la liasse et Devers, à quatre pattes, s'efforça de ramasser les billets.

Brodrig s'arrêta sur le seuil et se retourna.

« Laissez-moi vous rappeler une chose, Marchand. Mes petits camarades que vous voyez ici avec des pistolets n'ont ni oreilles, ni langue, ni éducation, ni intelligence. Ils ne peuvent ni entendre, ni parler, ni écrire, ni même fournir quoi que ce soit sous l'effet d'une psychosonde. Mais ils aiment beaucoup les exécutions intéressantes. Je vous ai acheté cent mille crédits, Marchand. Tâchez de rester une marchandise qui les vaudra. Si l'idée vous venait d'oublier que vous êtes acheté et de vouloir... disons, répéter notre conversation à Riose, vous serez exécuté. Exécuté à ma façon. »

Et sur ce visage délicat, on vit apparaître soudain une expression d'une intense cruauté, qui changea le sourire étudié en un rictus découvrant des babines rouges. Un instant, Devers aperçut ce démon de l'espace qui avait acheté son acheteur, au fond des yeux qui le fixaient.

Sans rien dire, il regagna sa cellule, escorté des deux « petits camarades » de Brodrig, pistolet au poing. A Ducem Barr qui l'interrogeait, il répondit tranquillement :

« Non, figurez-vous que c'est lui qui m'a acheté. »

Deux mois de rude guerre avaient laissé leurs marques sur Bel Riose : il s'emportait facilement. Ce fut avec impatience qu'il s'adressa au fidèle sergent Luck.

« Attendez dehors, soldat, et reconduisez ces hommes dans leurs cellules quand j'en aurai fini. Que personne n'entre avant que j'appelle. Absolument personne, vous comprenez ? »

Le sergent salua et sortit, et Riose, ramassant les papiers

étalés sur son bureau, les fourra dans son tiroir et le referma d'un geste sec.

« Prenez place, dit-il sèchement aux deux hommes. Je n'ai pas beaucoup de temps. A vrai dire, je ne devrais même pas être ici, mais il faut que je vous voie. »

Il se tourna vers Ducem Barr, dont les longs doigts caressaient avec intérêt le cube de cristal dans lequel était enchâssée la réplique du visage austère de Sa Majesté Impériale Cléon II.

« Tout d'abord, patricien, votre Seldon est en train de perdre. Certes, il se bat vaillamment, car ces hommes de la Fondation grouillent comme des abeilles folles et luttent comme des déments. Chaque planète est ardemment défendue, et sur chacune une fois qu'elle est prise, la rébellion gronde si fort que c'est aussi pénible de s'y maintenir que de la conquérir. Mais nous les prenons quand même et nous les occupons. Votre Seldon perd.

— Mais il n'a pas encore perdu, murmura Barr.

— La Fondation elle-même n'est pas aussi optimiste. Ils m'offrent des millions pour que je renonce à infliger à Seldon l'épreuve finale.

— C'est ce qu'on dit.

— Ah ! la rumeur me précède ? Connaissez-vous également le dernier bruit qui court ?

— Quel est-il ?

— Eh bien, que le seigneur Brodrig, le chéri de l'empereur, est maintenant commandant en second sur sa propre demande.

— Sur sa propre demande, chef ? fit Devers, intervenant pour la première fois. Comment cela se fait-il ? Ou bien vous prenez-vous d'affection pour ce type ? ajouta-t-il en riant.

— Non, dit tranquillement Riose, non, on ne peut pas dire. C'est simplement qu'il a acheté ce poste à un prix qui m'a paru convenable.

— Lequel ?

— En demandant des renforts à l'empereur. »

Le sourire méprisant de Devers s'affirma.

« Alors, il a communiqué avec l'empereur ? Et j'imagine, chef, que vous attendez ces renforts, mais qu'ils vont venir d'un jour à l'autre. Pas vrai ?

— Vous faites erreur ! Ils sont déjà là. Cinq astronefs de ligne, modernes et robustes avec un message personnel de félicitations de l'empereur et d'autres astronefs en route. Qu'est-ce qui ne va pas, Marchand ? demanda-t-il d'un ton railleur.

— Rien ! » marmonna Devers.

Riose contourna son bureau et se planta devant le Marchand, une main sur la crosse de son pistolet atomique.

« J'ai dit : qu'est-ce qui ne va pas, Marchand ? La nouvelle a paru vous troubler. Vous n'allez pas vous intéresser tout d'un coup à la Fondation.

— Absolument pas.

— Vraiment... il y a chez vous des côtés étranges.

— Ah ! oui, chef ? fit Devers, avec un sourire crispé, les poings serrés dans ses poches. Expliquez-moi donc ça, que je réfute vos arguments.

— Voici. On vous a pris bien facilement. Vous avez capitulé à la première salve, avec un bouclier brûlé. Vous étiez tout prêt à abandonner votre monde, et cela sans fixer de prix. Intéressant, tout cela, non ?

— J'ai envie d'être du côté du vainqueur, chef. Je suis un homme raisonnable : c'est vous-même qui l'avez dit.

— D'accord ! fit Riose sèchement. Pourtant, on n'a depuis lors pas fait prisonnier un seul Marchand. Tous les astronefs marchands ont été assez rapides pour s'échapper quand ils l'ont voulu. Tous les astronefs marchands disposaient d'un écran susceptible d'absorber toutes les salves d'un croiseur léger, et tous les Marchands se sont battus jusqu'à la mort quand l'occasion s'en est présentée. On sait que les Marchands sont les chefs et les instigateurs de la guérilla sur les planètes occupées et des raids dans l'espace occupé.

« Êtes-vous alors le *seul* homme raisonnable ? Vous ne

vous battez pas, vous ne vous enfuyez pas, vous trahissez sans qu'on vous y contraigne. Vous êtes unique dans votre genre, étonnamment unique... en fait, bizarrement unique.

— Je comprends ce que vous voulez dire, fit Devers doucement, mais vous n'avez rien contre moi. Je suis ici depuis six mois et je me suis toujours bien conduit.

— C'est exact, et en échange je vous ai bien traité. Je n'ai pas touché à votre astronef et vous avez eu droit à tous les égards. Pourtant, vous ne vous êtes pas montré à la hauteur. Cela aurait pu nous servir, par exemple, d'avoir des renseignements librement proposés sur vos instruments. Les principes atomiques d'après lesquels ils sont construits sont utilisés, semble-t-il, dans certaines des armes les plus redoutables de la Fondation. Exact ?

— Je ne suis qu'un Marchand, fit Devers, non un technicien. Je vends ces appareils ; je ne les fabrique pas.

— Nous n'allons pas tarder à le savoir. C'est pourquoi je suis venu. On va fouiller votre navire pour y rechercher un bouclier énergétique personnel. Vous n'en avez jamais porté ; pourtant, tous les soldats de la Fondation en ont. Ce sera une preuve manifeste qu'il y a des renseignements que vous préférez ne pas me fournir. Exact ? »

L'autre ne répondit pas. Le général continua :

« Et il y aura d'autres preuves plus directes. J'ai apporté avec moi la psychosonde. Elle a échoué une fois déjà, mais le contact avec l'ennemi a fait mon éducation. »

Il y avait dans sa voix une menace insinuante et Devers sentit le canon d'un pistolet au creux de ses reins, le pistolet du général, que celui-ci avait tiré de son étui.

« Vous allez ôter votre bracelet, dit tranquillement le général, et tout autre ornement métallique que vous portez et me les remettre. Lentement ! Comme vous le savez, on peut distordre les champs atomiques, et les psychosondes ne peuvent fonctionner que sans perturbations. C'est bien. Je vais les prendre. »

Le récepteur sur le bureau du général s'alluma et un message, enfermé dans sa capsule, tomba en cliquetant dans le casier près duquel se trouvait Barr, qui avait toujours sous la main le buste de l'empereur.

Riose passa derrière son bureau, son pistolet atomique à la main.

« Vous aussi, patricien, dit-il à Barr. Votre bracelet vous condamne. Mais vous m'avez rendu service autrefois et je ne suis pas vindicatif : toutefois, je déciderai du sort de votre famille que nous gardons en otage d'après les résultats obtenus avec la psychosonde. »

Comme Riose se penchait pour prendre la capsule, Barr souleva alors le buste de Cléon dans sa gaine de cristal et, paisiblement, posément, l'abattit sur le crâne du général.

Cela se passa trop brusquement pour que Devers se rendît bien compte. On aurait cru qu'un démon venait de s'emparer brusquement du vieil homme.

« Dehors ! murmura Barr. Vite ! »

Il s'empara du pistolet que Riose avait laissé tomber et le dissimula sous sa blouse.

Le sergent Luck se retourna en les voyant sortir par la porte à peine entrebâillée.

« Précédez-nous, sergent ! » dit Barr d'un ton dégagé.

Devers referma la porte derrière eux.

Le sergent Luck les conduisit en silence jusqu'à leur cellule, puis, après avoir marqué un arrêt à peine perceptible, poursuivit son chemin, car il sentait contre ses côtes le canon d'un pistolet atomique et une voix sans douceur lui disait à l'oreille : « A l'astronef marchand. »

Devers s'avança pour ouvrir le sas à air, et Barr dit :

« Restez où vous êtes, Luck. Vous avez été correct et nous n'allons pas vous tuer. »

Mais le sergent reconnut les initiales sur le pistolet.

« Vous avez tué le général », s'écria-t-il d'une voix que la colère étranglait.

Avec un cri de fureur, il se précipita aveuglément vers l'éclair qui jaillissait du canon et s'effondra, volatilisé.

L'astronef marchand s'élevait au-dessus d'une planète morte lorsque les signaux d'avertissement commencèrent à clignoter et que, sur le fond crémeux de la grande lentille dans le ciel qui constituait la Galaxie, d'autres formes noires s'élevèrent.

« Tenez-vous bien, Barr, dit Devers d'un ton résolu, et voyons un peu s'ils ont un engin aussi rapide que le mien. »

Il savait bien qu'ils n'en avaient pas !

Une fois dans l'espace libre, le Marchand reprit d'une voix lasse :

« Je ne me suis pas assez méfié de Brodrig. J'ai l'impression qu'il est de mèche avec le général. »

A toute allure, ils s'enfonçaient dans les profondeurs de la masse stellaire qu'était la Galaxie.

VIII

Devers se pencha au-dessus du petit globe mort, à l'affût du moindre signe de vie. Le contrôle directionnel criblait lentement et méthodiquement l'espace de ses rayons. Barr observait patiemment, assis sur la couchette intérieure, dans le coin.

« Plus trace d'eux ? demanda-t-il.

— Des types de l'Empire ? Non, fit le Marchand avec une impatience manifeste. Il y a belle lurette que nous les avons lâchés. Par l'Espace ! Avec les bonds à l'aveuglette que nous avons faits dans l'hyperespace, c'est une vraie chance que nous ne nous soyons pas retrouvés en plein sur le soleil. Ils n'auraient pas pu nous suivre, même s'ils avaient eu un rayon d'action supérieur, ce qui n'est pas le cas. (Il se carra sur son siège et desserra son col.) Je ne sais pas ce que ces types de l'Empire ont fait par ici. Il me semble que certaines trouées ne sont plus dans l'alignement.

— Vous essayez, je suppose, de joindre la Fondation.

— J'appelle l'Association... en tout cas, j'essaie.

— L'Association ? Qui est-ce ?

— L'Association des Marchands indépendants. Vous n'en avez jamais entendu parler, hein ? Bah, vous n'êtes pas le seul. Nous sommes assez discrets. »

Pendant quelque temps, ils restèrent silencieux autour de l'indicateur de réception toujours muet, et Barr dit :

« Vous êtes à portée ?

— Je n'en sais rien. Je n'ai qu'une vague idée de l'endroit où nous sommes, puisque nous avons navigué à l'estime. C'est pourquoi il faut que j'aie recours au contrôle directionnel. Ça pourrait prendre des années, vous savez.

— Vous croyez ? »

Barr, du doigt, désigna l'appareil ; Devers bondit et ajusta son casque. A l'intérieur de la petite sphère sombre, on voyait luire un minuscule point blanc.

Une demi-heure durant, Devers se cramponna à ce fil fragile qui traversait l'hyperespace pour relier deux points séparés par une distance que la lente lumière mettrait cinq cents ans à parcourir. Puis il se renversa en arrière, découragé. Il leva la tête et repoussa ses écouteurs.

« Mangeons. Il y a une douche que vous pouvez utiliser si le cœur vous en dit, mais économisez l'eau chaude. (Il s'accroupit devant un des compartiments qui tapissaient une paroi et en inspecta le contenu.) J'espère que vous n'êtes pas végétarien ?

— Je suis omnivore. Mais, et l'Association ? Vous les avez perdus ?

— On dirait. C'était à la limite comme portée. Un peu trop à la limite. Mais ça ne fait rien. J'ai eu tout ce qu'il me fallait. »

Il se redressa et posa sur la table deux récipients métalliques.

« Attendez cinq minutes, puis ouvrez en pressant le contact. Ça vous donnera une assiette, de la nourriture et une fourchette... c'est commode quand on est pressé, si on ne se soucie pas d'avoir une serviette. Vous voulez savoir, je pense, ce que j'ai obtenu de l'Association.

— Si ce n'est pas un secret.

— Pas pour vous, fit Devers en secouant la tête. Ce que Riose a dit était vrai.

— A propos de l'offre d'un tribut ?

— Oui. Ils l'ont offert et on a refusé leur proposition. Ça va mal. On se bat dans les soleils extérieurs de Loris.

— Loris est près de la Fondation ?

— Si c'est près ? Je pense bien. C'est un des Quatre Royaumes originels. Ça fait partie, si vous voulez, de la ligne intérieure de défense. Mais ça n'est pas le pire. Ils ont eu affaire avec de gros astronefs, comme ils n'en avaient encore jamais rencontrés. Ce qui signifie que Riose ne nous racontait pas d'histoires. Il a bel et bien reçu d'autres astronefs. Brodrig a changé de camp, et moi, j'ai fichu la pagaille. »

Il réunit les points de contact de la boîte de conserve et la regarda s'ouvrir bien proprement. Le ragoût qu'elle contenait répandit son arôme dans la cabine. Ducem Barr mangeait déjà.

« Eh bien, fit-il, voilà pour les improvisations. Nous ne pouvons rien faire ici ; nous ne pouvons pas traverser les lignes impériales pour regagner la Fondation ; nous ne pouvons rien faire d'autre que ce qui est le plus raisonnable : attendre patiemment. Mais, si Riose a atteint la ligne intérieure, je pense que nous n'aurons pas trop longtemps à attendre.

— Vous parlez d'attendre ? ricana Devers en reposant sa fourchette. Ça va bien pour vous. Vous n'avez rien à perdre.

— Vous croyez ? fit Barr avec un petit sourire.

— Non. Tenez, je vais vous dire, fit Devers avec une irritation croissante. J'en ai assez de considérer tout cela comme s'il s'agissait d'une expérience qu'on regarde au microscope. J'ai quelque part des amis qui sont en train de mourir ; et tout un monde, ma patrie, qui meurt aussi. Vous, vous êtes un étranger, vous ne savez pas.

— J'ai vu des amis mourir. Vous êtes marié ?

— Les Marchands ne se marient pas, fit Devers.

— Eh bien, j'ai deux fils et un neveu. Ils ont été avertis mais — pour certaines raisons — ils n'ont pu agir. Notre évasion, c'est la mort pour eux. Ma fille et mes deux petits-enfants ont, je l'espère, quitté la planète avant tout cela, mais même sans parler d'eux, j'ai déjà risqué et perdu plus que vous.

— Je sais, fit Devers d'un ton farouche. Mais c'était une question de choix. Vous auriez pu vous arranger avec Riose. Je ne vous ai jamais demandé de... »

Barr secoua la tête.

« Ce n'était pas une question de choix, Devers. Apaisez votre conscience ; ce n'est pas pour vous que j'ai risqué la vie de mes fils. J'ai coopéré avec Riose aussi longtemps que j'ai osé. Mais il y a eu la psychosonde. »

Le patricien ouvrit les yeux ; une lueur douloureuse y brillait.

« Riose est venu me trouver un jour : il y a plus d'un an de cela. Il a parlé d'un culte centré autour des magiciens, mais il s'est trompé. Ce n'est pas tout à fait un culte. Voyez-vous, cela fait quarante ans maintenant que Siwenna est soumise au même intolérable joug qui menace votre monde. Cinq révoltes ont été écrasées. Et puis j'ai découvert les anciennes archives de Hari Seldon... et maintenant, ce « culte » attend.

« Il attend la venue des « magiciens » et il est prêt. Mes fils sont les chefs de ceux qui attendent. C'est ce secret-là qui est dans mon esprit, et que la sonde ne doit jamais découvrir. Aussi doivent-ils mourir comme otages, car l'autre solution, ce serait leur mort comme rebelles avec en même temps la moitié de Siwenna qui périrait. Vous voyez que je n'avais pas le choix ! Et que je ne suis pas en dehors de tout cela. »

Devers baissa les yeux et Barr reprit doucement :

« C'est sur une victoire de la Fondation que reposent les espoirs de Siwenna. C'est pour une victoire de la Fondation que mes fils se sont sacrifiés. Et Hari Seldon ne précalcule pas l'inévitable salut de Siwenna comme celui de la Fondation. Je n'ai pas de certitude en ce qui concerne mon peuple, moi : seulement l'espoir.

— Mais vous vous contentez quand même d'attendre. Même avec la flotte impériale à Loris.

— J'attendrais en toute confiance, dit simplement Barr, s'ils débarquaient sur la planète Terminus elle-même.

— Je ne sais pas, fit le Marchand d'un ton soucieux. Ça ne peut pas vraiment marcher comme ça, pas comme si c'était simplement de la magie. Psychohistoire ou non, ils sont terriblement forts et nous sommes faibles. Qu'est-ce que Seldon peut y faire ?

— Il n'y a rien à faire. Tout est déjà fait. C'est en marche maintenant. Ce n'est pas parce que vous n'entendez pas tourner les rouages et sonner les heures que c'est moins certain.

— Peut-être ! Mais je regrette que vous n'ayez pas fracassé complètement le crâne de Riose. Il est plus dangereux que toute son armée.

— Le tuer ! Avec Brodrig comme lieutenant ? Tout Siwenna aurait servi d'otage. Brodrig a prouvé ce qu'il valait depuis longtemps. Il existe un monde qui, il y a cinq ans, a perdu un mâle sur dix, simplement pour n'avoir pas versé des impôts exorbitants. C'était ce même Brodrig qui les percevait. Non, Riose peut vivre. Auprès de lui, il est miséricordieux.

— Mais six mois, six mois à la base ennemie, sans rien en tirer ! (Les robustes mains de Devers étaient crispées, au point qu'il en faisait craquer ses jointures.) Ne rien en avoir tiré !

— Ah ! attendez. Vous me rappelez... fit Barr en fouillant dans sa bourse. Ceci compte peut-être pour quelque chose ? »

Il lança sur la table une petite sphère métallique. Devers s'en empara.

« Qu'est-ce que c'est ?

— La capsule avec le message. Celui que Riose a reçu juste avant que je l'assomme. Cela peut avoir du poids.

— Je ne sais pas. Cela dépend de ce qu'il y a dedans ! » Devers s'assit et l'examina attentivement.

Lorsque Barr sortit de sa douche froide, il traversa avec

béatitude le doux courant tiède du séchoir et retrouva Devers silencieux et préoccupé devant l'établi.

« Qu'est-ce que vous faites ? » demanda le Siwennien.

Devers leva la tête. Des gouttes de transpiration brillaient dans sa barbe.

« Je vais ouvrir cette capsule.

— Pouvez-vous l'ouvrir sans connaître le chiffre personnel de Riose ? fit le Siwennien avec une légère surprise.

— Si je ne peux pas, je démissionnerai de l'Association et je ne piloterai plus jamais d'astronef jusqu'à la fin de mes jours. J'ai une analyse électronique tridimensionnelle de l'intérieur maintenant, et j'ai toute une série de petits instruments que l'Empire n'a jamais vus, spécialement conçus pour forcer les capsules. J'ai déjà fait du cambriolage, vous savez. Quand on est Marchand, il faut savoir faire un peu de tout. »

Il se pencha sur la petite sphère, la parcourant délicatement avec un petit instrument qui rougeoyait à chaque contact.

« D'ailleurs, cette capsule est assez rudimentaire. Ces types de l'Empire ne sont pas forts pour le travail délicat. Ça se voit du premier coup d'œil. Vous avez déjà vu une capsule de la Fondation ? C'est moitié moins gros et, pour commencer, ça résiste à l'analyse électronique. »

Soudain il se crispa, on vit se gonfler sous sa tunique les muscles de ses épaules. Il enfonça lentement sa petite sonde... la capsule céda sans bruit, Devers se détendit et poussa un soupir. Il tenait à la main la sphère étincelante dont le message se déroulait comme une langue de parchemin.

« C'est de Brodrig », dit-il. Puis, avec mépris : « Le message est sur une matière stable. Dans une capsule de la Fondation, en une minute le message serait oxydé. »

Mais Ducem Barr lui fit signe de se taire. Il lut rapidement le message :

DE : AMELL BRODRIG, ENVOYÉ EXTRAORDINAIRE DE SA MAJESTÉ IMPÉRIALE, SECRÉTAIRE PRIVÉ DU CONSEIL ET PAIR DE L'EMPIRE.

A : BEL RIOSE, GOUVERNEUR MILITAIRE DE SIWENNA, GÉNÉRAL DES FORCES IMPÉRIALES ET PAIR DE L'EMPIRE. JE VOUS SALUE.

LA PLANÈTE 1120 NE RÉSISTE PLUS. L'OFFENSIVE SE POURSUIT CONFORMÉMENT AUX PLANS. L'ENNEMI FAIBLIT VISIBLEMENT ET LE TRIOMPHE FINAL RECHERCHÉ NE TARDERA SUREMENT PAS.

Barr leva la tête en criant d'un ton amer :

« L'imbécile ! Le pauvre crétin ! Ça, un message ?

— Hein ? fit Devers, vaguement déçu.

— Ça ne dit rien, reprit Barr. Notre lèche-bottes de courtisan joue au général, désormais. Maintenant que Riose n'est plus là, il est Commandant en chef et il lui faut satisfaire ses bas instincts en rédigeant de pompeux rapports sur des affaires militaires auxquelles il ne connaît rien. « La planète Untel ne résiste plus. » « L'offensive continue. » « L'ennemi faiblit. » Quel prétentieux à la tête vide !

— Attendez donc, attendez...

— Jetez donc ça. (Le vieil homme se détourna, vexé.) La Galaxie sait que je ne m'attendais pas à quelque chose d'une importance extraordinaire, mais en temps de guerre, il est raisonnable de supposer que même l'ordre le plus banal, faute d'être exécuté, pourrait compromettre le déroulement des opérations militaires et provoquer par la suite des complications. C'est pourquoi je m'en suis emparé. Mais ça ! J'aurais mieux fait de le laisser. Cela aurait pu perdre une minute du temps de Riose, qu'il va pouvoir utiliser maintenant à des fins plus constructives. »

Mais Devers s'était levé.

« Voulez-vous vous calmer un peu et cesser de vous agiter ? Au nom de Seldon... (Il brandit le message sous le nez de Barr.) Relisez-moi ça. Que veut-il dire par « triomphe final recherché » ?

— La conquête de la Fondation. Et alors ?

— Ah ! oui ? Et peut-être veut-il dire la conquête de

l'Empire. Vous savez qu'il croit que c'est *ça*, le triomphe final.

— Et après ?

— Et après ! fit Devers en souriant. Eh bien, regardez, je vais vous montrer. »

D'un doigt, il repoussa dans la fente la feuille du message. Elle disparut avec un doux bruissement et la sphère se retrouva lisse et intacte. Quelque part à l'intérieur, on entendait le léger cliquetis des contrôles qui tournaient à vide.

« Maintenant, il n'existe aucun moyen d'ouvrir cette capsule sans être en possession du chiffre personnel de Riose, n'est-ce pas ?

— Dans l'Empire, non, dit Barr.

— Alors, ce qu'elle contient, nous l'ignorons, et c'est donc un document absolument authentique ?

— Pour l'Empire, oui, dit Barr.

— Et l'empereur peut l'ouvrir, n'est-ce pas ? On doit posséder dans les archives le chiffre personnel des fonctionnaires du gouvernement. On les a à la Fondation.

— A la capitale impériale aussi, reconnut Barr.

— Alors, quand vous, un patricien de l'Empire, racontez à ce Cléon, à cet empereur, que son perroquet favori et son plus brillant général complotent pour le renverser, et que vous lui remettez comme preuve la capsule, que croira-t-il que représente le « triomphe final recherché » de Brodrig ?

— Attendez, fit Barr, je ne vous suis pas. » Il caressa sa joue amaigrie et reprit : « Vous ne parlez pas sérieusement ?

— Mais si, fit Devers avec feu. Écoutez, neuf des dix derniers empereurs se sont fait couper la gorge, ou étriper, par l'un ou l'autre de leurs généraux qui avaient des rêves de grandeur. Vous me l'avez dit vous-même plus d'une fois. Ce vieil empereur nous croira tout de suite.

— C'est qu'il est sérieux, murmura Barr. Par la Galaxie, vous ne pouvez pas surmonter une crise Seldon par un subterfuge aussi tortueux, aussi romanesque que celui-ci. Et si vous n'aviez jamais mis la main sur la capsule ? Et si Brodrig n'avait pas utilisé le mot « final » ? Seldon ne compte pas sur le hasard.

— Si le hasard est de notre côté, aucune loi ne dit que Seldon ne peut pas en profiter.

— Bien sûr. Mais... mais... » Barr s'interrompit, puis reprit calmement, mais en se maîtrisant visiblement : « Écoutez, pour commencer, comment irez-vous jusqu'à la planète Trantor ? Vous n'en connaissez pas l'emplacement dans l'espace, et je ne m'en rappelle pas les coordonnées, pour ne rien dire des éphémérides. Vous ne savez même pas où nous sommes dans l'espace.

— On ne se perd pas dans l'espace, fit Devers en souriant. (Il manipulait déjà ses instruments de bord.) Nous gagnons la planète la plus proche et nous revenons avec la position et les meilleures cartes de navigation que nous permettent d'acheter les cent mille crédits de Brodrig.

— Et une bonne charge atomique dans le corps. Notre signalement a sans doute été distribué dans toutes les planètes de cette région de l'Empire.

— Voyons, fit Devers d'un ton patient, ne jouez pas les naïfs. Riose a dit que mon astronef avait capitulé trop facilement et, je vous assure, il ne croyait pas si bien dire. Cet engin dispose d'une puissance de feu suffisante et d'un bouclier énergétique assez fort pour résister à tout ce que nous risquons de rencontrer passé la frontière. Et nous avons des écrans personnels également. Les types de l'Empire ne les ont jamais découverts, vous savez, mais nous avons tout fait pour ça.

— Bon, fit Barr. Bon. Imaginez-vous sur Trantor. Comment allez-vous voir l'empereur ? Vous pensez qu'il a des heures de bureau ?

— Et si nous nous occupions de ça quand nous serons sur Trantor ? riposta Devers.

— Bon, murmura Barr, vaincu. Voilà un demi-siècle que j'ai envie de voir Trantor avant de mourir. Allons-y. »

Le moteur hyperatomique se déclencha. Les lumières vacillèrent et il y eut cette petite secousse qui marquait le passage dans l'hyperespace.

IX

Les étoiles étaient aussi serrées que les mauvaises herbes dans un terrain vague et, pour la première fois, Lathan Devers s'occupa des chiffres à droite de la décimale, pour calculer les trouées à travers les hyperrégions. Cela donnait une sensation de claustrophobie que d'être obligé de ne pas faire de bonds de plus d'une année-lumière. Ce ciel qui luisait à l'infini dans toutes les directions avait une effrayante dureté. On avait l'impression d'être perdu dans une mer de radiations.

Et, au centre d'un amas de dix mille étoiles, dont la lumière déchirait les ténèbres qui s'efforçaient de l'entourer, gravitait la vaste planète impériale de Trantor.

Mais c'était plus qu'une planète ; c'était le pouls vivant d'un Empire de vingt millions de systèmes stellaires. La planète n'avait qu'une fonction, l'administration ; qu'un but, le gouvernement ; elle ne produisait qu'un seul produit manufacturé, la loi.

Trantor n'était qu'une distorsion fonctionnelle. Il n'y avait d'autres créatures vivantes à sa surface que l'homme, ses animaux favoris et ses parasites. A l'extérieur des quelques centaines de kilomètres carrés du palais impérial, on ne pouvait trouver un brin d'herbe ni un fragment de terre nue. Il n'y avait pas d'eau en dehors des jardins du palais, sauf dans les immenses citernes souterraines qui contenaient les réserves d'un monde.

La surface lisse de la planète n'était que métal brillant, indestructible, incorruptible. C'étaient des édifices réunis par des rampes ; creusés de corridors ; découpés en bureaux ; occupés à la base par d'immenses centres commerciaux qui couvraient des kilomètres carrés ; couronnés à leur faîte par le monde du plaisir qui chaque nuit s'allumait.

On pouvait faire le tour de Trantor sans jamais quitter un bâtiment ni voir la ville.

Une flotte d'astronefs, plus nombreux que toutes les flottes de guerre de l'Empire, déchargeaient chaque jour leur cargaison sur Trantor pour nourrir les quarante milliards d'êtres humains qui se contentaient en échange de démêler les myriades de fils qui venaient s'enrouler dans l'administration centrale du gouvernement le plus complexe que l'humanité eût jamais connu.

Vingt mondes agricoles constituaient le grenier de Trantor. Un univers était à son service.

Solidement maintenu de chaque côté par des bras métalliques, l'astronef marchand fut lentement descendu le long de l'énorme rampe qui menait au hangar. Déjà Devers avait dû se prêter aux innombrables complications d'un monde conçu dans la paperasserie et dédié au principe du formulaire en quatre exemplaires.

Il y avait eu la halte préliminaire dans l'espace, où il avait fallu remplir le premier d'une centaine de questionnaires. Il y avait eu la centaine d'interrogatoires, le passage classique à une sonde simple, la photographie de l'engin, l'analyse caractérielle des deux hommes, dûment enregistrée, la fouille pour voir s'ils n'apportaient rien en contrebande, le paiement de la taxe de l'entrée, et enfin la question des cartes d'identité et du visa du visiteur.

Ducem Barr était siwennien et sujet de l'empereur, mais Lathan Devers était un inconnu qui ne possédait pas les documents exigés. Le fonctionnaire de service était absolument navré, mais Devers ne pouvait entrer. En fait, il allait être retenu pour enquête.

Une centaine de crédits en billets neufs et craquants garantis par les domaines du seigneur Brodrig firent leur apparition et changèrent discrètement de main. Le fonctionnaire hocha la tête d'un air important et quitta son air navré. Un nouveau formulaire apparut du casier approprié. Il fut rempli rapidement et consciencieusement, avec les caractéristiques de Devers.

Les deux hommes, le Marchand et le patricien, pénétrèrent à Trantor.

Dans le hangar, l'astronef marchand n'était qu'un appareil de plus à entreposer, photographier, enregistrer, dont il fallait inventorier le contenu, reproduire les cartes d'identité des passagers, toutes opérations pour lesquelles une certaine somme devait être payée, enregistrée et comptabilisée.

Puis Devers se trouva sur une vaste terrasse sous le brillant soleil blanc, où des femmes bavardaient, des enfants criaient et des hommes buvaient des consommations d'un air alangui, installés devant les énormes téléviseurs qui clamaient les nouvelles de l'Empire.

Barr versa une certaine somme en pièces d'iridium et acheta un journal. C'était les *Nouvelles Impériales* de Trantor, l'organe officiel du gouvernement. Au fond de la salle d'informations, on entendait le doux cliquètement des éditions supplémentaires imprimées par synchronisme à longue distance. Cela grâce aux machines des bureaux des *Nouvelles Impériales* distantes de seize mille kilomètres par les couloirs – moins de dix mille par machines volantes – tout comme dix millions d'exemplaires étaient imprimés de la même façon, au même moment, dans dix millions d'autres salles d'informations réparties sur toute la surface de la planète.

Barr jeta un coup d'œil aux gros titres et dit doucement : « Par où allons-nous commencer ? »

Devers essaya de se secouer. Il se trouvait dans un univers bien éloigné du sien, sur un monde dont la complexité lui pesait, parmi des gens dont les agissements étaient incompréhensibles et le langage presque autant. Les tours métalliques étincelantes qui l'entouraient et se pressaient sans fin jusqu'au-delà de l'horizon l'étouffaient ; toute cette vie affairée et impitoyable d'un monde-métropole le plongeait dans une profonde mélancolie, née de son isolement et du sentiment de sa petitesse.

« Il vaut mieux que je vous laisse l'initiative », dit-il.

Barr parlait d'un ton calme, sans élever la voix.

« J'ai essayé de vous le dire, mais c'est difficile à croire tant qu'on ne l'a pas vu. Savez-vous combien de gens veulent voir l'empereur tous les jours ? Environ un million. Savez-vous combien il en voit ? Une dizaine. Nous allons être obligés de passer par les fonctionnaires et cela complique les choses. Mais nous n'avons pas les moyens d'utiliser l'aristocratie.

— Nous avons presque cent mille crédits de reste.

— Un seul Pair de l'Empire nous coûterait cela, et il en faudrait au moins trois ou quatre pour constituer un pont jusqu'à l'empereur. Il faudra peut-être cinquante commissaires-chefs et surveillants pour le même résultat, mais ils ne nous coûteront qu'une centaine de crédits chacun peut-être. Je me chargerai des négociations. Tout d'abord, ils ne comprendraient pas votre accent, et ensuite, vous ne connaissez pas l'étiquette de la corruption impériale. C'est un art, je vous assure. Ah ! »

Il venait de trouver à la troisième page des *Nouvelles Impériales* ce qu'il cherchait, et il passa le journal à Devers.

Devers lut lentement. Le vocabulaire ne lui était pas familier, mais il comprenait. Il releva la tête, le regard soucieux. Du revers de la main, il frappa rageusement le journal.

« Vous croyez qu'on peut se fier à ça ?

— Dans une certaine mesure, répondit tranquillement Barr. Il est très improbable que la flotte de la Fondation ait été anéantie. C'est une nouvelle qu'ils ont sans doute annoncée plusieurs fois déjà, s'ils utilisent la technique habituelle des communiqués de guerre publiés à partir d'une capitale fort éloignée du théâtre des opérations. Mais cela signifie quand même que Riose a remporté une autre victoire, ce qui n'a rien de très étonnant. Le communiqué dit qu'il a capturé Loris. Est-ce la planète capitale du royaume de Loris ?

— Oui, fit Devers d'un ton maussade, ou plutôt de ce qui était le royaume de Loris. Et c'est à moins de vingt parsecs de la Fondation. Il faut agir vite.

— On ne peut pas agir vite sur Trantor, fit Barr en haussant les épaules. Si vous essayez, vous avez toutes les chances de vous retrouver du mauvais côté d'un pistolet atomique.

— Combien de temps cela va-t-il prendre ?

— Un mois, si nous avons de la chance. Un mois et nos cent mille crédits... en admettant que cela suffise. Et à condition que l'empereur ne se mette pas en tête entre-temps de partir pour les planètes d'été, où il n'accorde aucune audience.

— Mais la Fondation...

— ... se débrouillera toute seule, comme jusqu'à présent. Venez, il faut dîner maintenant. J'ai faim. Ensuite, la soirée est à nous, et autant la mettre à profit. Nous ne reverrons jamais Trantor ni un monde comme celui-là, vous savez. »

Le commissaire des provinces extérieures ouvrit d'un geste d'impuissance ses petites mains potelées et considéra les quémandeurs de ses yeux de myope.

« Mais l'empereur est souffrant, messieurs. Il est vraiment inutile de porter l'affaire à mon supérieur. Sa Majesté Impériale ne voit personne depuis une semaine.

— Il nous verra, dit Barr, en affectant l'assurance. Il s'agit simplement de joindre un membre du cabinet du secrétaire privé.

— Impossible, dit catégoriquement le commissaire. Cela me coûterait ma situation que de tenter pareille démarche. Si vous pouviez être un peu plus explicite à propos de la nature de votre affaire ? Je ne demande pas mieux que de vous aider, vous comprenez, mais il me faut naturellement quelque chose de moins vague, quelque chose que je puisse présenter à mon supérieur comme une raison d'insister.

— Si l'affaire qui m'amène pouvait être expliquée autrement qu'à la plus haute instance, fit Barr d'un ton suave, elle ne mériterait pas que je sollicite une audience de Sa Majesté Impériale. Je propose que vous preniez le risque. Je me permettrai de vous rappeler que, si Sa Majesté Impériale attache à notre affaire l'importance que nous vous garantissons, vous ne manquerez pas de recevoir les félicitations que vous méritez pour nous avoir aidés maintenant.

— Oui, mais... (Le commissaire haussa les épaules sans ajouter un mot.)

— C'est un risque, reconnut Barr. Naturellement, un risque doit avoir ses compensations. C'est une assez grande faveur que je vous demande, mais nous vous sommes déjà très reconnaissants de la bonté dont vous avez fait montre en nous offrant cette possibilité d'exposer notre problème. Mais si vous nous permettiez d'exprimer simplement notre gratitude en... »

Devers eut une grimace de mépris. Depuis un mois, il avait entendu vingt fois ce discours avec d'infimes variations. Cela se terminait toujours par un rapide échange de billets à demi dissimulés. Mais l'épilogue cette fois fut différent. D'ordinaire, les billets disparaissaient immédiatement ; cette fois, ils demeurèrent bien tendus, tandis que lentement le commissaire les comptait, les inspectant sur toutes leurs faces.

« Garantis par le secrétaire privé, hein ? C'est du bon argent !

— Pour revenir à notre affaire... reprit Barr.

— Attendez, fit le commissaire en l'interrompant, revenons-y doucement. J'aimerais vraiment savoir quelle est l'affaire qui vous amène. Cet argent est tout neuf et vous devez en avoir beaucoup, car je sais que vous avez vu d'autres fonctionnaires avant moi. Allons, voyons, de quoi s'agit-il?

— Je ne comprends pas où vous voulez en venir, dit Barr.

— Voyons, on pourrait prouver que vous êtes sur cette planète illégalement, puisque la carte d'identité et le permis d'entrée de votre silencieux ami ne sont sûrement pas en règle. Il n'est pas sujet de l'empereur.

— J'affirme le contraire.

— N'insistez pas, dit le commissaire d'un ton soudain brutal. Le fonctionnaire qui a signé ses papiers pour la somme de cent crédits a avoué — sous la menace— et nous en savons plus long sur vous que vous ne croyez.

— Si vous insinuez, monsieur, que la somme que nous vous avons demandé d'accepter est insuffisante par rapport aux risques...

— Au contraire, fit le commissaire en souriant, elle est plus que suffisante. Pour en revenir à ce que je disais, c'est l'empereur lui-même qui commence à s'intéresser à votre cas. N'est-il pas vrai, messieurs, que vous avez été récemment les hôtes du général Riose ? N'est-il pas vrai que vous avez échappé à son armée avec, disons, une stupéfiante facilité ? N'est-il pas vrai que vous possédez une petite fortune en billets garantis par les domaines du seigneur Brodrig ? Bref, n'est-il pas vrai que vous êtes une paire d'espions et d'assassins envoyés ici pour.. allons, vous allez nous dire vous-mêmes qui vous a payés et pourquoi !

— Savez-vous, dit Barr, avec une fureur contenue, que je refuse à un petit commissaire le droit de nous accuser de crime. Nous allons prendre congé.

— Pas question. (Le commissaire se leva et il n'avait plus du tout l'air myope.) Vous n'avez pas besoin de répondre à la question maintenant ; ce sera pour plus tard... et dans des circonstances moins confortables. Et sachez que je ne suis pas commissaire : je suis lieutenant de la police impériale. Vous êtes en état d'arrestation. » Un pistolet atomique étincelant apparut à son poing, tandis qu'il ajoutait en souriant : « Il y a aujourd'hui des hommes plus importants que vous en état d'arrestation. C'est un panier de crabes que nous sommes en train de nettoyer. »

Devers ricana et porta lentement la main à son propre pistolet. Le sourire du lieutenant de police s'élargit, et sa main pressa le contact. Le jet d'énergie frappa la poitrine de Devers en plein centre... puis rebondit sur son bouclier personnel en un jaillissement de petites particules lumineuses.

Devers tira à son tour et la tête du lieutenant tomba d'un torse qui s'était désintégré. Elle souriait encore, alors qu'elle gisait dans une flaque de soleil qui pénétrait par le trou qui venait de s'ouvrir dans le mur.

Ils sortirent par la porte de service.

« A l'astronef, rapidement, dit Devers d'une voix rauque. Ils ne vont pas tarder à donner l'alarme. (Il jurait sous cape.) Encore un plan qui a raté. J'en viens à croire que le démon de l'espace lui-même est contre moi. »

Lorsqu'ils sortirent, ils remarquèrent les foules excitées qui entouraient les téléviseurs géants. Mais ils n'avaient pas le temps d'attendre ; ils ne restèrent pas à écouter les bribes de phrases qu'ils entendaient au passage. Mais Barr prit un numéro des *Nouvelles Impériales* avant de plonger dans le hangar, où l'astronef s'éleva précipitamment, par une gigantesque ouverture encore fumante qu'ils venaient de ménager dans le toit.

Dix appareils de la police de l'air se précipitèrent à la poursuite de l'engin qui venait de décoller au mépris de toutes les instructions de la tour de contrôle, et qui semblait disposé maintenant à battre tous les records d'excès de vitesse de la création. Plus loin, les rapides appareils du service secret s'élevaient, pour prendre en chasse un astronef dont on leur avait donné le signalement précis, piloté par deux meurtriers déjà identifiés.

« Attention », fit Devers, et il passa brusquement dans l'hyperespace à trois mille kilomètres au-dessus de Trantor.

Ce passage, si près d'une base planétaire, fit sombrer Barr dans l'inconscience et plongea Devers dans un brouillard de douleur, mais, quelques années-lumière plus loin, l'espace autour d'eux était libre.

« Il n'y a pas un appareil impérial capable de me suivre », fit Devers avec fierté. Puis il ajouta d'un ton plus amer : « Mais nous n'avons plus nulle part où fuir et nous ne pouvons pas lutter contre leur masse. Que faut-il faire ? Que peut-on faire ? »

Barr s'agita faiblement sur sa couchette. Il était encore sous l'effet du passage brutal à travers l'hyperespace, et chacun de ses muscles était endolori.

« Personne n'a rien à faire, dit-il, c'est fini. Tenez ! »

Il lui tendit le numéro des *Nouvelles Impériales* qu'il tenait encore, et le marchand eut tôt fait de déchiffrer les gros titres.

« Recherchés pour arrestation : Riose et Brodrig », murmura Devers. Pourquoi ? demanda-t-il en regardant Barr.

– L'article ne le dit pas, mais quelle importance ? La guerre avec la Fondation est terminée, et en ce moment même Siwenna se révolte. Regardez l'article. (Son ton déjà se faisait songeur.) Nous allons nous arrêter dans une des provinces pour avoir les derniers détails. Si vous le permettez, je vais dormir maintenant. »

Ce qu'il fit.

Par bonds de plus en plus grands, l'astronef marchand parcourait la Galaxie pour regagner la Fondation.

X

Lathan Devers se sentait très mal à l'aise et en proie à une vague rancœur. On l'avait décoré et il avait supporté stoïquement les flots de rhétorique du Maire accompagnant la remise du bout de ruban rouge. En ce qui le concernait, les cérémonies étaient terminées, mais évidemment l'étiquette l'obligeait à rester. Et c'était l'étiquette surtout — en lui interdisant de bâiller bruyamment ou de se balancer nonchalamment sur son siège — qui lui donnait la nostalgie de l'espace, qui était son véritable milieu.

La délégation siwennienne, dont Ducem Barr était le héros, signa la convention et Siwenna devint la première province à passer directement du joug politique de l'Empire sous la tutelle économique de la Fondation.

Cinq astronefs impériaux de ligne — capturés quand Siwenna s'était révoltée sur les arrières de la flotte avancée de l'Empire — passèrent dans le ciel, énormes et massifs, lâchant une salve en guise de salut lorsqu'ils survolèrent la ville.

Il n'y avait plus maintenant qu'à boire, qu'à supporter l'étiquette et les bavardages insignifiants.

Une voix l'interpella. C'était Forell ; l'homme qui, Devers le savait, pouvait en acheter vingt comme lui avec les bénéfices qu'il réalisait dans une matinée, mais un Forell qui l'appelait maintenant d'un petit signe du doigt.

Il sortit sur le balcon dans le vent frais de la nuit et s'inclina courtoisement, tout en grimaçant dans sa barbe. Barr était là aussi, souriant.

« Devers, dit-il, il va falloir que vous veniez à mon secours. On m'accuse de modestie, un crime affreux et tout à fait contre nature.

— Devers, dit Forell en ôtant pour parler le gros cigare qu'il avait au coin de la bouche, le seigneur Barr prétend que votre voyage dans la capitale de Cléon n'avait rien à voir avec le rappel de Riose.

— Absolument rien, monsieur, fit sèchement Devers. Nous n'avons jamais vu l'empereur. Les rapports que nous avons recueillis au retour, à propos du procès, montraient qu'il s'agissait d'une accusation montée de toutes pièces. On a raconté tout un tas d'histoires en affirmant que le général avait partie liée avec des ennemis du régime à la cour.

— Et il était innocent ?

— Riose ? fit Barr. Mais oui ! Par la Galaxie, oui. Brodrig était un traître dans l'ensemble, mais il n'a jamais été coupable de ce dont on l'a accusé en l'occurrence. Ce n'était qu'une parodie de justice, mais une parodie nécessaire, prévisible, inévitable.

— Aux termes de la nécessité psychohistorique, j'imagine, dit Forell en faisant sonner la phrase avec une certaine ironie.

— Exactement, fit Barr, soudain grave. Cette idée ne m'était pas venue plus tôt, mais dès que la guerre a été finie et que j'ai pu... ma foi... consulter les réponses à la fin du livre, le problème est devenu simple. Nous comprenons aujourd'hui que le climat social de l'Empire lui interdit les guerres de conquête. Sous des empereurs faibles, il est déchiré par des généraux qui luttent pour s'emparer d'un trône qui ne peut leur rapporter que la mort. Sous des empereurs forts, l'Empire est figé dans une rigueur paralytique où le processus de désintégration semble provisoirement enrayé, mais seulement en sacrifiant toute possibilité de développement.

— Vous n'êtes pas clair, seigneur Barr, fit Forell entre deux bouffées de cigare.

— C'est bien possible, fit Barr en souriant. Voilà ce que c'est que de n'être pas formé à la psychohistoire. Les mots sont un substitut bien vague pour les équations mathématiques. Mais voyons un peu... »

Barr réfléchit, tandis que Forell se détendait, appuyé à la rampe, et que Devers regardait le ciel velouté et songeait à Trantor.

« Voyez-vous, monsieur, dit Barr, vous — et Devers — et tout le monde sans doute, vous imaginiez que, pour battre l'Empire, il fallait d'abord semer la zizanie entre l'empereur et son général. Vous, Devers, et tout le monde, vous aviez raison... raison en ce qui concernait le principe de la désunion interne.

« Mais vous aviez tort en pensant que cette scission était quelque chose qu'on pouvait provoquer par des actes individuels, par des inspirations du moment. Vous avez essayé la corruption et le mensonge. Vous avez fait appel à l'ambition et à la peur. Mais tout cela n'a rien donné. En fait, la situation semblait pire après chaque tentative.

« Et durant tout ce frénétique déferlement de vaguelettes, la grande lame de fond Seldon poursuivait sa marche, tranquillement, mais de façon irrésistible. »

Ducem Barr se détourna et regarda par-dessus la balustrade les lumières de la ville en fête.

« Une volonté extérieure nous poussait tous — le puissant général et le grand empereur ; mon monde et le vôtre — la volonté de Hari Seldon. Il savait qu'un homme comme Riose devait échouer, car c'était son succès même qui entraînait l'échec ; et plus grand serait le succès, plus sûre serait la chute.

— Je ne peux pas dire que vous deveniez plus clair, dit sèchement Forell.

— Attendez, reprit Barr. Examinez la situation. De toute évidence, un général sans autorité n'aurait jamais pu nous faire courir de danger. Un général fort à l'époque d'un empereur faible ne nous aurait pas inquiétés davantage ; car il aurait tourné ses armes vers un objectif plus profitable. Les événements ont montré que les trois quarts des empereurs des deux derniers siècles ont été des généraux rebelles et des vice-rois rebelles avant de devenir empereurs.

« C'est donc seulement la combinaison d'un empereur fort et d'un général fort qui peut nuire à la Fondation. Car un empereur fort n'est pas facile à détrôner, et un général fort est obligé de se tourner vers l'extérieur, au-delà des frontières.

« Mais, qu'est-ce qui fait la force de l'empereur ? Qu'est-ce qui faisait la force de Cléon ? La réponse est évidente. Il est fort car il ne permet à aucun de ses sujets de l'être. Un courtisan qui devient trop riche ou un général qui devient trop populaire est dangereux. Toute la récente histoire de l'Empire en donne la preuve à n'importe quel empereur assez intelligent pour être fort.

« Riose a remporté des victoires, aussi l'empereur a-t-il commencé à se méfier. Toute l'atmosphère de l'époque le forçait à être méfiant. Riose refusait-il de se laisser acheter ? C'était suspect, cela cachait d'autres motifs. Son courtisan le plus fidèle se tournait-il soudain vers Riose ? C'était suspect. N'importe quoi aurait fait l'affaire : c'est pourquoi nos efforts individuels étaient inutiles et assez vains. C'était du succès de Riose que l'empereur se méfiait. Il l'a donc rappelé, mis en accusation, condamné et exécuté. Une fois de plus, la Fondation l'emporte.

« Vous voyez, il n'y a pas une combinaison concevable d'événements qui n'aboutisse pas au triomphe de la Fondation. C'était inévitable quoi que Riose ait fait, quoi que nous ayons fait. »

Le magnat de la Fondation hocha lourdement la tête.

« Bon ! Mais si l'empereur et le général n'avaient été qu'une seule et même personne. Hein ? Alors qu'est-ce qui se serait passé ? Voilà un cas que vous n'avez pas encore étudié, alors vous n'avez pas encore prouvé l'exactitude de votre théorie.

— Je ne peux rien prouver, dit Barr en haussant les épaules. Je n'ai pas les connaissances mathématiques pour cela. Mais j'en appelle à votre raison. Avec un Empire où chaque aristocrate, chaque homme fort, chaque pirate peut aspirer au trône — et, comme le montre l'histoire, souvent avec succès — qu'arriverait-il même à un empereur fort qui se lancerait dans des guerres étrangères à l'extrémité de la Galaxie ? Combien de temps suffirait-il qu'il reste absent de la capitale avant que quelqu'un brandisse l'étendard de la guerre civile et le force à rentrer ? Le climat social de l'Empire rendrait cette situation très vite inévitable.

« J'ai dit un jour à Riose que toute la force de l'Empire ne pourrait faire dévier le calcul de Seldon.

— Bon ! Bon ! fit Forell, ravi. Vous insinuez alors que l'Empire ne peut plus jamais nous menacer.

— Il me semble que oui, avoua Barr. Franchement, Cléon ne passera peut-être pas l'année, et il y aura tout naturellement une succession difficile, ce qui pourrait donner lieu à la dernière guerre civile de l'Empire.

— Alors, dit Forell, nous n'avons plus d'ennemis.

— Il y a une Seconde Fondation, dit Barr d'un ton songeur.

— A l'autre extrémité de la Galaxie ? Nous n'avons pas à nous en occuper avant des siècles. »

A ces mots, Devers se tourna brusquement, l'air sombre. « Peut-être y a-t-il des ennemis à l'intérieur.

— Vous croyez ? dit Forell d'un ton froid. Qui, par exemple ?

— Des gens, par exemple, qui aimeraient que la richesse se répande un peu, au lieu d'être trop concentrée *hors* des mains qui contribuent à la créer. Vous voyez ce que je veux dire ? »

Lentement, le mépris s'effaça du regard de Forell et la colère y vint répondre à celle qui brillait dans les yeux de Devers.

DEUXIÈME PARTIE

LE MULET

I

LE MULET : ... *On possède moins de renseignements sur « le Mulet » que sur tout autre personnage d'une importance incomparable dans l'histoire de la Galaxie. On ignore son vrai nom ; en ce qui concerne sa jeunesse, on en est réduit aux conjectures. Même la période de sa plus grande célébrité ne nous est connue que par les yeux de ses adversaires, et surtout par ceux d'une jeune épouse...*

ENCYCLOPEDIA GALACTICA.

Le premier aperçu que Bayta eut de Port était tout, sauf spectaculaire. Ce fut son mari qui la lui montra : une étoile terne, perdue dans le désert de la frange de la Galaxie. C'était au-delà des derniers amas clairsemés d'étoiles, là où des points lumineux, ici et là, brillaient esseulés. Et, même au milieu d'eux, c'était une lueur frêle qu'on ne remarquait guère.

Toran se rendait bien compte que, comme prélude à leur vie conjugale, la naine rouge ne faisait guère impression ; il eut une petite moue de contrariété.

« Je sais, Bay... ce n'est pas à proprement parler un changement agréable, n'est-ce pas ? Je veux dire : passer de la Fondation à ici.

— C'est un changement horrible, Toran. Je n'aurais jamais dû t'épouser. »

Comme une expression peinée se lisait sur son visage, elle reprit de son ton le plus enjôleur :

« Allons, idiot. Ne fais pas cette tête-là ; prends plutôt ton air de canard mourant : celui que tu as juste avant de blottir ta tête sur mon épaule, avant que je fasse jaillir des étincelles en te caressant les cheveux. Tu attendais quelque chose de plus conventionnel, n'est-ce pas ? Tu pensais que j'allais te dire : « Avec toi, Toran, je serais heureuse n'importe où ! » ou bien : « Les profondeurs interstellaires elles-mêmes seraient un foyer pour moi, mon chéri, pourvu que nous soyons tous les deux ! » Allons, avoue-le. »

Elle braqua un doigt sur lui et le retira précipitamment avant qu'il referme ses dents dessus.

« Si je capitule et admets que tu as raison, fit-il, est-ce que tu voudras bien préparer le dîner ? »

Elle hocha la tête d'un air satisfait, et il sourit en la regardant.

Elle n'était pas vraiment jolie, selon les normes de la beauté — il en convenait — même si on la regardait souvent à deux fois. Elle avait les cheveux bruns et luisants, mais raides, la bouche un peu large, mais ses sourcils bien tracés séparaient un front blanc et lisse des yeux acajou les plus tendres et les plus souriants qu'on eût jamais vus.

Et derrière une façade, solidement édifiée et vigoureusement défendue, d'esprit pratique et peu romanesque, il y avait quand même cette petite réserve de douceur, qui ne se montrait jamais si on la cherchait à l'aveuglette, mais qu'on pouvait atteindre si on savait s'y prendre, et si on ne la cherchait pas ouvertement.

Toran manipula quelques instruments de bord et décida de se détendre. Il avait encore un bond interstellaire, puis plusieurs millimicro-parsecs à parcourir d'affilée, avant que le pilotage manuel devînt vraiment nécessaire. Il se renversa en arrière pour regarder dans la soute aux vivres, où Bayta s'affairait parmi les conserves.

Il y avait dans son attitude envers Bayta un certain contentement de soi : l'émerveillement satisfait marquant le triomphe de quelqu'un qui, pendant trois ans, a oscillé au bord d'un complexe d'infériorité.

Après tout, il était un provincial, et non seulement un provincial, mais le fils d'un Marchand renégat. Et elle était de la Fondation, et, mieux encore, descendait directement de Mallow.

Mais en même temps, il éprouvait un petit frisson. La ramener à Port, avec son monde rocheux et ses cités troglodytes, était déjà assez difficile. Lui faire affronter l'hostilité traditionnelle des Marchands pour les gens de la Fondation — des nomades en face des citadins — était plus périlleux encore.

Et pourtant... après le dîner, le dernier bond !

Port était une lueur au rougeoiement furieux, et la seconde planète n'était qu'une tache de lumière, avec son contour estompé par l'atmosphère et un hémisphère plongé dans l'ombre. Bayta se pencha sur la grande table d'observation, dont les repères entrecroisés se recoupaient avec précision sur Port II.

« Je regrette, dit-elle gravement, de ne pas avoir fait plus tôt la connaissance de ton père. Si je ne lui plais pas...

— Alors, dit Toran d'un ton dégagé, tu serais la première jolie fille à lui inspirer cette réaction. Avant de perdre son bras et de cesser de rôder à travers la Galaxie, il... D'ailleurs, si tu l'interroges là-dessus, il t'en rebattra les oreilles. J'ai d'ailleurs fini par penser qu'il brodait, car il ne racontait jamais la même histoire de la même façon... »

Port II se précipitait maintenant à leur rencontre. La mer roulait fortement au-dessous d'eux, gris ardoise dans l'obscurité qui tombait, et dissimulée çà et là par des lambeaux de nuages. Des montagnes dressaient leurs crêtes déchiquetées le long de la côte.

On put discerner bientôt les rides à la surface de l'eau et, quand l'astronef vira au-dessus de l'horizon, ils eurent une vision fugitive de vastes glaciers côtiers.

La brutale décélération arracha un grognement à Toran.

« Ton scaphandre est fermé ? »

Le visage de Bayta, avec ses joues rondes et rouges, souriait sous le casque de caoutchouc mousse de sa tenue de vol chauffée, adhérente à la peau.

L'astronef se posa dans un crissement de graviers en plein champ, juste au bord du plateau.

Ils descendirent péniblement dans l'épaisse ténèbre de la nuit extra-galactique, et Bayta eut un sursaut en sentant la brusque morsure du froid et des tourbillons de vent. Toran la prit par le coude, l'entraînant sur la piste vers les lumières artificielles qu'on voyait clignoter au loin.

Les gardes qui s'avançaient à leur rencontre les rejoignirent à mi-chemin et, après un bref échange de paroles, on les emmena vers les bâtiments.

Le vent et le froid s'estompèrent quand la barrière de rochers s'ouvrit puis se referma derrière eux. A l'intérieur, il faisait doux, l'éclairage répandait une lumière vive et l'on entendait une sorte de rumeur incongrue. Des hommes levèrent le nez de leur bureau et Toran exhiba des documents.

Après un bref coup d'œil, on lui fit signe de les renfermer et Toran murmura à sa femme :

« Papa a dû s'arranger pour les formalités préliminaires. Généralement, ça prend environ cinq heures. »

Ils sortirent des bureaux et Bayta dit brusquement :

« Oh ! regarde... »

La cité troglodyte baignait dans la lumière du jour, la blanche lumière d'un jeune soleil. Non, bien sûr, qu'il y eût un soleil. Ce qui aurait dû être le ciel était perdu dans la lueur diffuse qui baignait tout. Et, dans l'air tiède, flottait un parfum de verdure.

« Oh ! Toran, dit Bayta, que c'est beau ! »

Toran eut un sourire ravi.

« Bien sûr, Bay, ça n'a pas de rapport avec la Fondation, mais c'est la plus grande ville de Port II — vingt mille habitants, tu sais — et je crois que ça te plaira. Je pense malheureusement qu'il n'y a guère de distractions, mais il n'y a pas de police secrète non plus.

— Oh ! Torie, on dirait une ville jouet. Tout est blanc et rose... et si propre.

— Ma foi... », fit Toran en regardant la ville avec elle.

La plupart des maisons avaient deux étages et étaient bâties dans la pierre lisse de la planète. On ne trouvait pas ici les tours de la Fondation, ni les colossales maisons communales des vieux royaumes, mais tout ici était agréablement petit et individuel : c'était comme une survivance d'initiative personnelle dans une Galaxie où l'on vivait par masses.

« Bay... fit-il soudain, voilà papa... là... là où je te montre, tu ne le vois donc pas ? »

Elle l'aperçut. Elle entrevit un homme de grande taille, qui faisait de grands gestes, ses doigts écartés comme s'ils cherchaient à étreindre l'air. Un appel résonnant comme un coup de tonnerre parvint jusqu'à eux. Bayta se précipita à la suite de son mari sur la pelouse rase. Elle distingua un homme plus petit, aux cheveux blancs, qui disparaissait presque derrière le robuste manchot qui continuait à agiter son bras unique et à crier.

« C'est le demi-frère de mon père, cria Toran, par-dessus son épaule. Celui qui est allé à la Fondation. Tu sais. »

Ils se retrouvèrent parmi les rires et les exclamations, et le père de Toran poussa une clameur joyeuse. Il tira sur les pans de sa courte veste et ajusta la ceinture enchâssée de métal qui était sa seule concession au luxe. Son regard alla de l'un à l'autre des deux jeunes gens, puis il dit, un peu essoufflé :

« Tu as mal choisi ton jour pour rentrer, mon garçon !

— Comment ça ? Oh ! c'est l'anniversaire de Seldon, non ?

— Tout juste. Il a fallu que je loue une voiture pour venir

jusqu'ici et que je me fasse conduire par Randu. Pas moyen de trouver un véhicule public. »

Son regard maintenant s'était posé sur Bayta et ne la lâchait pas. Il lui dit d'un ton plus doux :

« J'ai votre cristal ici, et il est bien. Mais je vois que le type qui l'a fait n'était qu'un amateur. »

Il tira d'une poche de sa veste un petit cube transparent et, à la lumière, le petit visage rieur contenu dans l'épaisseur du cube apparut comme une petite Bayta en miniature.

« Oh ! celui-là ! dit Bayta. Je me demande pourquoi Toran vous a envoyé cette caricature. Je suis surprise, après cela, que vous me laissiez approcher, monsieur.

— Vraiment ? Appelez-moi Fran. Pas de cérémonie entre nous. Tenez, prenez mon bras et regagnons la voiture. Je n'avais jamais cru jusqu'à maintenant que mon fils savait ce qu'il voulait. Mais je crois que je vais changer d'avis.

— Comment va le paternel ces temps-ci ? dit Toran à mi-voix à son oncle. Toujours aussi coureur ? »

Un large sourire plissa le visage de Randu.

« Quand il en l'occasion, Toran. Il se souvient parfois qu'il va sur ses soixante ans et ça le décourage. Mais il chasse cette triste pensée et redevient lui-même. C'est un Marchand de la vieille école. Mais, toi, Toran, où as-tu trouvé une aussi jolie femme ?

— Tu veux que je te raconte en un instant une histoire de trois ans, mon oncle ? » fit le jeune homme en lui prenant le bras en riant.

Ce fut dans le petit living-room de la maison que Bayta se débarrassa de sa combinaison de voyage et libéra ses cheveux. Elle s'assit, croisant ses jambes, et soutint le regard approbateur de ce grand gaillard, haut en couleur, qui était son beau-père.

« Je sais ce que vous essayez de calculer, dit-elle, et je vais vous aider : âge, vingt-quatre ans ; taille, un mètre soixante ; poids, cinquante ; études : diplôme d'histoire. »

Elle remarqua qu'il se tenait toujours de côté, comme pour

dissimuler son bras manquant. Fran se pencha vers elle et dit :

« Puisque vous en parlez... poids : cinquante-cinq. »

Il éclata de rire en la voyant rougir. Puis il lança à la compagnie en général :

« On peut toujours deviner le poids d'une femme en lui palpant le bras... à condition, bien sûr, d'avoir une certaine expérience. Voulez-vous boire quelque chose, Bay ?

— Entre autres », dit-elle, et ils sortirent tous les deux, tandis que Toran regardait sur l'étagère les nouveaux livres venus enrichir la bibliothèque.

Fran revint seul et dit :

« Elle va redescendre dans quelques instants. »

Il s'installa pesamment dans le grand fauteuil et posa sur un tabouret sa jambe gauche. Il ne riait plus et Toran se tourna vers lui.

« Eh bien, dit Fran, te voilà rentré, mon garçon, et j'en suis bien content. Ta femme me plaît. Ce n'est pas une poupée geignarde.

— Je l'ai épousée, dit simplement Toran.

— Ça, mon garçon, c'est une autre histoire. (Son regard s'assombrit.) C'est de la folie que d'engager l'avenir. Moi qui ai vécu plus longtemps et qui ai plus d'expérience, je n'ai jamais fait une chose pareille. »

Du coin où il se tenait, Randu l'interrompit :

« Voyons, Fran, quelle comparaison fais-tu là ? Jusqu'à ton accident d'astronef, il y a dix ans, tu n'étais jamais en un endroit assez longtemps pour obtenir le certificat de domicile prénuptial. Et depuis, qui voudrait de toi ?

— Bien des femmes, vieux radoteur... fit le manchot en se dressant sur son siège.

— C'est surtout une formalité légale, papa, fit Toran en s'empressant d'arrêter la discussion. La situation a ses avantages.

— Surtout pour la femme, grommela Fran.

— Et même si c'est vrai, rétorqua Randu, c'est au garçon

de décider. Le mariage est une vieille coutume chez les habitants de la Fondation.

— Les gens de la Fondation ne sont pas des exemples à suivre pour un honnête Marchand, reprit Fran.

— Ma femme est de la Fondation », expliqua Toran. Il regarda les deux hommes puis ajouta doucement : « La voici. »

La conversation roula sur des sujets d'ordre général après le repas du soir, que Fran avait épicé de trois récits puisés parmi ses souvenirs et où le sang, les femmes, les bénéfices et les enjolivures jouaient des rôles équivalents. Le petit téléviseur était allumé et on jouait un drame classique auquel personne ne prêtait attention. Installé plus confortablement sur le divan bas, Randu regardait, par-delà les lentes volutes de sa pipe, l'endroit où Bayta s'était agenouillée sur le doux tapis de fourrure blanche, rapporté voilà longtemps d'une mission, et qu'on ne déployait plus maintenant que dans les grandes occasions.

« Vous avez étudié l'histoire, mon enfant ? » demanda-t-il aimablement.

Bayta acquiesça.

« J'étais le désespoir de mes professeurs, mais j'ai fini par apprendre certaines choses.

— Par être proposée pour une bourse, dit Toran d'un ton satisfait, voilà tout !

— Et qu'avez-vous appris ? poursuivit doucement Randu.

— Vous voulez que je vous dise tout ça ? Maintenant ? fit la jeune femme en riant.

— Alors, reprit le vieil homme avec un gentil sourire, que pensez-vous de la situation galactique ?

— Je pense, répondit Bayta, qu'une crise Seldon est imminente... et sinon, adieu le Plan Seldon. Ce sera un échec. »

(« Fichtre », se dit Fran dans son coin. « En voilà une façon de parler de Seldon. » Mais il garda ses réflexions pour lui.)

Randu tira sur sa pipe d'un air songeur.

« Vraiment ? Pourquoi ? Je suis allé sur la Fondation, vous savez, en mon jeune temps, et moi aussi, jadis, j'avais de grandes conceptions dramatiques. Mais, voyons, pourquoi dites-vous cela ?

— Eh bien, reprit Bayta, en plongeant ses pieds nus dans la douce blancheur du tapis et en prenant dans sa main son petit menton, il me semble que l'essence même du Plan de Seldon était de créer un monde meilleur que celui de l'Empire Galactique. Ce monde-là s'écroulait déjà, il y a trois cents ans, quand Seldon a établi la Fondation... et si l'histoire ne ment pas, il s'écroulait sous les coups d'une triple maladie : inertie, despotisme et mauvaise répartition des biens de l'univers. »

Randu acquiesça lentement, tandis que Toran regardait fièrement sa femme et que Fran, dans son coin, claquait la langue en remplissant son verre.

« Si l'histoire de Seldon est vraie, dit Bayta, il a prévu l'écroulement complet de l'Empire par ses lois de psychohistoire et il a pu prédire les trente mille ans de barbarie nécessaires, avant l'établissement d'un Second Empire, pour redonner à l'humanité la civilisation et la culture. Le but de toute son œuvre a été de créer des conditions qui assureraient une régénération plus rapide.

— Et c'est pourquoi, lança la voix sonore de Fran, il a établi deux Fondations, honoré soit son nom.

— Et c'est pourquoi il a établi les deux Fondations, renchérit Bayta. Notre Fondation était un rassemblement des savants de l'Empire agonisant, conçu pour amener la science et le savoir de l'homme à de nouveaux sommets. Et la Fondation était située de telle façon dans l'espace, et l'environnement historique était tel que, grâce aux minutieux calculs de son génie, Seldon a prévu qu'en mille ans elle deviendrait un nouvel Empire, plus grand que le premier. »

Il y eut un silence respectueux.

« C'est une vieille histoire, dit la jeune femme. Vous la connaissez toute. Voilà près de trois siècles que les habitants de la Fondation la connaissent. Mais j'ai pensé qu'il conviendrait de la rappeler, même brièvement. Aujourd'hui, vous savez, c'est l'anniversaire de Seldon, et bien que je sois de la Fondation et vous de Port, nous avons cela en commun... »

Elle alluma lentement une cigarette et en considéra d'un air absent le bout rougeoyant. « Les lois de l'histoire sont aussi absolues que celles de la physique, et si les probabilités d'erreurs sont plus grandes, c'est seulement parce que l'histoire ne traite pas avec des humains en aussi grand nombre que la physique avec des atomes, si bien que les variations individuelles comptent davantage. Seldon a prédit une série de crises durant ces mille ans de croissance, dont chacune devait amener un nouveau tournant de notre histoire, suivant une trajectoire précalculée. Ce sont ces crises qui nous dirigent... et donc une crise doit éclater maintenant.

« Maintenant ! répéta-t-elle avec force. Il y a près d'un siècle que la dernière a eu lieu, et pendant ce siècle tous les vices de l'Empire se sont retrouvés dans la Fondation. L'inertie ! Notre classe dirigeante ne connaît qu'une loi : rien ne change. Le despotisme ! Ils ne connaissent qu'une règle : la force. La mauvaise répartition des biens ! Ils n'ont qu'un désir : garder ce qui est à eux.

— Pendant que les autres crèvent de faim ! tonna soudain Fran en frappant du poing sur le bras de son fauteuil. Ma fille, vos paroles tombent comme des perles. Les gros lards assis sur leurs tas d'or ruinent la Fondation, tandis que les braves Marchands cachent leur pauvreté sur des mondes misérables comme Port. C'est une honte pour Seldon, c'est comme si on lui jetait de la boue à la figure, comme si on lui crachait dans la barbe. (Il leva le bras, puis son visage s'allongea.) Si seulement j'avais mon autre bras ! Si, jadis, on m'avait écouté !

— Papa, dit Toran, calme-toi.

— Calme-toi, calme-toi, marmonna son père, furieux. Nous allons vivre ici et y crever... et tu parles de calme.

— C'est notre Lathan Devers moderne, dit Randu en le

désignant de sa pipe. Devers est mort comme esclave dans les mines, il y a quatre-vingts ans, avec l'arrière-grand-père de votre mari, parce qu'il manquait de sagesse, s'il ne manquait pas de cœur.

— Oui, par la Galaxie, si j'étais lui, je ferais la même chose, jura Fran. Devers était le plus grand Marchand de l'histoire... plus grand que ce sac d'air de Mallow que les gens de la Fondation adorent. Si les coupe-gorge qui gouvernent la Fondation l'ont tué, c'est parce qu'il aimait la justice.

— Continuez, ma fille, dit Randu. Continuez, sinon il va parler toute la nuit et tempêtera encore toute la journée de demain.

— Il n'y a plus rien à dire, reprit-elle d'un air sombre. Il doit y avoir une crise, mais je ne sais pas comment en provoquer une. Les forces progressistes de la fondation sont affreusement opprimées. Vous autres Marchands, vous avez peut-être la volonté, mais vous êtes traqués et désunis. Si toutes les forces de bonne volonté, à l'intérieur et à l'extérieur de la Fondation, pouvaient se réunir...

— Écoute-la, Randu, dit Fran avec un rire rauque, écoute-là. A l'intérieur et à l'extérieur de la Fondation, dit-elle. Ma fille, il n'y a pas d'espoir chez les chiffes molles de la Fondation. Parmi eux, certains tiennent le fouet et les autres sont fouettés... fouettés à mort. Personne n'a assez de cran, dans tout ce monde pourri, pour rivaliser avec un bon Marchand. »

Les efforts de Bayta pour l'interrompre venaient se briser contre cette tempête. Toran se pencha et lui posa une main sur la bouche.

« Papa, dit-il froidement. Tu n'es jamais allé dans la Fondation. Tu ne sais rien de ce qui s'y passe. Je t'assure qu'il existe là-bas une résistance courageuse et audacieuse. Je pourrais te dire que Bayta en fait partie...

— Très bien, mon garçon, je ne veux vexer personne. D'ailleurs, il n'y a pas de quoi se mettre en colère, fit-il d'un ton sincèrement navré.

— Le malheur avec toi, papa, reprit Toran avec feu, c'est que tu as une vue provinciale des choses. Tu crois que parce que cent mille Marchands se terrent dans les trous d'une planète perdue, au bout de nulle part, ils sont un grand peuple. Bien sûr, tout percepteur d'impôts de la Fondation qui met les pieds ici n'en repart jamais, mais c'est de l'héroïsme à bon marché. Que feriez-vous si la Fondation envoyait une flotte ?

— Nous l'anéantirions, dit Fran avec résolution.

— Et vous vous feriez anéantir... l'avantage serait de leur côté. Vous êtes inférieurs en nombre, en armes, en organisation... et dès que la Fondation le jugera utile, vous vous en apercevrez. Alors vous feriez mieux de vous chercher des alliés — sur la Fondation elle-même, si vous pouvez.

— Randu », dit Fran, en regardant son frère comme un grand taureau désemparé.

Randu ôta la pipe qu'il avait aux lèvres.

« Le garçon a raison, Fran. Si tu réfléchis un peu, tu le comprendras. Toran, je vais te dire pourquoi j'ai amené ce sujet sur le tapis. (Il vida le fourneau de sa pipe dans le désintégrateur et se mit à la bourrer méthodiquement.) Ton allusion au fait que la Fondation s'intéresse à nous, Toran, dit-il, est tout à fait justifiée. Nous avons eu deux récentes visites, ces temps-ci, pour des histoires d'impôts. L'inquiétant, c'est que le second visiteur était accompagné d'un astronef léger de patrouille. Ils se sont posés à Gleiar et, bien sûr, ils ne sont jamais repartis. Mais on va sûrement nous en envoyer d'autres, ton père le sait bien, Toran.

« Regarde-moi ce vieil entêté. Il sait que Port est en difficulté, il sait que nous sommes impuissants, mais il répète ses mêmes formules. Ça lui réchauffe le cœur. Mais, dès l'instant qu'il a dit ce qu'il voulait et a exprimé son défi d'une voix tonnante, dès l'instant qu'il se croit déchargé de sa responsabilité d'homme et de Marchand, eh bien, il est aussi raisonnable que n'importe lequel d'entre nous.

— N'importe lequel d'entre qui ? demanda Bayta.

— Nous avons formé un petit groupe, Bayta, fit-il en souriant, dans notre ville. Nous n'avons encore rien fait. Nous n'avons même pas encore réussi à prendre contact avec les autres villes, mais c'est un premier pas.

— Vers quoi ?

— Nous ne savons pas encore, répondit Randu en secouant la tête. Nous espérons un miracle. Nous avons décidé, comme vous dites, qu'une crise Seldon est imminente. La Galaxie est pleine des débris de l'Empire. Cela grouille de généraux partout. Ne croyez-vous pas que le temps pourrait venir où l'un d'eux va s'enhardir ? »

Bayta réfléchit, puis secoua la tête d'un air décidé, agitant ses longs cheveux.

« Non, je ne crois pas. Il n'y a pas un seul de ces généraux qui ne sache qu'une attaque de la Fondation est un suicide. Bel Riose, de l'ancien Empire, valait mieux que n'importe lequel d'entre eux, et il a attaqué avec les ressources d'une Galaxie sans pouvoir l'emporter contre le Plan Seldon. Existe-t-il un général qui ne sache pas cela ?

— Et si nous les incitons à agir ?

— Agir pour quoi faire ? Pour se jeter dans une chaudière atomique ? Avec quels arguments pourriez-vous les inciter ?

— Eh bien, il y en a un nouveau. Depuis un an ou deux, on parle d'un homme étrange qu'on appelle le Mulet.

— Le Mulet ? fit-elle d'un ton songeur. Tu as entendu parler de lui, Torie ? »

Toran secoua la tête.

« Que savez-vous de lui ? demanda-t-elle.

— Pas grand-chose. Mais il remporte des victoires, dit-on, dans des conditions impossibles. Les rumeurs sont peut-être exagérées, mais il serait intéressant en tout cas de faire sa connaissance. Un homme suffisamment doué et suffisamment ambitieux ne croirait peut-être pas à Hari Seldon, ni à ses lois de psychohistoire. Nous pourrions l'encourager, et il pourrait attaquer.

— Et la Fondation l'emporterait.

— Oui... mais pas forcément sans mal. Ce pourrait être une crise, nous pourrions profiter d'une telle crise pour arriver à un compromis avec les despotes de la Fondation. En mettant les choses au pire, ils nous oublieraient assez longtemps pour nous permettre de faire d'autres plans pour l'avenir.

— Qu'en penses-tu, Torie ?

— A l'entendre, ça ne pourrait pas faire de mal, mais qui est ce Mulet ? Que sais-tu de lui, Randu ?

— Rien encore. C'est pour cela que tu pourrais nous être utile, Toran. Et ta femme aussi, si elle veut bien. Nous en avons parlé, ton père et moi. Nous en avons parlé longuement.

— Comment cela, Randu ? Que veux-tu de nous ? demanda le jeune homme en lançant un bref regard interrogateur à sa femme.

— Avez-vous fait un voyage de noces ?

— Ma foi... oui... si on peut appeler voyage de noces le voyage depuis la Fondation.

— Que diriez-vous d'en faire un plus beau sur Kalgan ? C'est un climat semi-tropical : plages, sports nautiques, chasses, l'endroit de vacances rêvé. C'est à environ sept mille parsecs... pas trop loin.

— Qu'est-ce qu'il y a sur Kalgan ?

— Le Mulet ! En tout cas, ses hommes. Il a pris la planète le mois dernier, et sans combat, bien que le seigneur de Kalgan ait menacé de réduire la planète en poussière avant de capituler.

— Où est ce seigneur, maintenant ?

— Il n'est plus, dit Randu en haussant les épaules. Alors, qu'est-ce que tu en dis ?

— Mais que devons-nous faire ?

— Je ne sais pas. Fran et moi nous sommes vieux, nous sommes des provinciaux. Les Marchands de Port sont tous essentiellement provinciaux. C'est toi-même qui le reconnais. Nos échanges commerciaux sont très limités et nous ne sommes plus les coureurs de Galaxie qu'étaient nos ancêtres. Tais-toi, Fran ! Mais vous deux, vous connaissez la Galaxie. Bayta, notamment, parle avec un charmant accent de la Fondation. Nous sommes intéressés par tout ce que vous pourrez découvrir. Si vous pouviez établir le contact... mais nous n'y comptons pas encore. Réfléchissez donc. Si vous désirez, vous pourrez rencontrer tout notre groupe... oh ! pas avant la semaine prochaine. Il faut vous laisser le temps de reprendre haleine. »

Il y eut un silence, puis Fran demanda d'une voix tonnante :

« Qui veut un autre verre ? Je veux dire, à part moi ? »

II

Le capitaine Han Pritcher n'avait pas l'habitude de vivre dans un cadre aussi luxueux, mais il n'était nullement impressionné. En général, il avait horreur de s'analyser, tout comme il détestait les formes de philosophie et de métaphysique qui n'étaient pas directement en rapport avec son travail.

Cela lui rendait service.

Son travail consistait essentiellement en ce que le ministère de la Guerre appelait « renseignements », les gens blasés « service secret », et les esprits romanesques « espionnage ». Mais malheureusement, le « renseignement », le « service secret » et l'« espionnage » sont tout au plus une activité assez sordide, basée sur la trahison et la mauvaise foi. La société l'excuse puisqu'on la pratique « dans l'intérêt de l'État », mais, même en tenant compte de cet intérêt sacro-saint, la société est plus facile à apaiser que la conscience de l'individu.

Et en cet instant, dans la luxueuse antichambre du Maire, c'était vers lui-même que se tournaient les pensées du capitaine Pritcher.

Sans cesse, des hommes avaient bénéficié d'avancement à son détriment, bien qu'ils fussent moins doués. Il avait supporté une pluie constante de mauvaises notes et de réprimandes officielles et il y avait survécu. Et obstinément, il s'était cramponné à la certitude que l'insubordination dans le même « intérêt de l'État » serait quand même reconnue comme le service qu'elle était en fait.

Il se trouvait donc là, dans l'antichambre du Maire, avec cinq soldats qui le gardaient respectueusement, et, sans doute, la perspective de passer en Conseil de Guerre.

Les lourdes portes de marbre s'écartèrent doucement, silencieusement, révélant des murs satinés, un tapis de matière plastique rouge et deux autres portes de marbre doublées de métal. Deux fonctionnaires, dans le costume droit qui datait de trois siècles, s'avancèrent et crièrent :

« Une audience pour le capitaine Han Pritcher, de l'Information. »

Ils reculèrent en s'inclinant cérémonieusement tandis que le capitaine s'avançait. Son escorte s'arrêta à la porte, et il entra seul dans le cabinet.

Le seuil franchi, il se retrouva dans une grande pièce étrangement simple où, derrière un grand bureau aux angles bizarres, était assis un petit homme, presque perdu dans l'immensité.

Le Maire Indbur — troisième à porter ce nom — était le petit-fils du premier Indbur, qui s'était montré brutal et efficace. Il avait manifesté la première de ces qualités de façon spectaculaire par la manière dont il avait pris le pouvoir, et la seconde par l'habileté avec laquelle il avait mis un terme aux dernières survivances d'élections libres, et elle, plus grande encore, qui lui avait permis de maintenir un gouvernement relativement paisible.

Le Maire Indbur était également le fils du second Indbur, qui avait été le premier Maire de la Fondation à accéder à ce poste par droit de naissance, et qui ne valait que la moitié de son père, car il n'était que brutal.

Quant au Maire Indbur, troisième du nom et second à occuper cette charge par droit de naissance, il était aussi le moins remarquable des trois, car il n'était ni brutal ni efficace, mais seulement un excellent comptable qui n'était pas né là où il fallait.

Indbur le troisième était un étrange mélange de traits de caractère qui, aux yeux de tous sauf aux siens, apparaissaient comme autant de succédanés.

Pour lui, la passion de l'arrangement géométrique s'appelait « ordre », un intérêt fébrile pour les détails les plus insignifiants de la bureaucratie devenait « zèle », l'indécision, quand il avait raison, était « prudence » et l'entêtement aveugle, quand il avait tort, « détermination ».

Avec cela, il ne gaspillait pas l'argent, ne tuait personne inutilement et était plein de bonnes intentions.

Si tel était le cours des sombres pensées du capitaine Pritcher tandis qu'il attendait respectueusement devant le grand bureau, rien sur son visage impassible ne le trahissait. Il ne toussotait pas, ne se dandinait pas d'un pied sur l'autre, attendant simplement que le Maire levât lentement son petit visage de rongeur au-dessus des piles de papiers qui s'entassaient sur son bureau.

Le Maire Indbur croisa soigneusement ses mains devant lui, prenant bien garde de ne pas déranger l'ordre minutieux de la garniture de son bureau.

« Capitaine Han Pritcher, de l'Information », dit-il.

Le capitaine Pritcher, obéissant au protocole, se pencha, un genou touchant presque le sol, et inclina la tête jusqu'à ce qu'il eût entendu :

« Debout, capitaine Pritcher !

« Vous êtes ici, capitaine Pritcher, poursuivit le Maire d'un air compatissant, en raison d'une mesure disciplinaire prise contre vous par votre officier supérieur. Le dossier de cette affaire m'est parvenu par la voie hiérarchique et, comme rien de ce qui se passe dans la Fondation ne me laisse indifférent, j'ai pris la peine de demander sur votre cas un supplément d'informations. J'espère que vous n'en êtes pas surpris.

— Non, Excellence, dit le capitaine Pritcher impassible. Votre justice est proverbiale.

— Vraiment ? Vraiment ? (Le Maire dit cela d'un ton ravi ; les verres de contact colorés qu'il portait reflétaient la lumière, en donnant à ses yeux une lueur dure et sèche. Il consulta méticuleusement une série de dossiers à reliures métalliques posés devant lui. Les feuillets de parchemin qu'ils contenaient crissaient sous ses doigts.) J'ai ici vos états de service, capitaine. Vous avez quarante-trois ans et vous êtes officier des forces armées depuis dix-sept ans. Vous êtes né à Loris, de parents anacréoniens, pas de maladies d'enfant sérieuses, une attaque de myo... bon, sans importance... instruction prémilitaire à l'Académie des Sciences, études supérieures, hyper-moteurs, bonne formation... hum, très bien, il faut vous féliciter... entré dans l'armée comme sous-officier le cent deuxième jour de la 293e année de l'Ère de la Fondation. »

Il leva un instant les yeux, tout en refermant le premier dossier pour ouvrir le second.

« Vous voyez, dit-il, que, dans mon administration, on ne laisse rien au hasard. De l'ordre ! Du système ! »

Il porta à ses lèvres un globule de gelée rose parfumée. C'était son seul vice. La preuve en était que le bureau du Maire ne comportait pas l'installation, presque inévitable, de désintégration atomique pour les mégots. Car le Maire ne fumait pas.

Pas plus, bien entendu, que ses visiteurs.

La voix du Maire ronronnait toujours, prodiguant tour à tour, et de façon tout aussi anodine, éloges et réprimandes.

Il replaça lentement les classeurs dans leur position primitive.

« Vous êtes très doué, semble-t-il, et vos services sont incontestablement inappréciables. Je note que vous avez été blessé deux fois en service commandé et que l'on vous a décerné l'Ordre du Mérite pour courage exceptionnel. Eh bien, capitaine, reprit-il d'un ton enjoué, vos états de service sont très brillants. Ce sont des faits qu'il convient de ne pas minimiser. »

Le capitaine Pritcher demeurait impassible et figé au garde-à-vous. L'étiquette exigeait qu'un sujet à qui le Maire accordait l'honneur d'une audience ne s'assît pas : usage souligné, de façon peut-être inutile, par le fait qu'il n'y avait qu'un seul siège dans la pièce : celui du Maire. Le protocole exigeait en outre que le visiteur se contentât de répondre aux questions du Maire.

Les yeux du Maire fixaient le soldat et sa voix se fit plus intense.

« Toutefois, vous n'avez pas eu d'avancement depuis dix ans, et vos supérieurs font sans cesse état de votre entêtement. Vous êtes, signale-t-on, d'une indocilité chronique, incapable de vous conduire correctement en face de vos supérieurs, peu soucieux, semble-t-il, d'entretenir des relations sans heurts avec vos collègues — vous êtes, en bref, un faiseur d'histoires. Comment expliquez-vous cela, capitaine ?

— Excellence, je fais ce qui me semble correct. Les services que j'ai rendus à l'État et mes blessures portent témoignage que ce qui me semble correct est également dans l'intérêt de l'État.

— C'est une déclaration de bon soldat, capitaine, mais une dangereuse doctrine. Nous en reparlerons plus tard. Plus précisément, vous êtes accusé d'avoir, à trois reprises, refusé une mission malgré les ordres signés de mes délégués légaux. Qu'avez-vous à dire à cela ?

— Excellence, cette mission ne signifie rien en une période critique, où l'on ne s'occupe pas des questions de première importance.

— Ah ! et qui vous dit que ces questions dont vous parlez sont de première importance ? Et dans ce cas, qui vous dit en outre qu'on ne s'en occupe pas ?

— Excellence, cela me semble tout à fait évident. Mon expérience et ma connaissance des événements — que mes supérieurs ne nient pas — me le font clairement comprendre.

— Mais, cher capitaine, êtes-vous si aveugle que vous ne

vous rendiez pas compte qu'en vous arrogeant le droit de décider de la politique du Service de Renseignements, vous usurpez les prérogatives de votre supérieur ?

— Excellence, mon devoir est avant tout envers l'État et non pas envers mon supérieur.

— Raisonnement fallacieux, car votre supérieur a son supérieur, ce supérieur est moi-même et je suis l'État. Mais, voyons, nous n'aurez pas de raison de vous plaindre de ma justice dont vous dites qu'elle est proverbiale. Exposez vous-même la nature de l'acte d'indiscipline qui a provoqué toute cette affaire.

— Excellence, depuis un an et demi, je mène la vie d'un Marchand retiré sur le monde de Kalgan. J'avais pour instructions de diriger l'activité de la Fondation sur la planète, de mettre au point une organisation capable de balancer les agissements du Seigneur de Kalgan, notamment en ce qui concerne sa politique étrangère.

— Je sais cela. Continuez !

— Excellence, mes rapports n'ont cessé de souligner quelles étaient les positions stratégiques de Kalgan et des systèmes qu'il contrôle. J'ai mentionné l'ambition du Seigneur local, ses ressources, sa détermination d'étendre son domaine et son amitié profonde — ou peut-être sa neutralité — envers la Fondation.

— J'ai lu attentivement vos rapports. Continuez !

— Excellence, je suis rentré il y a deux mois. A cette époque, rien n'annonçait une guerre imminente ; on n'observait que la possibilité fortement établie de repousser toute attaque possible. Il y a un mois, un soldat de fortune, inconnu, a pris Kalgan sans combat. L'ancien Seigneur est probablement mort. On ne parle pas de trahison ; on ne parle que du pouvoir et du génie de cet étrange condottiere : le Mulet.

— Qui ça ? fit le Maire en se penchant d'un air choqué.

— Excellence, on le connaît sous le nom de Mulet. En fait, on ne sait rien de très précis sur lui, mais j'ai rassemblé des bribes d'informations que l'on colporte sur son compte et j'ai trié les plus vraisemblables. Il semble être un homme qui n'a ni naissance ni position. Son père, inconnu. Sa mère, morte en le mettant au monde. Son éducation, celle d'un vagabond. Son instruction, celle des mondes de vagabonds et des bas-fonds de l'espace. On ne lui connaît d'autre nom que celui du Mulet, sobriquet qu'il s'est décerné lui-même et correspondant, d'après la croyance populaire, à sa prodigieuse force physique et à son obstination.

— Quelle est sa force militaire, capitaine ? Peu importe sa force physique.

— Excellence, on parle d'énormes flottes, mais les gens sont peut-être influencés à ce propos par l'étrange chute de Kalgan. Le territoire qu'il contrôle n'est pas vaste, bien qu'on n'en puisse déterminer les limites exactes. Néanmoins, il convient d'enquêter sur cet homme.

— Hum. En effet ! En effet ! (Le Maire tomba dans une sorte de rêverie, et lentement, en vingt-quatre coups de son stylet, dessina six carrés disposés en hexagone sur la feuille blanche d'un bloc qu'il déchira, plia soigneusement en trois et glissa dans une niche sur sa droite, où le silencieux processus de désintégration atomique eut tôt fait de la détruire.) Alors dites-moi, capitaine, quel est le choix ? Vous m'avez dit ce qui « devait » être examiné. Mais que vous a-t-on *ordonné* d'étudier ?

— Excellence, il y a un trou perdu où, semble-t-il, on ne paie pas les impôts.

— Ah ! et c'est tout ? Vous ne savez pas, on ne vous a pas dit que ces hommes qui ne paient pas leurs impôts descendent des Marchands d'autrefois : des anarchistes, des rebelles, des maniaques qui prétendent avoir pour ancêtres la Fondation mais en raillent la culture ? Vous ne savez pas, on ne vous a pas dit que ce trou perdu de l'espace n'est pas unique, mais qu'il en existe beaucoup plus que nous ne nous en doutons ; que tous ces repaires conspirent entre eux et ont la complicité de tous les éléments criminels qui subsistent sur le territoire de la Fondation ? Même ici, capitaine, même ici ! Vous ne le savez pas, capitaine ?

– Excellence, on m'a dit tout cela. Mais en tant que serviteur de l'État, je dois servir fidèlement, et le serviteur le plus loyal, c'est celui qui obéit à la vérité. Quelles que soient les implications politiques de ces petites colonies d'anciens Marchands, les Seigneurs qui ont hérité des débris du vieil Empire possèdent le pouvoir. Les Marchands n'ont ni armes ni ressources. Ils n'ont même pas d'unité. Je ne suis pas un percepteur d'impôts qu'on doit envoyer dans une mission aussi puérile.

– Capitaine Pritcher, vous êtes un soldat. Prenez garde. Ma justice n'est pas que faiblesse. Capitaine, il s'est déjà avéré que les généraux de l'époque impériale et les Seigneurs d'aujourd'hui sont également impuissants contre nous. La science de Seldon, qui prédit l'évolution de la Fondation, s'appuie non sur l'héroïsme individuel, comme vous semblez le croire, mais sur les tendances économiques et sociales de l'Histoire. Nous avons déjà traversé avec succès quatre crises, n'est-ce pas ?

– En effet, Excellence. Pourtant, Seldon est le seul à connaître ce que vaut sa science. Nous-mêmes n'avons que la foi. Lors des trois premières crises, comme on me l'a enseigné, la Fondation était dirigée par de sages gouvernants qui ont prévu la nature de ces crises et pris les précautions nécessaires. Sinon... qui peut dire ce qui se serait passé ?

– Oui, capitaine, mais vous omettez la quatrième crise. Allons, capitaine, nous n'avions alors pas de gouvernement digne de ce nom, et nous avons affronté l'ennemi le plus habile, l'armée la plus forte. Et pourtant le cours de l'histoire nous a fait gagner.

C'est vrai, Excellence. Mais cette histoire dont vous parlez n'a pris un cours inéluctable qu'après que nous ayons lutté désespérément pendant plus d'un an. La victoire inéluctable que nous avons remportée nous a coûté cinq cents astronefs et un demi-million d'hommes. Excellence, le Plan Seldon aide ceux qui s'aident eux-mêmes. »

Le Maire Indbur fronça les sourcils et se lassa soudain de la patience qu'il affichait. L'idée lui vint qu'il avait tort de se montrer aussi condescendant, puisqu'on prenait cela pour une autorisation à discuter éternellement.

« Néanmoins, capitaine, dit-il d'un ton plus sec, Seldon garantit la victoire sur les Seigneurs, et je ne puis, dans les circonstances actuelles, laisser se disperser nos efforts. Ces Marchands dont vous parlez sont issus de la Fondation. Une guerre avec eux serait une guerre civile. Or, le Plan de Seldon ne nous garantit rien sur ce point : puisque eux *et* nous représentons la Fondation. Il nous faut donc les réduire. Vous avez vos instructions.

— Excellence...

— On ne vous a rien demandé, capitaine. Vous avez vos instructions. Vous allez les suivre. Toute autre discussion avec moi ou avec ceux qui me représentent sera considérée comme de la trahison. Vous pouvez disposer. »

Le capitaine Han Pritcher s'agenouilla de nouveau, puis sortit lentement à reculons.

Le Maire Indbur retrouva son calme et prit sur la pile de gauche une autre feuille de papier. C'était un rapport sur l'économie que permettrait la réduction de la quantité de mousse métallique sur les revers des uniformes de la police.

Le capitaine Han Pritcher, de l'Information, trouva une capsule personnelle qui l'attendait lorsqu'il regagna son cantonnement. Elle contenait des ordres, précis et soulignés en rouge avec la mention « urgent ». Le capitaine Han Pritcher avait ordre de se rendre « dans le monde rebelle appelé Port ».

Le capitaine Han Pritcher, seul dans son astronef rapide monoplace, mit tranquillement le cap sur Kalgan. Il dormit cette nuit-là du sommeil d'un homme entêté qui a réussi.

III

Si, à sept mille parsecs de distance, la chute de Kalgan devant les armées du Mulet avait produit des répercussions qui avaient excité la curiosité d'un vieux Marchand, l'appréhension d'un capitaine entêté et l'agacement d'un Maire méticuleux, les habitants de Kalgan eux-mêmes avaient réagi avec une totale indifférence. L'histoire de l'humanité nous montre invariablement que l'éloignement dans le temps aussi bien que dans l'espace fausse la perspective. Il ne semble pas, soit dit en passant, que cette leçon soit jamais demeurée gravée dans les esprits.

Kalgan... c'était Kalgan. Seuls de tout ce secteur de la Galaxie, ses habitants semblaient ignorer la chute de l'Empire, des Stannell, la fin de la grandeur et de la paix.

Kalgan, c'était le monde du luxe. Un monde qui, tandis que l'édifice de l'humanité s'écroulait, maintenait son intégrité comme producteur de plaisir, acheteur d'or et vendeur de loisirs.

Il échappait aux rudes vicissitudes de l'Histoire, car quel conquérant allait détruire ou même porter préjudice à un monde regorgeant de ces richesses qui assurent l'immunité ?

Pourtant, même Kalgan avait fini par devenir le quartier général d'un Seigneur et sa douceur avait dû céder aux exigences de la guerre.

Ses jungles domestiquées, ses rivages aux doux contours et ses villes étincelantes retentissaient du pas de mercenaires importés. On avait armé les mondes qui dépendaient de la planète ; pour la première fois de son histoire, l'argent de Kalgan s'était investi en astronefs de guerre plutôt qu'en pots-de-vin. L'homme qui dirigeait Kalgan trouvait, sans doute permis, qu'il était destiné à défendre ce qui lui appartenait et ne demandait qu'à s'emparer de ce qui appartenait aux autres.

C'était un grand personnage de la Galaxie, un faiseur de paix et de guerre, un bâtisseur d'empires, un fondateur de dynasties.

Kalgan était donc comme autrefois, et ses citoyens en uniformes s'empressaient de retrouver leur ville d'antan, tandis que les mercenaires étranges se fondaient sans effort avec les bandes nouvelles qui arrivaient.

Comme toujours, il y avait les chasses luxueusement organisées pour traquer la vie animale des jungles qui épargnaient toujours la vie humaine ; et les chasses aux oiseaux en astronefs de sport qui n'étaient fatals que pour les grands oiseaux.

Dans les villes, ceux qui cherchaient à s'évader de la Galaxie pouvaient prendre leur plaisir conformément à leurs ressources, depuis les palais célestes destinés à contempler le spectacle de l'espace et qui ouvraient leurs portes aux masses moyennant un demi-crédit, jusqu'aux lieux discrets et cachés que fréquentaient seulement les gens très riches.

Toran et Bayta ne se mêlèrent pas à ce vaste flot. Ils garèrent leur astronef dans le grand hangar commun de la Péninsule Est et gagnèrent la mer Intérieure, où les plaisirs étaient encore légaux et même respectables, et les foules pas trop nombreuses.

Bayta portait des lunettes noires pour se protéger de la lumière et une mince robe blanche pour se garantir de la chaleur. Ses bras bronzés par le soleil étaient croisés autour de ses genoux et elle considérait d'un œil distrait le corps allongé de son mari, qui étincelait presque sous la splendeur pâle du soleil.

« N'en abuse pas », avait-elle dit d'abord, mais Toran était originaire d'une étoile rouge moribonde. Malgré trois ans passés dans la Fondation, le soleil pour lui était un luxe, et depuis quatre jours maintenant, sa peau préalablement traitée pour résister aux rayonnements, respirait librement, un petit short pour tout vêtement.

Bayta se blottit contre lui sur le sable et ils se parlèrent à voix basse.

« Oui, fit Toran d'un ton désabusé, je reconnais que nous n'avançons pas. Mais où est-il ? Qui est-il ? Dans ce monde de fous, personne ne dit rien de lui. Peut-être qu'il n'existe pas.

— Il existe, répondit Bayta sans remuer les lèvres. Il est habile, voilà tout. Et ton oncle a raison. C'est un homme que nous pourrions utiliser... s'il est encore temps. »

Bref silence.

« Tu sais ce que je fais, Bay ? murmura Toran. Je me laisse abrutir par le soleil. Les choses s'arrangent d'elles-mêmes, si bien, si doucement. » Il poursuivit d'une voix un peu assoupie : « Tu te rappelles ce que disait le docteur Amann au collège ? La Fondation ne peut jamais perdre, mais cela ne veut pas dire que les dirigeants de la Fondation doivent être toujours vainqueurs. La véritable histoire de la Fondation n'a-t-elle pas commencé quand Salvor Hardin a chassé les Encyclopédistes pour devenir le premier Maire de la planète Terminus ? Et, au siècle suivant, est-ce que Hober Mallow n'a pas pris le pouvoir par des méthodes presque aussi radicales ? Cela fait deux exemples où les dirigeants ont été battus. La chose est donc faisable. Alors, pourquoi pas par nous ?

— C'est un argument usé jusqu'à la corde, Torie. Tu perds ton temps.

— Tu crois ? Suis-moi bien. Qu'est-ce que Port ? La planète ne fait-elle pas partie de la Fondation ? C'est simplement un élément du prolétariat extérieur, pour ainsi dire. Si nous prenons le dessus, c'est toujours la Fondation qui l'emporte, et seulement les dirigeants actuels qui sont battus.

– Il y a une grosse différence entre « nous pouvons » et « nous allons ». Tu parles en l'air.

– Pas du tout, Bay, protesta Toran. C'est simplement que tu es de mauvaise humeur. Pourquoi veux-tu me gâter mon plaisir ? Si tu permets, je vais faire un somme. »

Mais Bayta levait la tête et, brusquement, elle se mit à rire et ôta ses lunettes pour inspecter la plage, une main en visière au-dessus des yeux.

Toran leva les yeux à son tour, puis se souleva et se retourna pour suivre son regard.

Elle observait, semblait-il, une silhouette dégingandée, les pieds en l'air, qui marchait sur les mains au grand amusement d'un groupe de badauds. C'était un de ces mendiants acrobates de la côte, dont les articulations souples se pliaient dans tous les sens au prix de quelques pièces.

Un garde-plage lui faisait signe de s'éloigner et, miraculeusement en équilibre sur une main, le clown parvint de l'autre à lui faire un pied de nez. Le garde s'avança, menaçant, puis recula, après avoir reçu un coup de pied dans l'estomac. Le clown se redressa et s'éloigna, tandis qu'une foule rien de moins que sympathisante retenait le garde écumant.

Le clown continua son chemin le long de la plage. Il côtoyait divers groupes sans s'arrêter nulle part. La foule du début s'était dispersée. Le garde était parti.

« Drôle de type », dit Bayta avec amusement, et Toran acquiesça, l'air indifférent.

Le clown était assez près maintenant pour qu'on le vît distinctement. Son mince visage était prolongé par un nez généreux. Ses longs membres minces et son corps efflanqué, dont la maigreur était accentuée par son costume, se déplaçaient avec grâce, mais on avait un peu l'impression que ses bras et ses jambes avaient été jetés au hasard pour être rattachés à son corps.

Sa vue prêtait à sourire.

Le clown parut soudain s'apercevoir qu'ils le regardaient, car il s'arrêta et, se retournant brusquement, s'approcha. Ses grands yeux bruns étaient fixés sur Bayta, ce qui la déconcerta quelque peu.

Le clown souriait, mais cela rendait plus triste encore l'expression de son visage, et quand il parla, ce fut avec l'élocution un peu compliquée des Secteurs Centraux.

« Si je devais faire bon usage de l'intelligence dont les bons esprits m'ont gratifié, dit-il, je dirais alors que cette dame ne peut exister, car quel homme sain d'esprit affirmerait qu'un rêve est une réalité ? Et pourtant, ne serais-je pas en droit de croire ce que voient mes yeux charmés ? »

Bayta ouvrit de grands yeux.

« Eh bien ! fit-elle.

— Eh bien, enchanteresse, fit Toran en riant. Allons, Bay, ça mérite une pièce de cinq crédits. »

Mais le clown avait fait un bond en avant.

« Non, gente dame, ne vous méprenez pas. Ce n'est pas l'argent qui m'a fait parler, mais vos yeux étincelants et votre doux visage.

— Merci », fit-elle, puis se tournant vers Toran : « Tu ne crois pas qu'il a un coup de soleil ? »

Toran se leva, ramassa la toge blanche qu'il traînait depuis quatre jours et la passa.

« Allons, mon vieux, dit-il, si vous me disiez ce que vous voulez et que vous cessiez d'importuner madame. »

Le clown recula, effrayé, son corps frêle sur la défensive.

« Je ne voulais pas de mal. Je suis un étranger ici, et on dit que j'ai l'esprit un peu embrouillé ; je sais pourtant lire sur les visages. Derrière la beauté de cette dame, il y a un cœur généreux et qui serait prêt à m'aider dans mon malheur puisque j'ai l'audace de parler.

— Est-ce que cinq crédits arrangeront vos affaires ? » dit sèchement Toran, en lui tendant la pièce.

Mais le clown ne fit pas un geste pour la prendre et Bayta dit :

« Laisse-moi lui parler, Torie. » Puis elle ajouta plus bas : « Il ne faut pas t'agacer de l'entendre s'exprimer de façon un peu bizarre. C'est simplement son dialecte ; et il trouve sans doutes nos phrases tout aussi bizarres. »

Et elle reprit à l'intention du clown :

« Qu'est-ce qui vous tracasse ? Ce n'est pas le garde qui vous inquiète ? Il ne vous ennuiera pas.

— Oh ! non, pas lui. Il n'est qu'un petit tourbillon qui souffle de la poussière autour de mes chevilles. C'est autre chose que je fuis, une tempête qui balaie les mondes et qui les précipite les uns sur les autres. Il y a une semaine, je me suis enfui, dormant dans la rue et me cachant dans la foule. J'ai cherché de l'aide sur bien des visages. J'en trouve ici. (Il répéta cette dernière phrase avec une douce insistance.) J'en trouve ici.

— Voyons, fit Bayta, je voudrais bien vous aider, mais vraiment, mon ami, je ne peux pas vous protéger contre une tempête qui balaie le monde. A dire vrai, je pourrais moi-même utiliser... »

Une voix puissante retentit près d'eux.

« Alors, misérable canaille crottée... »

C'était le garde-plage, rouge de colère, qui s'approchait en courant, son pistolet d'alerte à la main.

« Retenez-le, vous deux. Ne le laissez pas s'en aller. (Sa lourde main s'abattit sur la frêle épaule du clown qui se mit à geindre.)

— Qu'a-t-il fait ? dit Toran.

— Ce qu'il a fait ? Ça alors elle est bonne, celle-là ! (Le garde tira d'une petite sacoche attachée à sa ceinture un mouchoir rouge avec lequel il s'essuya le cou.) Je vais vous dire ce qu'il a fait, reprit-il d'un ton gourmand. Il s'est enfui. L'alerte a été donnée sur tout Kalgan et je l'aurais reconnu plus tôt s'il avait été sur ses pieds au lieu de marcher sur les mains.

— D'où s'est-il échappé, monsieur ? » demanda Bayta en souriant.

Le garde haussa la voix. Un rassemblement se formait, et

en même temps que grossissait son auditoire, le garde sentait se développer le sentiment de sa propre importance.

« D'où il s'est échappé ? déclama-t-il d'un ton railleur. J'imagine quand même que vous avez entendu parler du Mulet ? »

Le silence se fit, et Bayta sentit son estomac se glacer. Le clown n'avait d'yeux que pour elle : il tremblait encore sous la poigne du garde.

« Et qui est ce maudit traîne-savates, reprit le garde d'une voix forte, sinon le propre bouffon de Sa Seigneurie, qui s'est enfui ? (Il secoua son prisonnier.) Tu l'avoues, pauvre fou ? »

Il y eut pour seule réponse la terreur du malheureux et un chuchotement de Bayta à l'oreille de Toran. Celui-ci s'approcha du garde d'un air bon enfant.

« Voyons, mon brave, si vous le lâchiez juste un instant ? Cet amuseur que vous tenez dansait pour nous et il n'a pas encore gagné son obole.

— Hé là ! fit le garde d'un ton soudain inquiet. C'est qu'il y a une récompense...

— Vous l'aurez, si vous pouvez prouver qu'il est l'homme que vous cherchez. Mais écartez-vous donc un peu pour l'instant. Vous savez que vous êtes en train de contrarier les volontés d'un invité, ce qui pourrait être sérieux pour vous.

— Mais vous, vous êtes en train de contrarier les volontés de Sa Seigneurie, et je vous assure que ce sera sérieux pour vous. (De nouveau, il houspilla le clown.) Rends-lui son obole, charogne. »

Toran eut un geste rapide et le pistolet d'alerte du garde lui sauta des mains, manquant de peu d'être accompagné de la moitié d'un doigt. Le garde poussa un hurlement de douleur et de rage. Toran le bouscula violemment et le clown, libéré, se précipita derrière lui.

La foule s'écarta dans une sorte de mouvement centrifuge,

comme si tous ces gens avaient décidé d'augmenter la distance qui les séparait du centre de l'activité.

Puis il y eut quelques remous, des ordres criés au loin. Un couloir se forma et deux hommes s'avancèrent, un fouet électrique à la main. Chacun d'eux portait sur son uniforme rouge un insigne représentant un éclair qui venait fendre en deux une planète.

Un géant brun en uniforme de lieutenant les suivait ; il s'exprimait avec l'inquiétante douceur d'un homme qui n'a guère besoin de crier pour faire exécuter ses volontés.

« C'est vous l'homme qui nous avez alertés ? » dit-il.

Le garde tenait toujours sa main foulée et, le visage crispé par la douleur, il murmura :

« Je revendique la récompense, Votre Altesse, et j'accuse cet homme...

— Vous aurez votre récompense, dit le lieutenant sans le regarder. Emmenez-le », dit-il sèchement à ses hommes.

Toran sentit le clown se cramponner désespérément à sa toge.

« Je suis désolé, lieutenant, fit-il en élevant le ton et en s'efforçant que sa voix ne tremble pas. Mais cet homme est à moi. »

Les soldats accueillirent cette déclaration sans broncher. L'un d'eux leva nonchalamment son fouet, mais un ordre bref du lieutenant lui fit baisser le bras. Il vint se planter devant Toran.

« Qui êtes-vous ?

— Un citoyen de la Fondation », répliqua-t-il.

Cela fit de l'effet... sur la foule en tout cas. Une longue rumeur vint rompre le silence tendu. Le nom du Mulet inspirait peut-être la peur, mais ce n'était après tout qu'un nom nouveau et qui n'était pas aussi ancré dans les esprits que le vieux nom de la Fondation — qui avait détruit l'Empire — et qui inspirait une crainte assez forte pour régner sans merci sur un quart de la Galaxie.

Le lieutenant ne lâcha pas pied.

« Vous connaissez l'identité de l'homme qui est derrière vous ? dit-il.

— On m'a dit qu'il s'était enfui de la cour de votre dirigeant, mais tout ce que je sais, c'est qu'il s'agit d'un de mes amis. Il vous faudra des preuves solides de son identité pour l'emmener.

— Vous avez votre carte d'identité de la Fondation avec vous ?

— Dans mon astronef.

— Vous vous rendez compte que votre comportement est illégal ? Je pourrais vous faire abattre.

— Je n'en doute pas. Mais vous auriez abattu un citoyen de la Fondation et il est infiniment probable qu'à titre de compensation, on expédierait votre corps — écartelé — jusqu'à la Fondation. Cela s'est déjà vu. »

Le lieutenant s'humecta les lèvres. Toran avait dit vrai.

— Votre nom ? demanda-t-il.

— Je répondrai à vos questions dans mon astronef, répondit Toran, profitant de son avantage. Vous pourrez vous procurer le numéro de mon box au Hangar ; mon appareil est enregistré sous le nom de « Bayta ».

— Vous refusez de livrer le fuyard ?

— Au Mulet, peut-être. Envoyez-moi donc votre maître et qu'il vienne lui-même le chercher ! »

Des rumeurs autour d'eux parcouraient la foule et le lieutenant se retourna brusquement.

« Dispersez-moi ce rassemblement ! » dit-il à ses hommes.

Les fouets électriques se levèrent et s'abaissèrent. Il y eut des cris et des fuites désordonnées.

Pendant leur trajet de retour vers le Hangar, Toran ne sortit de sa rêverie qu'une fois, pour dire, presque comme s'il ne parlait à lui-même :

« Galaxie, ce que j'ai eu chaud, Bay ! J'avais si peur.

— Oui, fit-elle, d'une voix qui tremblait encore et avec

dans le regard, quelque chose qui ressemblait fort à de l'adoration. C'était assez extraordinaire.

— Je ne sais pas encore ce qui m'a pris. Je me suis retrouvé là, avec à la main un pistolet étourdisseur dont je n'étais même pas sûr de savoir me servir. Je ne sais pas pourquoi j'ai fait ça. »

Tandis que le petit véhicule aérien où ils avaient pris place s'éloignait de la plage, il regarda le siège où le clown du Mulet s'était allongé pour dormir, et il murmura :

« C'est la situation la plus pénible où je me sois trouvé de ma vie. »

Le lieutenant se tenait respectueusement au garde-à-vous devant le colonel de la garnison ; le colonel le regarda et lui dit :

« Bien joué. Votre rôle est fini maintenant. »

Mais le lieutenant ne se retira pas aussitôt.

« Le Mulet a perdu la face devant une foule, mon colonel, dit-il. Il faudra prendre des mesures disciplinaires pour rétablir le respect qui convient.

— Ces mesures ont déjà été prises.

— Je veux bien admettre, mon colonel que les ordres sont les ordres, mais me trouver devant cet homme avec son pistolet étourdisseur et avaler sans rien dire toute son insolence, c'est la situation la plus pénible où je me sois trouvé de ma vie. »

IV

Le Hangar sur Kalgan est une institution très spéciale, née de la nécessité de garer le grand nombre d'astronefs amenés par les voyageurs et par la nécessité corollaire de loger tous ces gens. L'esprit astucieux qui, le premier, avait conçu cette solution évidente n'avait pas tardé à devenir milliardaire. Ses héritiers — par la naissance ou par la finance — comptaient parmi les hommes les plus riches de Kalgan.

Le Hangar s'étend sur plus de dix mille hectares de territoire et le terme de « hangar » ne suffit pas tout à fait à le décrire. C'est essentiellement un hôtel... pour astronefs. Le voyageur paie d'avance et son appareil est garé dans une niche d'où il peut s'envoler dans l'espace à tout moment. Le voyageur vit alors à son bord, comme toujours. On peut évidemment, pour une somme raisonnable, bénéficier des services ordinaires d'un hôtel, tels que la fourniture de la nourriture et des produits pharmaceutiques, l'entretien de l'astronef lui-même, et l'on peut également utiliser les transports de la planète à des tarifs spéciaux.

Si bien que le visiteur fait des économies en ne payant qu'une seule note pour le garage et l'hôtel. Le propriétaire vend l'usage provisoire de son terrain avec un coquet bénéfice. Le gouvernement perçoit des impôts considérables. Tout le monde est content. Personne n'y perd. C'est simple !

L'homme qui suivait les larges corridors reliant entre eux les nombreuses ailes du Hangar avait jadis médité sur l'originalité et l'utilité du système décrit plus haut, mais c'étaient des réflexions qui convenaient aux moments de loisirs, et absolument pas aux circonstances présentes.

Les astronefs étaient garés suivant de longues lignes de cellules, et l'homme passait d'une ligne à l'autre. Il avait l'air de savoir ce qu'il faisait, et si son étude préliminaire du registre du Hangar ne lui avait donné d'autres précisions que le numéro d'une aile du bâtiment, abritant les centaines d'astronefs, les connaissances techniques qu'il possédait lui permettaient de réduire à une seule ces centaines de possibilités.

L'homme eut un petit soupir en s'arrêtant devant un corridor, dans lequel il s'engagea : on aurait dit un insecte rampant sous les arrogants monstres métalliques qui reposaient là.

L'homme fit halte enfin, et il aurait souri s'il souriait jamais. Assurément, les circonvolutions de son cerveau commandèrent l'équivalent mental d'un sourire.

L'astronef devant lequel il était planté était de lignes effilées et certainement rapide. Ce n'était pas un modèle courant : et pourtant, la plupart des navires de ce quart de la Galaxie imitaient maintenant les silhouettes de ceux de la Fondation, quand ils n'avaient pas été construits par des techniciens de la Fondation. Mais celui-ci était spécial. C'était un astronef de la Fondation : ne serait-ce qu'à cause des petits renflements de la coque, qui étaient les nœuds de l'écran protecteur que seul un appareil de la Fondation pouvait posséder. Il y avait d'autres signes, aussi, qui ne trompaient pas.

L'homme n'hésita pas un instant.

La barrière électronique tendue devant les astronefs, pour ménager l'intimité des propriétaires, ne le gêna pas le moins du monde. Elle s'écarta facilement et sans déclencher le signal d'alarme, lorsqu'il utilisa la force neutralisante très spéciale qu'il avait à sa disposition.

A l'intérieur de l'astronef, le seul signe de la présence de l'intrus au-dehors était le léger bourdonnement de la sonnette dans le living-room de l'engin, provoqué par une main posée sur la petite cellule photo-électrique d'un côté du principal sas à air.

Pendant que cette perquisition se poursuivait avec succès, Toran et Bayta avaient un sentiment bien précaire de sécurité derrière les parois d'acier du *Bayta.* Le clown du Mulet, qui leur avait annoncé que, malgré sa frêle stature, il portait le nom imposant de Magnifico Giganticus, était assis derrière la table et engloutissait goulûment la nourriture déposée devant lui.

Ses yeux bruns et tristes ne se levaient de son assiette que pour suivre les mouvements de Bayta dans la cuisine-garde-manger où il se restaurait.

« Les remerciements d'un faible n'ont guère de valeur, déclara-t-il, mais veuillez les accepter, car depuis une semaine, seules des briques me sont tombées sous la dent, et si mon corps est petit, mon appétit est étonnamment aiguisé.

— Eh bien alors, mangez ! dit Bayta en souriant. Ne perdez pas votre temps en remerciements. Est-ce qu'il n'y a pas un proverbe de la Galaxie centrale à propos de la reconnaissance ?

— En effet, gente dame. Car un sage, m'a-t-on dit, a déclaré un jour : « La gratitude est louable et efficace quand elle ne se perd pas en phrases vides. » Mais hélas, madame, je ne suis, semble-t-il, qu'un amas de phrases vides. Lorsque celles-ci plaisaient au Mulet, cela m'a valu une tenue de cour et un grand nom — car voyez-vous, à l'origine, je m'appelais simplement Bobo, ce qu'il n'aimait pas — et puis, quand mes phrases creuses ont cessé de lui plaire, cela m'a valu des bastonnades et des coups de fouet. »

Toran revint de la cabine de pilotage.

« Rien à faire pour l'instant qu'attendre, Bay. J'espère que le Mulet est capable de comprendre qu'un navire de la Fondation est territoire de la Fondation. »

Magnifico Giganticus, ci-devant Bobo, ouvrit de grands yeux et s'écria :

« Combien grande est la Fondation devant laquelle tremblent même les cruels serviteurs du Mulet !

— Vous avez entendu parler de la Fondation aussi ? demanda Bayta avec un petit sourire.

— Qui n'en a pas entendu parler ? fit Magnifico d'un ton mystérieux. Il y a ceux qui disent que c'est un monde de grande magie, de feux capables de consumer les planètes et de secrets d'une redoutable puissance. On dit que même les plus grands personnages de la Galaxie ne pourraient connaître les honneurs et la déférence que tient pour son dû un simple mortel pouvant dire : « Je suis un citoyen de la Fondation », quand bien même il ne serait qu'un pauvre mineur ou un rien du tout comme moi.

— Voyons, Magnifico, dit Bayta, vous ne finirez jamais si vous parlez tout le temps. Tenez, voilà un peu de lait parfumé. C'est bon. »

Elle posa sur la table un pichet et fit signe à Toran de la suivre hors de la cuisine.

« Torie, qu'allons-nous faire de lui maintenant ?

— Que veux-tu dire ?

— Si le Mulet vient, est-ce que nous allons le livrer ?

— Ma foi, que veux-tu faire d'autre, Bay ? fit-il avec un geste las. Avant de venir ici, reprit-il, je m'imaginais que nous n'aurions qu'à demander le Mulet et à nous mettre au travail.

— Je sais ce que tu veux dire, Torie. Je n'espérais guère voir le Mulet moi-même, mais je pensais que nous pourrions recueillir quelques renseignements de première main et les transmettre à des gens qui s'y retrouvent un peu mieux dans cette intrigue interstellaire. Je ne suis pas une espionne de roman.

— Et moi donc ! fit-il en croisant les bras. Quelle bizarre situation ! On ne croirait jamais qu'il existe vraiment un personnage comme le Mulet, si nous n'avions pas rencontré ce bouffon. Crois-tu qu'il va venir chercher son clown ? »

Bayta leva les yeux vers lui.

« Je ne sais pas si j'en ai envie. Je ne sais que dire et que faire. Et toi ? »

La sonnerie intérieure se déclencha.

« Le Mulet ! » murmura Bayta.

Magnifico apparut sur le seuil, ouvrant de grands yeux, et il répéta d'une voix inquiète :

« Le Mulet ?

— Il faut que je les laisse entrer », murmura Toran.

Un contact ouvrit le sas à air et la porte extérieure se referma derrière le nouveau venu. Sur l'écran du radar, on n'aperçut qu'une seule silhouette.

« Il n'y a qu'une seule personne », dit Toran soulagé, et ce fut d'une voix presque tremblante qu'il se pencha vers le micro pour demander : « Qui êtes-vous »?

— Vous feriez mieux de me laisser entrer et de le découvrir tout seul non ? répondit le visiteur.

— Je tiens à vous informer que vous êtes à bord d'un astronef de la Fondation, et par conséquent, d'après les traités internationaux, sur le territoire de la Fondation.

— Je le sais.

— Venez les mains libres ou je tire. Je suis bien armé.

— D'accord ! »

Toran ouvrit la porte intérieure et mit le contact de son pistolet automatique, le pouce sur le déclencheur. Il y eut un bruit de pas, puis la porte s'ouvrit et Manifico s'écria :

« Ce n'est pas le Mulet. Ce n'est qu'un homme. »

L'homme s'inclina gravement devant le clown.

« Exact. Je ne suis pas le Mulet. (Il écarta les bras, paumes ouvertes.) Je ne suis pas armé et ma mission est pacifique. Vous pouvez vous détendre et ranger votre pistolet. Votre main tremble un peu trop pour mon confort.

— Qui êtes-vous ? demanda brusquement Toran.

— Je pourrais vous poser la même question, dit l'étranger

sans se démonter, puisque c'est vous qui êtes ici sous de faux prétextes, et non pas moi.

— Comment cela ?

— C'est vous qui prétendez être un citoyen de la Fondation, alors qu'il n'y a pas de Marchand autorisé sur la planète.

— C'est faux. Qu'en sauriez-vous ?

— Je suis, moi, un citoyen de la Fondation. Et j'ai des papiers qui le prouvent. Où sont les vôtres ?

— Je crois que vous feriez mieux de sortir.

— Je ne crois pas. Si vous connaissez les méthodes de la Fondation — et, malgré votre imposture, c'est possible — vous devez savoir que, si je ne regagne pas sain et sauf mon bord à une heure donnée, l'alarme sera donnée à la plus proche base de la Fondation : alors, je doute que vos armes soient d'une grande utilité. »

Il y eut un silence hésitant, puis Bayta dit calmement :

« Range ton pistolet, Toran, et crois-le sur parole. Il a l'air sincère.

— Merci », dit l'étranger.

Toran posa son pistolet sur la chaise auprès de lui.

« Si vous vous expliquiez un peu ? »

L'étranger resta debout. Il était de haute taille, avec des jambes fortes. Son visage était dur et impassible et, de toute évidence, il ne souriait jamais. Mais son regard était sans dureté.

« Les nouvelles voyagent vite, dit-il, surtout quand elles semblent incroyables. Je ne pense pas qu'il y ait une seule personne sur Kalgan qui ne sache pas que les hommes du Mulet se sont fait remettre à leur place par deux touristes de la Fondation. J'ai appris les détails en fin d'après-midi et, comme je vous le disais, il n'y a pas d'autres touristes de la Fondation que moi sur la planète. Nous savons tout cela.

— Qui ça, nous ?

— Nous, c'est... nous ! Moi, pour commencer ! Je savais que vous étiez au Hangar : on vous avait entendu le dire.

J'avais mes moyens de consulter le registre et de trouver votre astronef. (Il se tourna soudain vers Bayta.) Vous êtes de la Fondation... de naissance, n'est-ce pas ?

— Vous croyez ?

— Vous appartenez à l'opposition démocrate : ce qu'on appelle la « résistance ». Je ne me rappelle pas votre nom, mais je me souviens de votre visage. Vous n'êtes partie que récemment, et vous ne l'auriez pas fait si vous étiez plus importante.

— Vous savez beaucoup de choses, dit Bayta en haussant les épaules.

— En effet. Vous vous êtes échappée avec un homme. Celui-là ?

— Ce que je dis a de l'importance ?

— Non. Je voudrais simplement que nous nous comprenions bien. Je crois que le mot de passe, dans la semaine où vous êtes partis si précipitamment était « Seldon, Hardin et Liberté ». Votre chef de section, c'était Porfirat Hart.

— Où avez-vous appris ça ? s'écria Bayta. Est-ce que la police l'a arrêté ? »

Toran voulut la retenir, mais elle se dégagea et s'approcha de l'homme.

« Personne ne l'a arrêté, dit tranquillement l'homme de la Fondation. C'est simplement la résistance qui s'étend, et dans d'étranges endroits. Je suis le capitaine Han Pritcher, de l'Information, et je suis un chef de section moi-même... peu importe sous quel nom. »

Il attendit un moment, puis reprit :

« Non, vous n'êtes pas obligés de me croire. Dans notre partie, il vaut mieux être trop soupçonneux que pas assez. Mais je ferais bien d'en finir avec les préliminaires.

— En effet, dit Toran.

— Je peux m'asseoir ? Merci. (Le capitaine Pritcher passa une longue jambe par-dessus son genou et un bras par-dessus le dossier de son siège.) Je commencerai par vous dire que je ne sais pas du tout à quoi m'en tenir... en ce qui vous concerne. Vous n'êtes pas de la Fondation, mais il n'est pas difficile de deviner que vous venez d'un des mondes marchands indépendants. Ça ne me gêne pas trop, mais, par simple curiosité, que voulez-vous de ce type, ce clown que vous avez arraché à la police ? Vous risquez votre vie en faisant cela.

— Je ne peux pas vous le dire.

— Bon, je n'y comptais pas. Mais si vous vous attendez à ce que le Mulet lui-même arrive derrière une fanfare de trompettes, de tambours et d'orgues électriques, détrompez-vous ! Le Mulet n'opère pas de cette façon.

— Comment ? (Toran et Bayta avaient parlé ensemble, et dans le coin où Magnifico était pelotonné, il y eut une exclamation joyeuse.)

— Parfaitement. J'ai essayé de le contacter moi-même et en m'y prenant un peu plus sérieusement que deux amateurs comme vous. Rien à faire. Ce type ne se montre pas en public, il ne se laisse pas photographier ni personnifier, et seuls ses associés les plus proches le voient.

— Est-ce censé expliquer l'intérêt que vous nous portez, capitaine ? demanda Toran.

— Non. La clé, c'est le clown. Ce clown est une des très rares personnes à l'avoir vu. J'ai besoin de lui. Il peut être la preuve qu'il me faut, et il m'en faut une, la Galaxie le sait, pour tirer la Fondation de sa torpeur.

— Ah ! oui ? fit soudain Bayta. Et à quel titre donnez-vous l'alarme ? En tant que démocrate rebelle ou en tant que provocateur et membre de la police secrète ? »

Le visage du capitaine se durcit.

« Quand la Fondation tout entière est menacée, madame la révolutionnaire, les démocrates comme les tyrans périssent. Épargnons aux tyrans la venue d'un despote plus redoutable, afin de pouvoir à leur tour les renverser.

— Quel est ce despote dont vous parlez ? s'exclama Bayta.

— Le Mulet ! Je sais pas mal de choses sur lui, assez long

pour avoir déjà risqué la mort plusieurs fois si je n'avais pas été aussi rapide. Faites sortir le clown. Ce que j'ai à vous dire doit rester entre nous.

— Magnifico », dit Bayta avec un geste, et le clown sortit sans un mot.

Le capitaine reprit d'une voix grave et tendue, parlant bas, si bien que Toran et Bayta durent s'approcher :

« Le Mulet, dit-il, est un rusé gaillard, bien trop habile pour ne pas savoir les avantages du pouvoir personnalisé. S'il y renonce, c'est qu'il a ses raisons. La raison doit être le fait que le contact personnel révélerait quelque chose qu'il tient absolument à *ne pas* révéler. »

Il écarta d'un geste les questions de ses compagnons et reprit :

« Je suis allé enquêter sur sa planète natale et j'ai questionné des gens qui en savent trop long pour faire de vieux os. Il en reste peu qui soient encore vivants. Ils se souviennent du bébé né il y a trente ans... ils se rappellent la mort de sa mère... son étrange jeunesse. *Le Mulet n'est pas un être humain !* »

Ses deux interlocuteurs reculèrent horrifiés. Ils ne comprenaient pas très bien, mais la phrase était inquiétante.

« C'est un mutant, reprit le capitaine, et de toute évidence, à en juger par sa carrière, un mutant très réussi. Je ne connais pas ses pouvoirs, ni dans quelle mesure il est ce que les auteurs à sensation appelleraient un « surhomme », mais je trouve assez révélateur que, parti de rien, il ait en deux ans vaincu le Seigneur de Kalgan. Vous voyez le danger, n'est-ce pas ? Un accident génétique, biologiquement imprévisible, peut-il faire partie du Plan Seldon ?

— Je ne crois pas, dit lentement Bayta. Tout cela est bien compliqué. Pourquoi les hommes du Mulet ne nous ont-ils pas tués quand ils l'auraient pu, si c'est un surhomme ?

— Je vous l'ai dit, je ne connais pas l'importance de la mutation qu'il présente. Il n'est peut-être pas encore prêt pour affronter la Fondation, et ce serait de sa part un signe de la plus haute sagesse que de résister à la provocation jusqu'au moment où il sera prêt. Et maintenant, si vous me laissiez parler au clown ? »

Le capitaine alla retrouver Magnifico, qui tremblait de peur et se méfiait visiblement de ce grand homme barbu.

« As-tu vu le Mulet de tes propres yeux ? demanda lentement le capitaine.

— Oh ! oui, Vénéré Seigneur. Et j'ai senti aussi sur mon corps le poids de son bras.

— Je n'en doute pas. Peux-tu le décrire ?

— C'est effrayant de l'évoquer, Vénéré Seigneur. C'est un homme puissamment bâti. En face de lui, même vous ne seriez qu'un gringalet. Il a les cheveux d'un roux ardent, et, en y mettant toutes mes forces, je ne pourrais pas lui faire baisser le bras quand il le tend. Souvent, pour amuser ses généraux ou s'amuser lui-même, il passait un doigt sous ma ceinture et me suspendait ainsi en l'air pendant que je récitais des vers. Il ne me lâchait qu'après le vingtième vers et à condition que je dise bien le poème. C'est un homme d'une force extraordinaire, Vénéré Seigneur, et cruel dans l'utilisation de son pouvoir... Et ses yeux, Vénéré Seigneur, personne ne les voit.

— Quoi ? Que veux-tu dire ?

— Il porte, Vénéré Seigneur, des lunettes d'une étrange nature. On dit que les verres en sont opaques et qu'il y voit grâce à des pouvoirs magiques qui dépassent de loin les facultés humaines. On m'a dit, ajouta-t-il en baissant la voix, que voir ses yeux, c'est voir la mort ; qu'il tue avec son regard, Vénéré Seigneur. C'est vrai, balbutia Magnifico. Aussi vrai que je vis.

— Il semble que vous ayez raison, capitaine, murmura Bayta. Vous voulez prendre l'affaire en main ?

— Voyons, examinons la situation. Vous ne deviez rien ici ? Vous pouvez sortir librement ?

— Quand je voudrai.

— Alors, partez. Peut-être le Mulet ne souhaite-t-il pas s'attirer l'hostilité de la Fondation, Mais il court un risque énorme en laissant Magnifico filer. Cela explique sans doute la façon dont on a pourchassé le pauvre diable. Il peut donc y avoir des astronefs qui vous attendent là-haut. Si vous vous perdez corps et biens dans l'espace, qui sera là pour dénoncer l'éventuel pirate qui vous aura sabordés ?

— Vous avez raison, dit Toran.

— Toutefois, vous avez un bouclier, et vous êtes sans doute plus rapide que tous les appreils dont ils disposent ; alors, dès que vous serez sortis de l'atmosphère, tournez au point mort jusqu'à l'autre hémisphère, puis filez à pleine vitesse.

— Très bien, dit froidement Bayta. Et quand nous aurons regagné la Fondation, capitaine, qu'arrivera-t-il ?

— Eh bien, vous êtes des citoyens coopératifs de Kalgan, non ? Je ne sais rien d'autre. »

Ils n'ajoutèrent pas un mot. Toran manipula les commandes. Il y eut une imperceptible secousse.

Ce fut quand Toran eut laissé Kalgan suffisamment loin derrière eux pour entreprendre son premier bond interstellaire que le visage du capitaine Pritcher se détendit un peu : aucun navire du Mulet n'avait tenté de s'opposer à leur départ.

« On dirait qu'ils nous laissent emmener Magnifico, fit Toran. Ça ne concorde guère avec votre histoire.

— A moins, reprit le capitaine, qu'ils ne tiennent à ce que nous l'emmenions, auquel cas ce n'est pas si bon pour la Fondation. »

Ce fut après le dernier bond, alors qu'ils étaient à portée de la Fondation, en vol au point mort, que le premier bulletin d'information par ultraradio leur parvint.

Il y avait une information qui fut mentionnée en passant. Un Seigneur, dont le speaker blasé ne citait pas le nom, avait protesté auprès de la Fondation à propos de l'enlèvement d'un membre de sa cour. Puis le speaker passa aux nouvelles sportives.

« Il a une étape d'avance sur nous », dit le capitaine Pritcher d'un ton glacial. D'un ton songeur, il ajouta : « Il est prêt pour la Fondation, et cet incident lui fournit une excuse pour agir. Cela nous complique les choses. Nous allons être obligés d'agir avant d'être vraiment préparés. »

V

Il y avait une raison au fait que l'élément connu sous le nom de « science pure » fût la forme de vie la plus libre de la Fondation. Dans une Galaxie où la prédominance — voire la survivance — de la Fondation, continuait à reposer sur sa supériorité technique, le savant jouissait d'une certaine immunité. On avait besoin de lui et on le savait.

De même, il y avait des raisons pour que Ebling Mis — seuls ceux qui ne le connaissaient pas ajoutaient ses titres à son nom — fût la forme de vie la plus libre dans la « science pure » de la Fondation. Dans un monde où la science était respectée, il était le Savant, avec un S majuscule. On avait besoin de lui et il le savait.

Ainsi, lorsque les autres pliaient le genou, refusait-il de les imiter en déclarant d'une voix claire que ses ancêtres, en leur temps, n'avaient plié le genou devant aucun freluquet de Maire. D'ailleurs, du temps de ses ancêtres, le Maire était élu et destitué quand on voulait, et les seuls à hériter de quelque chose par droit de naissance étaient les idiots congénitaux.

Aussi, quand Ebling Mis décida de laisser Indbur lui faire l'honneur d'une audience, n'attendait-il pas qu'on eût transmis sa demande par la voie hiérarchique et que la réponse favorable lui fût revenue par le même chemin — mais, ayant jeté sur ses épaules la moins délabrée de ses deux vestes de cérémonie, coiffé un chapeau bizarre et allumé un cigare interdit, s'engouffra-t-il devant deux gardes qui protestaient vainement, pour entrer dans le palais du Maire.

Son Excellence apprit l'intrusion, lorsque, de son jardin, il entendit des exclamations de plus en plus proches et le torrent de jurons, lancés d'une voix tonnante, qui leur répondait.

Indbur reposa lentement son déplantoir ; lentement, il se redressa et, lentement, il fronça les soucils. Indbur s'octroyait chaque jour un petit délassement et, pendant deux heures au début de l'après-midi, si le temps le permettait, il était dans son jardin. Et là, personne ne le dérangeait... *personne !*

Indbur se dépouilla de ses gants de jardinage, tout en s'approchant de la petite porte.

« Que signifie tout cela ? » demanda-t-il.

Cette question est généralement de pure forme et on ne la pose jamais qu'en tant de manifestation de dignité. Mais la réponse cette fois fut effective, car Mis surgit brusquement devant lui dans un terrible tumulte, tandis qu'un de ses poings venait frapper les gardes qui se cramponnaient encore aux lambeaux de sa cape.

Indbur, d'un geste, les congédia ; Mis se pencha pour ramasser ce qui restait de son chapeau, épousseta une partie de la poussière qui le maculait, le fourra sous son bras et dit :

« Dites-moi, Indbur, ces crétins qui vous gardent me doivent un bon manteau. Il aurait encore pu me faire de l'usage. » Il s'épongea le front d'un geste quelque peu théâtral.

Le Maire se raidit et dit d'un ton pincé, du haut de son mètre cinquante-cinq :

« Je n'ai pas été informé, Mis, que vous ayez sollicité une audience. On ne vous en a certainement pas accordé une. »

Ebling Mis considéra son Maire avec une sorte d'incrédulité scandalisée.

« Par la Galaxie ! Indbur, vous n'avez pas eu mon mot hier ? Je l'ai remis à un larbin en uniforme rouge avant-hier.

Je vous l'aurais bien remis directement, mais je sais comme vous êtes formaliste.

— Formaliste ! fit Indbur d'un air exaspéré. Vous n'avez jamais entendu parler de ce qu'est l'organisation ? Désormais, vous devrez présenter votre demande d'audience dûment remplie en trois exemplaires au bureau officiel qui s'en occupe. Vous devrez ensuite attendre d'être normalement averti de la date d'audience qui vous est accordée. Vous devrez ensuite vous présenter, convenablement vêtu — convenablement vêtu, vous comprenez — et avec le respect qui convient. Vous pouvez vous retirer.

— Qu'est-ce que vous reprochez à ma tenue ? demanda Mis, furieux. C'était le meilleur manteau que j'avais, jusqu'au moment où ces abrutis de gardiens ont mis les pattes dessus. Je m'en irai dès que je vous aurai exposé ce que je suis venu vous dire. Par la Galaxie, s'il ne s'agissait pas d'une crise Seldon, je m'en irais immédiatement.

— Une crise Seldon ! » fit Indbur, manifestant pour la première fois de l'intérêt.

Mis était un grand psychologue : un démocrate, un rustre et un rebelle assurément, mais un psychologue aussi. Le Maire ne parvint donc pas à trouver les mots pour exprimer l'angoisse qui le saisissait, pendant que Mis cueillait une fleur au hasard, la portait à ses narines, puis la rejetait en pinçant les narines.

« Voudriez-vous me suivre ? dit Indbur d'un ton froid. Ce jardin ne convient guère aux conversations sérieuses. »

Il se sentit mieux dans son fauteuil, derrière son grand bureau d'où il dominait les quelques cheveux qui ne parvenaient pas à dissimuler le crâne rose et chauve de Mis. Il se sentit encore mieux lorsqu'il eut vu Mis chercher machinalement autour de lui un siège qui n'existait pas, puis demeurer debout en se dandinant d'un air gêné. Son ravissement atteignit son comble quand, répondant à l'appel déclenché par un bouton qu'il avait pressé, un serviteur en livrée accourut, s'approcha courbé en deux du bureau et y déposa un épais volume relié de métal.

« Maintenant, dit Indbur, redevenu maître de la situation afin d'abréger autant que possible cette entrevue impromptue, faites votre déclaration aussi brièvement que vous pouvez.

— Vous savez ce à quoi je travaille ? demanda Ebling Mis sans se hâter.

— J'ai ici vos rapports, répliqua le Maire d'un ton satisfait, ainsi que des résumés de vos travaux. Si je comprends bien, vos recherches dans les mathématiques de la psychohistoire se proposent de reprendre l'œuvre de Hari Seldon et, finalement, d'extrapoler le cours de l'Histoire future, à l'usage de la Fondation.

— Exactement, dit Mis, très sec. Lorsque Seldon a établi la Fondation, il a eu la sagesse de ne pas faire figurer de psychologues parmi les savants installés ici, si bien que la Fondation a toujours suivi aveuglément le cours de la nécessité historique. Au cours de mes recherches, je me suis basé en grande partie sur des indices liés à la crypte de Seldon.

— Je sais tout cela, Mis. Vous perdrez votre temps à vous répéter.

— Je ne me répète pas, tonna Mis, car ce que je vais vous dire ne se trouve dans aucun de ces rapports.

— Comment ça, dans aucun de ces rapports ? fit Indbur. Comment avez-vous pu...

— Laissez-moi donc vous raconter ça à ma façon, malfaisante créature ! Cessez de deviner ce que je vais dire et de mettre en doute tous mes propos, ou bien je pars en laissant tout crouler autour de vous. Souvenez-vous, triste sot, que la Fondation s'en tirera parce qu'elle le doit, mais que, si je m'en vais maintenant, *vous* ne vous en tirerez pas. »

Jetant son chapeau par terre, ce qui fit jaillir des nuages de poussière, il grimpa les marches de l'estrade sur laquelle était installé le grand bureau et, écartant brutalement les papiers, s'assit sur un coin.

Indbur songea, dans sa rage, à appeler la garde ou à utiliser les désintégrateurs disposés dans le bureau. Mais Mis le toisait d'un air furibond et force lui fut de faire contre mauvaise fortune bon cœur.

« Docteur Mis, commença-t-il, faiblement, vous devez...

– Taisez-vous, dit Mis d'un ton farouche et écoutez. Si cette chose... (et sa main s'abattit lourdement sur la reliure métallique du classeur où se trouvaient les documents) est une analyse de mes rapports, fichez ça en l'air. Tous les rapports que je rédige passent par une vingtaine d'autres. C'est parfait tant qu'il n'y a rien qu'on veuille garder secret. Eh bien, j'ai ici quelque chose de confidentiel. C'est si confidentiel que même mes collaborateurs n'en ont pas eu vent. Ils ont fait le travail, bien sûr, mais chacun n'en a accompli qu'une petite portion, et c'est moi qui ai rassemblé les éléments. Vous savez ce qu'est la crypte de Seldon ? »

Indbur opina de la tête, mais Mis reprit, enchanté de la tournure que prenait l'entretien :

« Eh bien, je vais vous le dire quand même, car voilà longtemps que j'imagine cette invraisemblable situation ; je peux lire vos pensées, triste charlatan. Vous avez la main droite tout près d'un petit bouton qui fera surgir ici quelque cinq cents hommes armés pour me liquider, mais vous avez peur de ce que je sais : vous avez peur d'une crise Seldon. D'ailleurs, si vous touchez quoi que ce soit sur votre bureau, je démolis votre sale petite tête avant que personne n'arrive. Voilà assez longtemps que vous, votre bandit de père et pirate de grand-père avez sucé le sang de la Fondation.

– C'est de la trahison, balbutia Indbur.

– Certainement, fit Mis, ravi, mais qu'est-ce que vous allez faire ? Laissez-moi vous parler de la crypte. Cette crypte, c'est ce que Hari Seldon a installé ici, au début, pour nous aider dans les périodes difficiles. Pour chaque crise, Seldon a préparé une image de lui destinée à nous donner confiance et à nous expliquer la situation. Jusqu'à maintenant, il y a eu quatre crises et quatre apparitions. La première fois, il est apparu au paroxysme de la première crise. La seconde fois, il est apparu juste après que la seconde crise ait favorablement évolué. Nos ancêtres étaient là pour l'écouter, les deux fois. A la troisième et à la quatrième crises, on n'a pas tenu compte de lui — sans doute parce qu'on n'en avait pas besoin — mais de récentes recherches, qui ne se trouvent pas dans les rapports que vous possédez, indiquent qu'il est apparu quand même, et au bon moment. Vous comprenez ? »

Il n'attendit pas de réponse. Il finit par jeter son cigare, déchiqueté maintenant et à demi consumé, et par en allumer un autre, tirant aussitôt d'énergiques bouffées de fumée.

« Officiellement, dit-il, j'ai essayé de reconstruire la science de la psychohistoire. Bien sûr, aucun homme ne peut y parvenir maintenant et il faudra bien encore un siècle. Mais j'ai fait quelques progrès en ce qui concerne les éléments les plus simples, et cela m'a fourni un prétexte pour mettre mon nez dans la crypte. Ce que j'ai fait en tout cas m'a permis de déterminer, avec une assez grande certitude, la date de la prochaine apparition de Hari Seldon. Je peux vous donner le jour exact, autrement dit celui où la crise Seldon qui approche, la cinquième, atteindra son paroxysme.

— Dans combien de temps ? » demanda Indbur d'une voix tendue.

Mis fit alors exploser sa bombe avec une joyeuse nonchalance :

« Quatre mois, dit-il. Quatre mois moins deux jours.

— Quatre mois ! fit Indbur avec une véhémence qui ne lui était pas coutumière. Impossible.

— Impossible mais vrai.

— Quatre mois ? Comprenez-vous ce que cela veut dire ? Pour qu'une crise atteigne son paroxysme dans quatre mois, cela signifierait qu'elle se prépare depuis des années.

— Et pourquoi pas ? Existe-t-il une loi de la nature qui exige que tout s'accomplisse au grand jour ?

— Mais rien ne se prépare, rien ne nous menace. » Indbur se tordait presque les mains dans son inquiétude. Retrouvant soudain toute sa violence, il se mit à hurler :

« Voulez-vous descendre de mon bureau et me laisser mettre de l'ordre ? Comment voulez-vous que je pense dans ces conditions ? »

Mis, abasourdi, se leva lourdement et s'écarta.

Indbur remit fébrilement à leur place les divers objets. Il parlait précipitamment :

« Vous n'avez pas le droit de venir ici comme ça. Si vous aviez exposé votre théorie...

— Ce n'est pas une théorie.

— Mais si. Si vous l'aviez exposée comme il convient avec les preuves et les éléments dont vous disposez, cela serait passé devant le Bureau des Sciences historiques. Là, on l'aurait dûment examinée, on m'aurait soumis les résultats des analyses et puis, bien sûr, on aurait pris des mesures appropriées. Alors là, vous m'avez offensé sans raison. Ah ! voici. »

Il tenait à la main une feuille de papier argenté transparent qu'il brandit devant le psychologue.

« Voici un bref résumé que je prépare moi-même — chaque semaine — des problèmes de politique étrangère en cours. Écoutez : nous avons terminé les négociations pour un traité commercial avec Mores, nous poursuivons la négociation pour un traité avec Lyonesse, nous avons envoyé une délégation pour je ne sais quelle fête sur Bunde, nous avons reçu des doléances de Kalgan et nous avons promis d'étudier la question, nous avons protesté contre des pratiques commerciales brutales à Asperta et ils ont promis de s'en occuper... etc., etc. (Les yeux du Maire parcoururent la liste des annotations en code, puis il replaça soigneusement la feuille à sa place, dans son classeur, dans sa niche.) Je vous assure, Mis, il n'y a rien là qui sente autre chose que l'ordre et la paix... »

La porte tout au bout de la pièce s'ouvrit et, par une coïncidence trop saisissante pour être vraisemblable, un notable simplement vêtu fit son entrée.

Indbur se leva à demi. Il avait cette sensation un peu vertigineuse d'irréalité qui vous vient les jours où il se passe trop de choses. Après l'intrusion de Mis, voilà que survenait, de façon tout aussi impromptue et par là même tout aussi troublante, son secrétaire qui, du moins, connaissait les usages.

Le secrétaire s'agenouilla très bas.

« Eh bien ? fit sèchement Indbur.

— Excellence, dit le secrétaire en s'adressant au plancher, le capitaine Han Pritcher, de l'Information, retour de Kalgan, au mépris de vos ordres, a été emprisonné conformément à des instructions antérieures — votre ordre X 20-513 — et attend son exécution. Ceux qui l'accompagnent sont retenus aux fins d'interrogatoire. Un rapport complet a été rédigé.

— Un rapport complet a été reçu, dit Indbur la gorge serrée. Alors ?

— Excellence, le capitaine Pritcher a signalé vaguement de dangereux desseins de la part du nouveau Seigner de Kalgan. Conformément aux instructions antérieures — votre ordre X 20-651 — il n'a pas eu d'audience officielle, mais ses observations ont été enregistrées et un rapport complet rédigé.

— Un rapport complet a été reçu, hurla Indbur. Alors !

— Excellence, nous avons reçu voici un quart d'heure des rapports de la frontière salinienne. Des astronefs identifiés comme venant de Kalgan ont pénétré sans autorisation sur le territoire de la Fondation. Ces appareils sont armés. Des combats ont eu lieu. »

Le secrétaire était presque plié en deux. Indbur restait debout. Ebling Mis se secoua, s'approcha du secrétaire et lui administra une petite tape sur l'épaule.

« Allons, vous feriez mieux de relâcher le capitaine Pritcher et de le faire amener ici. Allez. »

Le secrétaire sortit et Mis se tourna vers le Maire.

« Est-ce que vous ne feriez pas mieux de mettre la machine en branle, Indbur ? Quatre mois... vous vous souvenez ? »

Idbur restait immobile, le regard fixe. Seul un de ses doigts semblait vivant : il traçait nerveusement des triangles sur la surface lisse du bureau devant lui.

VI

Lorsque les vingt-sept Mondes Marchands indépendants, unis seulement par la méfiance que leur inspire la mère planète de la Fondation, décident de siéger en assemblée — et que chacun est gonflé d'un orgueil né de sa petitesse, durci par son isolement et exacerbé par le danger constant — il faut passer par des négociations préliminaires dont la mesquinerie suffit à navrer les plus persévérants.

Il ne suffit pas de fixer par avance des détails tels que les méthodes de vote et le genre de représentation : par monde ou par population. Ce sont des questions d'une importance politique complexe. Il ne suffit pas non plus de fixer les problèmes de priorité, aussi bien à la table du Conseil qu'à celle du dîner. Ce sont des problèmes d'une importance sociale non moins compliquée.

Il fallait prévoir le lieu de la réunion. Et, en fin de compte, les routes tortueuses de la diplomatie aboutirent au monde de Radole, que certains commentateurs avaient proposé dès le début, pour la raison logique qu'il occupait une position centrale.

Radole était un petit monde et, en tant que puissance militaire, peut-être le plus faible des vingt-sept. C'était encore un autre facteur qui avait présidé à ce choix.

C'était un monde-ruban, et un des rares à être habité. Un monde, autrement dit, où les deux faces affrontent constamment une chaleur ou un froid extrême, tandis que la région où la vie est possible se situe sur l'étroit ruban de la zone crépusculaire.

Un tel monde semble toujours peu accueillant à ceux qui ne l'ont pas expérimenté, mais il existe des endroits, stratégiquement disposés, où fleurit la vie, et la ville de Radole était justement bâtie à l'un de ses endroits.

Elle s'étendait sur les douces pentes des collines, avant les montagnes déchiquetées qui bordaient l'hémisphère froid et arrêtaient la redoutable glace. L'air sec et chaud de la moitié ensoleillée se répandait jusque-là et l'on faisait venir l'eau des montagnes : entre les deux, Radole était un perpétuel jardin, baignant dans l'éternel matin d'un éternel mois de juin.

Radole était donc à sa façon une petite oasis de douceur et de luxe sur une horrible planète, un petit coin d'Eden — et c'était là aussi un facteur intervenant dans la logique du choix.

Les étrangers arrivaient de chacun des vingt-six autres mondes marchands : délégués, épouses, secrétaires, journalistes, astronefs et équipages ; la population de Radole doubla presque, ce qui puisa jusqu'aux limites mêmes des ressources de la ville. On mangeait, on buvait à volonté et on ne dormait pas.

Rares pourtant étaient ceux, parmi les fêtards, qui ne se rendaient pas compte que toute cette partie de la Galaxie se consumait lentement dans une sorte de guerre latente. Et parmi ceux qui s'en rendaient compte, il y avait trois catégories. D'abord ceux, nombreux, qui ne savaient pas grand-chose et qui parlaient beaucoup...

Ainsi le jeune pilote de l'espace qui portait sur sa casquette la cocarde de Port, et qui était parvenu, en gardant ses lunettes devant ses yeux, à attirer le regard légèrement souriant de la jeune Radolienne assise en face de lui.

« Nous avons traversé la zone des opérations pour venir ici, disait-il. Nous avons parcouru environ une minute-lumière au point mort, juste après Horleggor...

— Horleggor ! fit un indigène aux jambes longues qui se

trouvait être l'hôte dans cette réunion. C'est là où le Mulet a pris une raclée la semaine dernière, n'est-ce pas ?

— Où avez-vous entendu que le Mulet s'était fait ramasser ? demanda le pilote d'un ton hautain.

— A la radio de la Fondation.

— Ah oui ? Eh bien, le Mulet a bel et bien pris Horleggor. Nous avons failli tomber sur un convoi de ses astronefs, et c'est de là qu'ils venaient. Ça ne s'appelle pas une râclée, quand on reste là où on s'est battu et que celui qui vous a soi-disant administré la raclée décampe aussitôt.

— Il ne faut pas parler comme ça, dit quelqu'un d'une voix un peu pâteuse. La Fondation commence toujours par trinquer quelque temps. Vous n'avez qu'à attendre la suite. La vieille Fondation sait qu'il faut riposter. Et alors... vlan !

— En tout cas, dit le pilote après un bref silence, comme je le disais, nous avons vu les astronefs du Mulet, et ils m'ont paru rudement bien ; je vais même vous dire : ils avaient l'air neufs.

— Neufs ? fit l'indigène d'un ton songeur. Ils les construisent eux-mêmes ? (Il arracha une feuille d'une branche audessus de sa tête, la huma délicatement, puis se mit à mâcher les fibres qui répandaient une douce odeur de menthe.) Vous voulez dire qu'ils ont battu les appareils de la Fondation avec des astronefs de leur propre fabrication ? Allons donc !

— On les a vus, mon vieux, et je sais reconnaître un astronef d'une comète.

— Vous savez ce que je crois ? fit l'indigène en se penchant vers lui. Ne vous faites pas d'illusions. Les guerres ne commencent pas toutes seules, et nous avons au gouvernement des gens qui savent ce qu'ils font.

— Méfiez-vous de la Fondation, reprit la voix avinée qui avait déjà parlé. Ils attendent la dernière minute et puis... vlan ! »

Le Radolien reprenait :

« Tenez, mon vieux, vous croyez peut-être que ce Mulet gouverne tout là-bas ? Mais non, fit-il en agitant le doigt devant lui. D'après ce que j'ai entendu dire — et, attention, ça venait de haut — c'est un homme à nous. C'est nous qui le payons, et c'est probablement nous qui avons construit ces astronefs. Bien sûr, à la longue, il ne peut pas battre la Fondation, mais il peut secouer pas mal ces gens-là, et alors... c'est à nous d'entrer dans la partie.

— Tu n'as pas d'autres sujets de conversation, Klev ? dit la fille. La guerre ? Tu me fatigues.

— Parlons d'autre chose, dit le pilote, dans un accès de galanterie. Il ne faut pas fatiguer les dames. »

Le pochard reprit le refrain et se mit à taper en mesure sur la table avec une chope. Les petits groupes qui s'étaient formés se dispersèrent en riant et d'autres sortirent de la serre au fond. La conversation devint plus générale, plus variée, plus insignifiante...

...Et puis, il y avait ceux qui en savaient un peu plus et qui parlaient moins.

Comme Fran le Manchot, délégué officiel de Port, qui en conséquence menait la bonne vie et se faisait de nouveaux amis... avec les femmes quand il pouvait et avec les hommes quand il y était obligé.

C'était sur le solarium de la maison d'un de ses nouveaux amis, située aux faîte d'une colline, qu'il se détendit pour la première fois : cela ne devait lui arriver que deux fois en tout sur Radole. Ce nouvel ami s'appelait Iwo Lyon et il avait une maison loin de l'agglomération, perdue dans une mer de parfums de fleurs et de bruissements d'insectes. Le solarium était une pelouse inclinée à quarante-cinq degrés, et Fran s'y était allongé pour prendre un bain de soleil.

« Nous n'avons pas ça sur Port, dit-il.

— Je n'ai jamais vu la face glacée, répondit Iwo d'un ton somnolent. Il y a un endroit à trente kilomètres d'ici où l'oxygène coule comme de l'eau.

— Allons donc !

— Parfaitement.

— Je vais vous dire, Iwo... Autrefois, avant de perdre mon

bras, j'ai pas mal roulé ma bosse, vous savez... et vous ne me croirez pas, mais... (L'histoire qui suivit était très longue, et Iwo n'en crut pas un mot.)

— On n'en fait plus comme vous, c'est vrai, dit Iwo entre deux bâillements.

— Non, je ne pense pas. Mais au fait, dit Fran en s'enflammant soudain, ne dites pas ça. Je vous ai parlé de mon fils, non ? Eh bien, lui est de la vieille école. Il fera un grand Marchand, parole. C'est son père tout craché. Sauf qu'il est marié.

— Vous voulez dire par un contrat légal ?

— Exactement. Je ne comprends pas non plus à quoi ça rime. Ils sont allés passer leur lune de miel sur Kalgan.

— Kalgan ? Kalgan ? Par la Galaxie, quand donc était-ce ? »

Fran eut un large sourire et dit d'un ton entendu :

« Juste avant que le Mulet déclare la guerre à la Fondation.

— Vraiment ? »

Fran s'approcha et fit signe à Iwo de faire de même.

« En fait, dit-il d'un ton rauque, je peux vous dire une chose, si vous gardez ça pour vous. Mon garçon a été envoyé sur Kalgan en mission. Je ne voudrais pas préciser, bien sûr, quel était le but de cette mission, mais si vous considérez la situation actuelle, je pense que c'est assez facile à deviner. En tout cas, mon fils était l'homme qu'il fallait pour cette tâche. Nous autres Marchands, nous avions besoin d'un peu de mouvement, ajouta-t-il avec un sourire matois. Eh bien voilà. Je ne vous dis pas comment nous nous y sommes pris, mais... mon garçon est allé sur Kalgan, et le Mulet a fait sortir ses astronefs. »

Iwo semblait impressionné. Il prit à son tour un ton confidentiel :

« C'est bien. Vous savez, il paraît que nous avons cinq cents appareils prêts à intervenir pour nous au bon moment.

— Peut-être plus que ça, dit Fran d'un ton sûr de lui. Ça, c'est de la stratégie, comme je l'aime. (Il se gratta bruyamment le ventre.) Mais n'oubliez pas que le Mulet est un malin. Ce qui s'est passé sur Horleggor m'inquiète.

— J'ai entendu dire qu'il avait perdu une dizaine d'appareils.

— Bien sûr, mais il en avait un centaine de plus, et la Fondation a dû décamper. C'est bien gentil de battre ces tyrans, mais pas aussi vite que ça. (Il secoua la tête.)

— La question que je me pose, c'est : où le Mulet se procure-t-il ces appareils ? Le bruit court que nous les fabriquons pour lui.

— Nous ? Les Marchands ? Port a les plus grosses usines d'astronefs des mondes indépendants, et nous n'en avons fabriqué pour personne d'autre que nous-mêmes. Vous vous imaginez qu'un monde construit une flotte pour le Mulet sans prendre la précaution d'une action commune ? C'est... c'est du conte de fées.

— Alors, où se les procure-t-il ?

— J'imagine qu'il les fabrique lui-même, dit Fran en haussant les épaules. Ce qui m'inquiète aussi, d'ailleurs. »

Fran cilla dans le soleil et replia ses doigts de pieds sur le petit rebord de bois lisse. Lentement, il s'endormit et le doux murmure de son souffle se mêla à la rumeur des insectes...

...Enfin, il y avait ceux, très rares, qui en savaient beaucoup et qui n'en parlaient pas du tout.

Comme Randu qui, au cinquième jour de la Convention des Marchands, entra dans le Hall Central et retrouva là, en train de l'attendre, les deux hommes qu'il avait convoqués. Les cinq cents sièges étaient vides et allaient le rester.

« A nous trois, dit aussitôt Randu, presque avant de s'asseoir, nous représentons à peu près la moité du potentiel militaire des Mondes Marchands indépendants.

— Oui, Mangin de la planète Iss, mon collègue et moi avons déjà commenté sur ce point.

— Je suis prêt à parler vite et net, dit Randu. Le marchandage de la subtilité, ça ne m'intéresse pas. Notre position est absolument catastrophique.

— En raison des... commença Ovall Gri, de Mnemon.

— Des récents développements de la situation. Je vous en prie ! Reprenons les choses au début. Tout d'abord, notre situation ne dépend pas de nous, et nos possibilités d'intervention sont des plus douteuses. Nous n'entretenions pas à l'origine de relations avec le Mulet, mais avec divers autres, notamment l'ex-Seigneur de Kalgan, que le Mulet a abattu à un moment qui ne nous était guère propice.

— Oui, mais ce Mulet est un excellent remplacement, dit Mangin. Je n'ergote pas sur les détails.

— Vous changerez peut-être d'avis quand vous connaîtrez *tous* les détails. (Randu se pencha en avant, les paumes appuyées sur la table.) Il y a un mois, reprit-il, j'ai envoyé mon neveu et sa femme sur Kalgan.

— Votre neveu ! s'écria Ovall Gri, surpris. Je ne savais pas que c'était votre neveu.

— Dans quel but ? demanda sèchement Mangin. Pour ça ? (Et son pouce dessina dans l'air un cercle.)

— Non. Si vous parlez de la guerre du Mulet contre la Fondation, non. Comment pouvais-je viser plus haut ? Ce jeune homme ne savait rien, ni de notre organisation ni de nos buts. On lui a dit que j'étais un membre subalterne d'une société patriotique de Port, et son rôle sur Kalgan n'était que celui d'un observateur amateur. Mes motifs, je dois l'avouer, étaient assez obscurs. Tout d'abord, le Mulet m'intriguait. C'est un étrange phénomène, mais nous en avons déjà discuté, je n'y reviendrai pas. Secundo, cela représentait une formation intéressante pour un homme qui a eu l'expérience de la Fondation et de la résistance sur la Fondation, et qui a montré qu'il pourrait nous être utile. Vous comprenez... »

Une grimace découvrit les grandes dents d'Ovall.

« Alors, vous avez dû être surpris du résultat, puisqu'il n'y a pas un homme, je crois, parmi les Marchands, qui ne sache que votre neveu a enlevé un serviteur du Mulet au nom de la

Fondation, fournissant ainsi au Mulet un *casus belli.* Par la Galaxie, Randu, vous faites du roman ! J'ai du mal à croire que vous n'étiez pour rien là-dedans. Allons, c'était du joli travail.

— Mais je n'y suis pour rien, fit Randu en secouant sa tête blanche. Pas plus que mon neveu, qui est actuellement prisonnier sur la Fondation et ne vivra peut-être pas pour voir s'achever ce si joli travail. Je viens d'avoir de ses nouvelles. Sa capsule personnelle, acheminée je ne sais comment, a traversé la zone des opérations, gagné Port, et est revenue jusqu'ici. Elle a mis un mois en tout.

— Et alors ?... »

Randu s'appuya pesamment sur un bras et dit d'un ton triste :

« Je crois malheureusement que nous sommes mûrs pour le même rôle que celui de l'ex-Seigneur de Kalgan. Le Mulet est un mutant ! »

Il y eut un bref silence. Randu crut entendre les cœurs battre plus vite.

Quand Mangin parla, sa voix était toujours aussi assurée :

« Comment le savez-vous ?

— Seulement par ce que mon neveu m'a dit, mais lui était sur Kalgan.

— Mais quelle sorte de mutant ? Il y en a de toutes sortes.

— Toutes sortes de mutants, mais oui, Mangin. Toutes sortes ! fit Randu en maîtrisant son agacement. Mais il n'y a qu'une sorte de Mulet. Quel genre de mutant, ayant débuté inconnu, réunirait une armée, établirait, à ce qu'on dit, sa base sur un astéroïde de huit kilomètres de diamètre, capturerait une planète, puis un système, puis une région... enfin attaquerait la Fondation puis *la battrait* sur Horleggor ? *Et tout cela en l'espace de deux ou trois ans !*

— Vous croyez donc qu'il vaincra la Fondation ? fit Ovall Gri en haussant les épaules.

— Je n'en sais rien. Admettons qu'il y arrive ?

— Désolé, je ne vous suis plus. On ne peut pas vaincre la Fondation. Voyons, nous n'avons pas un élément nouveau, sauf les déclaration d'un... enfin, d'un garçon sans expérience. Si nous attendions un peu ? Jusqu'à maintenant, les victoires du Mulet ne nous inquiétaient pas, et à moins qu'il n'aille beaucoup plus loin que cela, je ne vois pas de raison de changer. Si ? »

Randu, le front soucieux, semblait désespéré de la fragilité de son argumentation.

« Avons-nous déjà pris contact avec le Mulet ? demanda-t-il à ses deux interlocuteurs.

— Non, répondirent-ils tous deux.

— Il est exact pourtant que nous avons essayé, n'est-ce pas ? Il est exact que nos réunions ne servent pas à grand-chose tant que nous ne l'avons pas contacté ? Il est vrai que, jusqu'à maintenant, on a plus bu que pensé et plus folâtré qu'agi — je vous cite l'éditorial de la *Tribune de Radole* d'aujourd'hui — et tout cela parce que nous ne pouvons pas atteindre le Mulet. Messieurs, nous avons près de mille astronefs qui attendent d'être jetés dans la bataille au bon moment pour s'emparer de la Fondation. J'affirme que nous devrions changer ce plan. A mon avis, il faudrait désormais lancer ces mille appareils... *contre le Mulet.*

— Vous voulez dire : pour le tyran Indbur et les vampires de la Fondation ? demanda Mangin d'un ton venimeux.

— Épargnez-moi les épithètes, fit Randu en levant une main lasse. Je dis contre le Mulet, et peu m'importe pour qui.

— Randu, fit Ovall Gri en se levant, je ne veux rien avoir à faire dans tout cela. Vous présenterez votre projet à la réunion plénière de ce soir, si vous tenez particulièrement à consommer votre suicide politique. »

Il sortit sans ajouter un mot, et Mangin le suivit en silence, laissant Randu perdu dans ses méditations.

A la réunion plénière, ce soir-là, il ne dit rien.

Mais ce fut Ovall Gri qui fit irruption dans sa chambre le lendemain matin : Un Ovall Gri à peine vêtu et qui n'était ni rasé ni peigné.

Randu le contempla par-dessus la table où s'étalaient encore les reliefs du petit déjeuner, avec une stupéfaction suffisante pour lui faire lâcher sa pipe.

Ovall n'y alla pas par quatre chemins.

« Mnemon a été bombardé de l'espace par une attaque traîtresse.

— La Fondation ? fit Randu.

— Le Mulet ! s'écria Ovall. Le Mulet ! » Il reprit d'un ton précipité : « Une attaque délibérée, sans provocation. Le gros de notre flotte avait rejoint la flottille internationale. Les quelques appareils constituant l'escadre de garde étaient insuffisants et ont été anéantis. Il n'y a pas encore eu de débarquement, et il n'y en aura peut-être pas, car on annonce que la moitié des attaquants ont été détruits, mais c'est la guerre, et je suis venu vous demander quelle est l'opinion de Port sur cette affaire.

— Port, j'en suis convaincu, se conformera à l'esprit de la Charte de la Fédération. Mais vous voyez ? Il nous attaque aussi bien.

— Ce Mulet est un fou. Est-ce qu'il peut vaincre tout l'univers ? (Balbutiant, Ovall s'assit pour prendre le poignet de Randu.) Les rares survivants ont signalé que le Mulet poss... que l'ennemi possédait une nouvelle arme. Un dépresseur de champ atomique.

— Un quoi ?

— La plupart de nos astronefs, expliqua Ovall, ont été détruits parce que leurs armes atomiques n'ont pas fonctionné. Il ne pouvait s'agir d'accident ni de sabotage. Ce doit être une arme du Mulet. Elle n'a pas fonctionné d'une façon parfaite : les effets étaient intermittents ; il y avait des moyens de la neutraliser, les messages que j'ai reçus donnent peu de détails. Mais vous comprenez bien qu'un pareil instrument changerait la nature de la guerre et risquerait de rendre notre flotte tout entière périmée. »

Randu se sentait terriblement vieux. Son visage s'assombrit.

« J'ai bien peur que ce monstre ne nous dévore tous. Et pourtant, il faut le combattre. »

VII

La maison d'Ebling Mis, dans un quartier peu prétentieux de Terminus, était bien connue des membres de l'intelligentsia, des érudits et simplement des gens cultivés de la Fondation. Ses caractéristiques dépendaient, très subjectivement, de la source de documentation à laquelle on se référait. Pour un biographe un peu philosophe, c'était « le symbole d'une retraite non loin d'une réalité non académique » ; un chroniqueur mondain décrivait en termes suaves « l'atmosphère terriblement masculine de désordre » ; un docteur en philosophie de l'université parlait brutalement de « bibliothèque bien fournie mais mal organisée » ; un ami qui n'était pas de l'université disait : « Il y a toujours de quoi boire et on peut poser les pieds sur le divan » ; et un reporter qui avait le goût des adjectifs parlait de la demeure « rocheuse, bien plantée, solidement sur terre d'Ebling Mis, blasphémateur de gauche au crâne chauve ».

Aux yeux de Bayta, qui pour l'instant n'avait d'autre public qu'elle-même et qui avait l'avantage de recueillir ses informations de première main, cela paraissait simplement une maison mal tenue.

A l'exception des tout premiers jours, son emprisonnement ne lui avait guère pesé. Beaucoup moins, trouvait-elle, que cette demi-heure d'attente chez le psychologue... secrètement observée, peut-être ? Jusqu'alors, elle avait du moins toujours été avec Toran...

Peut-être se serait-elle fatiguée plus vite de cette tension, si elle n'avait vu le long nez de Magnifico se baisser, dans une attitude qui montrait clairement que lui-même était encore plus inquiet.

Les jambes dégingandées de Magnifico étaient repliées sous son menton en galoche, comme s'il essayait de se faire petit jusqu'à disparaître, et Bayta tendit la main dans un geste doux et machinal de réconfort.

Magnifico tressaillit, puis sourit.

« On dirait, gente dame, que maintenant encore, mon corps nie l'expérience de mon esprit et attend des autres un coup.

— Inutile de vous inquiéter, Magnifico. Je suis avec vous et je ne laisserai personne vous faire du mal. »

Le clown lui jeta un regard en coulisse, puis détourna rapidement les yeux.

« Mais ils m'ont déjà éloigné de vous — et de votre charitable époux — et, ma parole, vous pouvez rire, mais je me suis senti bien seul.

— Je ne rirai pas. Moi aussi, je me sentais seule. »

Le visage du clown s'éclaira.

« Vous n'avez jamais vu cet homme qui va nous recevoir ? demanda-t-il prudemment.

— Non, mais c'est un homme connu. Je l'ai vu aux actualités et j'ai beaucoup entendu parler de lui. Je crois que c'est un brave homme, Magnifico, qui ne nous veut pas de mal.

— Ah ! oui ? fit le clown. Cela se peut, gente dame, mais il m'a déjà interrogé, et il est d'une brusquerie et a une voix forte qui me fait trembler. Il emploie des mots étranges, si bien que les réponses à ses questions n'ont pas pu franchir mes lèvres.

— Mais c'est différent cette fois. Nous sommes deux contre lui, et il ne parviendra pas à nous effrayer tous les deux, n'est-ce pas ?

— Non, gente dame. »

Une porte claqua quelque part et l'on entendit une voix tonner dans la maison. Juste derrière la porte, la voix éclata, criant : « Galaxie, foutez-moi le camp ! » et, par la porte qui s'ouvrait, on aperçut brièvement deux gardes qui battaient en retraite.

Ebling Mis entra, l'air soucieux, déposa par terre un paquet soigneusement enveloppé et s'approcha pour serrer négligemment la main de Bayta. Bayta lui rendit sa poignée de main, vigoureusement, comme un homme.

« Mariée ? fit Mis.

— Oui. Nous avons rempli les formalités légales.

— Heureuse ?

— Jusqu'à maintenant. »

Mis haussa les épaules et se tourna vers Magnifico. Il se mit à défaire le paquet.

« Tu sais ce que c'est, mon garçon ? »

Magnifico jaillit de son siège et s'empara de l'instrument. Il se mit à manipuler les innombrables boutons et contacts et se mit à sauter de joie, menaçant de destruction le mobilier avoisinant.

« Un Visi-Sonor, balbutia-t-il, et d'une marque propre à distiller la joie au cœur d'un mort. » Ses longs doigts caressaient doucement l'appareil, pressant légèrement les contacts, s'arrêtant sur une touche, puis sur une autre, et dans l'air devant eux apparut une douce lueur rose, juste dans le champ visuel.

« Allons, mon garçon, dit Ebling Mis, tu as dit que tu pourrais faire marcher un de ces appareils ; en voilà l'occasion. Mais tu ferais mieux de l'accorder. Il sort d'un musée. » Puis il ajouta, à l'adresse de Bayta : « Pour autant que je sache, personne dans la Fondation n'est capable de le faire marcher. » Il se pencha plus près et dit précipitamment : « Le clown ne parlera pas sans vous. Voulez-vous m'aider ? »

Elle acquiesça.

« Bon ! fit-il. Sa peur est presque dissipée, et je doute que son énergie mentale supporte un sondage psychique. Si je veux tirer quelque chose de lui par d'autres moyens, il doit se tenir absolument à l'aise. Vous comprenez ? »

De nouveau elle acquiesça.

« Ce Visi-Sonor est la première étape. Il dit qu'il sait en jouer, et sa réaction montre clairement que c'est une des grandes joies de son existence. Alors, qu'il joue bien ou mal, ayez l'air intéressé, ayez l'air d'approuver. Et puis manifestez-moi de l'amitié, de la confiance. Avant tout, conformez-vous à mon attitude. (Il jeta un rapide coup d'œil à Magnifico, pelotonné sur un coin du divan, occupé à de rapides réglages sur l'instrument. Il était complètement absorbé.)

— Avez-vous déjà entendu un Visi-Sonor ? dit Mis à Bayta sur le ton de la conversation.

— Une fois, répondit Bayta, sur le même ton, à un concert d'instruments anciens. Ça ne m'a pas fait grande impression.

— Vous n'avez pas dû tomber sur un bon exécutant. Ils sont vraiment très rares. Ce n'est pas tant que l'instrument exige une bonne coordination musculaire — un piano à plusieurs claviers en réclame davantage par exemple — mais plutôt une certaine forme de mentalité capable de fonctionner en toute liberté. C'est pourquoi, reprit-il en baissant la voix, notre squelette vivant, là-bas, pourrait être meilleur que nous le pensons. Le plus souvent, les bons joueurs sont idiots. C'est un de ces étranges phénomènes qui rend la psychologie si passionnante. »

Il ajouta, dans un effort manifeste pour entretenir la conversation :

« Vous savez comment fonctionne cet instrument ? Je l'ai examiné, et tout ce que j'ai compris, c'est que ses radiations stimulent directement le centre optique du cerveau, sans jamais exciter le nerf optique. C'est en fait l'utilisation d'un sens qu'on ne rencontre jamais normalement dans la nature. Quand on y pense, c'est assez remarquable. Ce que vous entendez vous parvient par les voies normales de l'oreille.

Mais... chut ! Il est prêt. Voulez-vous éteindre. Cela fonctionne mieux dans le noir. »

Dans l'obscurité, Magnifico n'était qu'une tache au contour indécis, Ebling Mis une masse au souffle rauque. Bayta se surprit à écarquiller les yeux, tout d'abord en vain. Il y avait dans l'air un léger frémissement qui prit de l'ampleur, diminua, puis suivit un formidable crescendo qui donna l'effet d'un voile qui se déchirait.

Un petit globe de couleur palpitante se développa par saccades, et explosa en l'air en gouttelettes informes, qui tourbillonnèrent et redescendirent comme les fusées d'un feu d'artifice. Ces gouttelettes se coagulèrent en petites sphères, toutes de couleurs différentes... et Bayta se mit à découvrir des choses.

Elle remarqua qu'en fermant les yeux, le dessin des couleurs était plus clair, que chaque petit mouvement de couleur avait sa correspondance sonore ; qu'elle était incapable d'identifier les couleurs, et enfin que les globes n'étaient pas des globes mais de petites silhouettes.

De petites silhouettes ; de petites flammes dansantes qui vacillaient par myriades ; qui disparaissaient au regard et revenaient de nulle part, qui se bousculaient et se coagulaient pour former une nouvelle couleur.

Bayta songea aux taches de couleur qu'on voit la nuit quand on ferme les yeux. Il y avait les mêmes myriades de points lumineux en mouvement, les mêmes cercles concentriques en voie de contraction, les mêmes formes vagues bougeant par intervalles. Mais tout était plus grand, plus varié, et chaque petit point coloré était une minuscule silhouette.

Elles fonçaient sur elle deux par deux, et elle leva les mains comme pour se protéger, mais les petites silhouettes dégringolèrent et elle se trouva un instant au milieu d'une étincelante tempête de neige, tandis qu'une lumière froide ruisselait sur ses épaules. Et derrière tout cela, le bruit de cent instruments coulait en un courant liquide, si bien qu'elle ne pouvait plus le distinguer de la lumière.

Elle se demanda si Ebling Mis voyait la même chose, et sinon, ce qu'il voyait. L'émerveillement passa et puis...

Les petites silhouettes — étaient-ce des petites silhouettes ? — étaient comme des femmes minuscules, à la chevelure ardente, qui tournaient et se courbaient trop vite pour que le regard de l'esprit pût s'arrêter sur elles. Elles se tenaient en groupes en forme d'étoile, qui tournoyaient... la musique était comme un rire léger... un rire féminin ayant sa source à l'intérieur de l'oreille.

Les étoiles se rapprochèrent, étincelèrent l'une contre l'autre, se développèrent lentement, et d'en bas un palais jaillit vers le ciel. Chaque brique était un fragment coloré, chaque couleur une petite étincelle, chaque étincelle un dard de lumière qui entraînait l'œil vers le ciel, où se dressaient vingt minarets rehaussés de joyaux.

Un tapis étincelant se déploya, tourbillonnant et formant une toile sans substance qui englobait tout l'espace, et de là, des traînées lumineuses surgissaient et venaient former des arbres qui chantaient au rythme d'une musique qui leur était propre.

Bayta était assise au sein de cette musique. L'éclat de vingt cymbales retentit soudain et, devant elle, toute une zone s'enflamma en cascadant sur d'invisibles marches jusqu'à elle...

Un palais, un jardin, des hommes et des femmes minuscules sur un pont s'étendant aussi loin que portait le regard, nageant dans des flots de musique qui convergeaient vers elle...

Et puis il y eut un silence effrayé, une hésitation, un brusque effondrement, les couleurs se regroupèrent en un globe qui se rétrécit, s'éleva et disparut.

Et, de nouveau, ce fut l'obscurité.

Un pied racla le sol, cherchant la pédale, puis la lumière jaillit : la lumière plate d'un soleil prosaïque. Bayta cilla, étreinte par la nostalgie de tout ce spectacle disparu. Ebling

Mis était une grosse masse inerte auprès d'elle, ouvrant encore des yeux ronds, bouche bée.

Seul Magnifico était plein de vie, caressant son Visi-Sonor d'un air extasié.

« Gente dame, fit-il éperdu, c'est vraiment un instrument magique. Il est d'un équilibre et d'une sensibilité qui dépassent mes espérances. Je crois que sur lui, je pourrais faire des merveilles. Ma composition vous a-t-elle plu ?

— C'était de vous ? murmura Bayta. De vous seul ? »

Devant la stupéfaction qu'elle manifestait, le maigre visage de Magnifico s'empourpra jusqu'au bout de son nez.

« De moi tout seul, gente dame. Le Mulet ne l'aimait pas, mais je l'ai maintes fois jouée pour mon propre plaisir. C'est jadis, dans ma jeunesse, que j'ai vu le palais : un gigantesque palais enrichi de joyaux que j'ai aperçu de loin, au temps du carnaval. Il y avait des personnages d'une splendeur inouïe et d'une magnificence comme je n'en ai jamais vue par la suite, même au service du Mulet. Je n'ai créé là qu'une pauvre ressemblance, mais la pauvreté de mon esprit en est le principal coupable. J'appelle cela *Le Souvenir du Paradis.* »

Mis se secoua.

« Voyons, dit-il, voyons, Magnifico, accepteriez-vous de faire la même chose pour d'autres ? »

Un instant, le clown recula.

« Pour d'autres ? balbutia-t-il.

— Pour des milliers, cria Mis, dans les grandes salles de la Fondation. Aimeriez-vous être votre propre maître, honoré de tous, riche et... et... (son imagination lui faisait défaut) et tout ça ? Qu'en dites-vous ?

— Mais comment puis-je être tout cela, puissant Seigneur, moi qui ne suis qu'un pauvre clown n'ayant pas droit aux grandes choses de ce monde ? »

Le psychologue plissa les lèvres et se passa la main sur le front.

« Mais votre talent, mon cher. Le monde est à vous, si vous

acceptez de jouer pour le Maire et pour les Conseils des Marchands. Ça ne vous plairait pas ?

— Est-ce qu'elle resterait avec moi ? fit le clown en jetant un bref regard à Bayta.

— Bien sûr, idiot, fit Bayta en riant. Est-ce que je vais vous quitter, maintenant que vous êtes sur le point de devenir riche et célèbre ?

— Tout cela serait à vous, reprit le clown avec ardeur, et je suis sûr que toute la richesse de la Galaxie ne suffirait plus à rembourser la dette de reconnaissance que j'ai contractée envers vous.

— Mais, fit Mis d'un ton négligent, si vous vouliez commencer par m'aider...

— Comment cela ? »

Le psychologue marqua un temps et sourit.

« Une petite sonde superficielle qui ne fait pas mal. Cela ne ferait qu'effleurer l'écorce de votre cerveau. »

Une lueur d'affolement passa dans le regard de Magnifico.

« Pas de sonde. J'en ai vu utiliser. Cela vide l'esprit et laisse un crâne vide. Le Mulet l'employait avec les traîtres et les laissait ensuite errer dans les rues, insouciants de tout, jusqu'au moment où on les abattait par pitié.

— C'était une psychosonde, expliqua Mis patiemment, et qui peut faire mal à quelqu'un quand on l'utilise mal. Mais la sonde que j'ai est une sonde superficielle qui ne ferait pas de mal à un bébé.

— C'est vrai, Magnifico, insista Bayta. C'est seulement pour aider à vaincre le Mulet et à le maintenir à distance. Ensuite, vous et moi serons riches et célèbres toute notre vie.

— Voulez-vous me tenir la main, alors ? » fit Magnifico en lui tendant une main tremblante.

Bayta lui saisit les deux mains dans la sienne et le clown regarda approcher les plaques métalliques de contact en ouvrant de grands yeux.

Ebling Mis était nonchalamment affalé dans un somptueux fauteuil de l'appartement personnel du Maire Indbur, sans lui témoigner pour autant la moindre gratitude pour la condescendance dont l'autre faisait preuve, et observant d'un œil indifférent la nervosité du petit Maire. Il jeta un mégot de cigare et cracha un brin de tabac.

« A propos, Indbur, fit-il, si vous voulez quelque chose pour votre prochain concert à Mallow Hall, vous pouvez jeter aux égouts vos petits appareils électroniques et présenter ce clown qui joue du Visi-Sonor. Vous savez, Indbur... c'est extraordinaire !

— Je ne vous ai pas fait venir pour vous écouter me faire une conférence sur la musique, dit Indbur d'un ton maussade. Et le Mulet ? Parlez-moi plutôt de ça. Et le Mulet ?

— Le Mulet ? Eh bien, je vais vous dire... j'ai utilisé une sonde superficielle et je n'ai pas obtenu grand-chose. Je ne peux pas utiliser la psychosonde, car ce clown en a une peur bleue, si bien que sa résistance fera probablement sauter ses fusibles mentaux à peine le contact établi. Mais, si vous voulez bien arrêter de pianoter sur votre bureau, voici ce que j'ai découvert...

« Tout d'abord, cessez d'insister sur la force physique du Mulet. Il est probablement fort, mais la plupart des contes de fées que raconte le clown à ce propos sont sans doute considérablement grossis par le souvenir de la peur qu'il en garde. Il porte d'étranges lunettes et son regard tue ; de toute évidence, il a des pouvoirs mentaux.

— Tout ça, nous le savions déjà, observa le Maire d'un ton acide.

— Alors, la sonde le confirme, et à partir de là je me suis lancé dans des calculs mathématiques.

— Vraiment ? Et combien de temps cela va-t-il prendre ? Pour l'instant, vous m'assourdissez seulement de paroles.

— Environ un mois, et j'aurai peut-être quelque chose

pour vous. Ou peut-être pas, bien sûr. Mais qu'importe ? Si tout cela n'entre pas dans le Plan de Seldon, nos chances sont bien minces. »

Indbur se retourna vers le psychologue d'un air furieux.

« Là, je vous tiens, traître. Mensonge ! Dites-moi donc que vous n'êtes pas un de ces criminels qui répandent des rumeurs défaitistes, qui sèment la panique à travers la Fondation et qui rendent ma tâche doublement difficile.

— Moi ? Moi ? fit Mis, dont la colère montait lentement.

— Parce que, par les nuages de poussière de l'espace, la Fondation gagnera, la Fondation *doit* gagner.

— Malgré la défaite de Horleggor ?

— Ce n'était pas une défaite. Vous avez avalé ce mensonge-là aussi ? Nous avons été vaincus par le nombre et trahis.

— Par qui ? demanda Mis d'un ton méprisant.

— Par la racaille des démocrates, riposta Indbur. Je sais depuis longtemps que la flotte est infestée de cellules démocratiques. La plupart ont été éliminées, mais il en reste assez pour justifier l'inexplicable capitulation de vingt astronefs au cœur du combat. Assez pour imposer une apparente défaite.

« Alors, cher patriote au langage rude, incarnation des vertus primitives, quels sont vos rapports avec les démocrates ?

— Vous savez que vous battez la campagne ? fit Ebling Mis en haussant les épaules. Que dites-vous de la retraite qui a eu lieu depuis lors et de la perte de la moitié de Siwenna ? Encore la faute des démocrates ?

— Non, pas des démocrates, fit le petit homme avec un sourire entendu. Nous battons en retraite, comme l'a toujours fait la Fondation devant une attaque, jusqu'au moment où le cours inévitable de l'Histoire fera pencher la balance de notre côté. Déjà, j'aperçois l'issue. Déjà, la soi-disant résistance démocratique a publié des manifestes jurant aide et allégeance au gouvernement. Ce pourrait être une feinte, une manœuvre dissimulant une trahison, mais j'en fait mon profit, et la propagande que j'en tire aura son effet, quel que soit le plan des traîtres. Et mieux que cela...

— Il y a mieux que cela, Indbur ?

— Jugez par vous-même. Il y a deux jours, la soi-disant Association des Marchands indépendants a déclaré la guerre au Mulet, et, du même coup, la flotte de la Fondation se trouve renforcée de mille astronefs. Vous comprenez, ce Mulet va trop loin. Il nous trouve divisés et en proie à des querelles intestines mais, devant son attaque, nous nous unissons et nous nous renforçons. Il doit perdre. C'est inévitable... comme toujours.

— Alors, vous m'affirmez que Seldon a prévu même l'apparition fortuite d'un mutant, fit Mis d'un air sceptique.

— Un mutant ? Je ne le distinguerais pas d'un humain, et vous non plus, n'étaient les propos désordonnés d'un capitaine rebelle, de deux jeunes écervelés et d'un bouffon. Vous oubliez la preuve la plus concluante de toutes : la vôtre.

— La mienne ? (Mis, l'espace d'un instant, parut pris de court.)

— La vôtre, ricana le Major. La crypte de Seldon s'ouvre dans neuf semaines. Alors ? Elle s'ouvre pour une crise. Si cette attaque du Mulet n'est pas la crise, où est la vraie, celle pour laquelle la crypte s'ouvre ? Répondez-moi, boule de lard.

— Très bien, fit le psychologue en haussant les épaules. Si ça peut vous faire plaisir. Je vous demanderai une chose pourtant. Au cas... au cas où le vieux Seldon ferait son discours et que cela sente vraiment mauvais, si vous me laissiez assister à l'ouverture ?

— D'accord. En attendant, allez-vous-en, et que je ne vous voie plus d'ici neuf semaines.

— Avec quel plaisir, vieille horreur », murmura sous cape Mis en sortant.

VIII

Il régnait dans la crypte une atmosphère qui échappait à toute définition. Ce n'était pas du délabrement, car la crypte était bien éclairée et bien agencée, les couleurs des murs gardaient leur éclat et les rangées de sièges scellés au sol étaient confortables et semblaient conçus pour un usage éternel. L'endroit ne paraissait pas démodé non plus, car trois siècles n'avaient laissé aucune trace visible. On ne discernait aucun effort pour inspirer la crainte ou le respect, car l'aménagement était très simple, presque dépouillé.

Malgré tout cela, il y avait autre chose, et cette autre chose était centrée autour de la petite cage de verre qui dominait la moitié de la pièce de sa masse transparente. Quatre fois en trois siècles, la vivante apparence de Hari Seldon lui-même s'était assise là et avait parlé. A deux reprises, il avait parlé sans public.

En trois siècles et neuf générations, le vieil homme, qui avait vu les grands jours de l'Empire universel, était apparu, et il en savait encore plus long sur la Galaxie de ses arrière-arrière-arrière-petits-enfants qu'eux-mêmes n'en savaient.

Patiemment, la cage de verre vide attendait.

Le premier à arriver fut le Maire Indbur III, qui pilotait son véhicule de cérémonie à travers les rues frémissantes d'une silencieuse inquiétude. En même temps que lui, arrivait son fauteuil, plus haut que ceux de la crypte et plus large. On le plaça devant tous les autres, et Indbur ainsi dominait toute l'assistance, sauf la masse de verre vide devant lui.

Le grave fonctionnaire qui se trouvait à sa gauche s'inclina avec respect.

« Excellence, toutes dispositions ont été prises, pour que la déclaration officielle que doit faire ce soir Votre Excellence ait la plus large diffusion subéthérique possible.

— Bon. En attendant, il faut continuer les programmes interplanétaires spéciaux concernant la crypte de Seldon. Bien entendu, aucune prédiction ni hypothèse d'aucune sorte sur ce sujet. La réaction populaire continue-t-elle à être satisfaisante ?

— Très, Excellence. Les rumeurs malveillantes qui prévalaient récemment ont encore diminué. La confiance est générale.

— Bon ! » Il congédia l'homme d'un geste.

Il était midi moins vingt !

Un petit groupe des grands pontes du Majorat — les chefs des grandes organisations marchandes — apparurent seuls ou par deux, avec le degré de pompe convenant à leur situation financière et à leur place dans la faveur du Maire. Chacun se présenta au Maire, fut accueilli par un mot aimable ou deux, et prit le siège qui lui était assigné.

Personnage incongru au milieu de tout ce cérémonial, Randu, de Port, fit son apparition et se faufila sans se faire annoncer jusqu'au fauteuil du Maire.

« Excellence ! murmura-t-il en s'inclinant.

— On ne vous a pas accordé d'audience, dit Indbur en fronçant les sourcils.

— Excellence, voici une semaine que j'en sollicite une.

— Je regrette que les affaires d'État provoquées par l'apparition de Seldon aient...

— Excellence, je le regrette aussi, mais je dois vous demander de rapporter votre ordre suivant lequel les astronefs des Marchands indépendants doivent être distribués parmi les flottes de la Fondation.

— L'heure n'est pas à la discussion, fit Indbur, tout rouge.

— Excellence, c'est le seul moment, murmura Radu avec insistance. En tant que représentant des Mondes Marchands indépendants, je vous affirme qu'une telle décision ne saurait être suivie. Il faut révoquer cet ordre avant que Seldon résolve notre problème pour nous. Une fois l'état d'urgence passé, il sera trop tard pour être conciliant et notre alliance fondra comme neige au soleil.

— Vous vous rendez compte, déclara Indbur en toisant Randu d'un regard glacial, vous vous rendez compte que je suis à la tête des forces armées de la Fondation ? Ai-je ou non le droit de décider de la politique militaire ?

— Vous l'avez, Excellence, mais certaines mesures sont inopportunes.

— Je ne suis pas de vote avis. C'est dangereux, dans ce cas d'urgence, de permettre à votre peuple d'avoir des flottes séparées. Diviser notre action, c'est faire le jeu de l'ennemi. Nous devons nous unir, monsieur l'ambassadeur, sur le plan militaire comme sur le plan politique. »

Randu sentit sa gorge se serrer. Il en omit de donner de l'*Excellence* à son interlocuteur.

« Vous vous sentez en sûreté maintenant que Seldon va parler, et vous agissez contre nous. Il y a un mois, vous étiez doux et conciliant, lorsque nos astronefs ont battu le Mulet à Terel. Je pourrais vous rappeler, monsieur, que c'est la flotte de la Fondation qui a été vaincue à cinq reprises et que ce sont les astronefs des Mondes Marchands indépendants qui ont remporté la victoire pour vous.

— Monsieur l'ambassadeur, fit Indbur en fronçant les sourcils d'un air inquiétant, votre présence n'est plus souhaitable sur Terminus. Votre rappel sera demandé ce soir même. En outre, vos rapports avec les forces démocratiques subversives de Terminus seront — et ont été — l'objet d'une enquête.

— Quand je partirai, répondit Randu, nos astronefs partiront avec moi. Je ne sais rien de vos démocrates. Je sais seulement que les astronefs de votre Fondation se sont rendus au Mulet par suite de la trahison de leurs officiers supérieurs, et non par la faute de leurs équipages démocratiques ou non. Je vous affirme que vingt astronefs de la Fondation ont capitulé sur Horleggor sur l'ordre de leur vice-amiral, alors qu'ils étaient intacts et invaincus. Le vice-amiral était votre propre collaborateur : il présidait le tribunal lors du procès de mon neveu lorsque celui-ci est arrivé de Kalgan. Ce n'est pas le seul exemple que nous connaissions, et nous ne voulons plus risquer nos astronefs et nos hommes entre les mains de traîtres éventuels.

— En sortant d'ici, vous serez gardé à vue », dit Indbur.

Randu s'éloigna sous les regards silencieux de la petite coterie des dirigeants de Terminus.

Il était midi moins dix !

Bayta et Toran étaient déjà arrivés. Ils se soulevèrent sur leurs sièges, tout au fond, et firent signe à Randu quand il passa.

« Tiens, fit Randu en souriant doucement, vous êtes ici quand même. Comment avez-vous réussi ?

— C'est Magnifico qui a été notre politicien, fit Toran. Indbur insiste pour qu'il compose au Visi-Sonor une œuvre ayant pour thème la crypte de Seldon, avec lui-même sans doute dans le rôle du héros. Magnifico a refusé d'assister à la cérémonie sans nous, et il n'y a pas eu moyen de le convaincre. Ebling Mis est avec nous, ou du moins était avec nous. Il traîne quelque part par-là. » Puis, avec une certaine inquiétude, il reprit :

« Eh bien, qu'est-ce qui ne va pas, mon oncle ? Tu n'as pas l'air bien.

— En effet, dit Randu, en hochant la tête. Il faut nous attendre à une mauvaise passe, Toran. Une fois le sort du Mulet réglé, je crains fort que ce ne soit notre tour. »

Une silhouette grave et toute droite dans sa tenue blanche s'approcha et les salua d'un petit salut guindé.

Un sourire passa dans les yeux noirs de Bayta, tandis qu'elle tendait la main.

« Capitaine Pritcher ! Vous êtes de service ?

— Absolument pas, fit le capitaine en prenant sa main et en s'inclinant plus bas. C'est le docteur Mis, paraît-il, qui m'a fait venir ici, mais ce n'est que momentané. Je reprends la garde demain. Quelle heure est-il ? »

Il était midi moins trois !

Magnifico était l'image même de l'accablement. Il était recroquevillé sur lui-même, dans son effort perpétuel pour disparaître. Il avait les narines pincées et ses grands yeux un peu bridés ne cessaient de lancer autour de lui des regards inquiets. Il saisit la main de Bayta et, comme elle se penchait vers lui, il murmura :

« Croyez-vous, gente dame, que tous ces grands personnages faisaient partie de l'auditoire quand je... quand j'ai joué du Visi-Sonor ?

— Tout le monde, j'en suis sûre, lui affirma Bayta en le secouant doucement. Et je suis persuadée qu'ils vous trouvent tous le plus merveilleux joueur de la Galaxie et que votre concert a été un triomphe ; alors redressez-vous et asseyez-vous correctement. De la dignité ! »

Il eut un pâle sourire devant cette feinte réprimande, et déplia lentement ses longs membres.

Il était midi...

... Et la cage de verre n'était plus vide.

Personne sans doute n'avait assisté à l'apparition. Cela s'était passé d'un coup : à un moment il n'y avait rien, et l'instant d'après elle était là.

Dans la cage de verre, on apercevait une silhouette dans un fauteuil roulant, un personnage vieux et ratatiné, dont seuls les yeux brillaient dans le visage ridé, et dont la voix se révéla être chez lui ce qu'il y avait de plus vivant. Il avait un livre sur les genoux, et la voix déclara doucement :

« Je suis Hari Seldon ! »

Il parlait d'une voix intense.

« Je suis Hari Seldon ! Aucune sensation sensorielle ne me permet de savoir s'il y a quelqu'un ici, mais c'est sans importance. Il reste peu d'années pour que puisse se produire un échec du Plan. Pour les trois premiers siècles, le pourcentage de probabilités de non-déviation est de 94,2. (Il sourit, puis reprit d'un ton cordial). Au fait, s'il en est parmi vous qui sont debout, vous pouvez vous asseoir. Si quelqu'un veut fumer, je vous en prie. Je ne suis pas ici en chair et en os. Inutile de faire des cérémonies avec moi.

« Reprenons donc le problème qui nous préoccupe. Pour la première fois, la Fondation affronte, ou peut-être se trouve sur le point d'affronter, la guerre civile. Jusqu'alors, les attaques de l'extérieur ont été repoussées, comme c'était inévitable, suivant les lois strictes de la psychohistoire. L'attaque à laquelle nous sommes en butte aujourd'hui est celle d'un groupe extérieur de la Fondation, indiscipliné, contre le gouvernement central trop autoritaire. Le processus était nécessaire, le résultat évident. »

La dignité du noble auditoire commençait à s'émousser. Indbur était à moitié hors de son fauteuil.

Bayta se pencha en avant, le regard soucieux. De quoi parlait donc le Grand Seldon ? Elle avait manqué quelques mots...

« ... Que le compromis obtenu est nécessaire à deux égards. La révolte des Marchands indépendants introduit un élément de nouvelle incertitude dans un gouvernement devenu peut-être trop confiant. L'élément d'effort réapparaît. Malgré la défaite, un sain accroissement de la démocratie... »

Des voix s'élevaient maintenant, et l'on sentait en elles la panique.

« Pourquoi ne parle-t-il pas du Mulet ? souffla Bayta à l'oreille de Toran. Les Marchands ne se sont jamais révoltés. »

Toran haussa les épaules.

La silhouette assise dans la cage de verre continua avec entrain, au milieu du tumulte grandissant :

« ...Un nouveau gouvernement de coalition plus solide a été le résultat nécessaire et bénéfique de la guerre civile logique imposée à la Fondation. Et maintenant seuls les restes du vieil Empire se dressent sur la route d'un développement plus grand et, pour les quelques années à venir en tout cas, ne constituent pas un problème. Bien sûr, je ne puis révéler la nature du prochain prob... »

Dans le tumulte indescriptible, les lèvres de Seldon s'agitaient sans bruit.

Ebling Mis était auprès de Randu, tout rouge, et il criait :

« Seldon a perdu la boule. Il s'est trompé de crise. Est-ce que vos Marchands ont jamais préparé une guerre civile ?

— Nous en projetions une, oui, dit Randu. Mais, devant la menace du Mulet, nous y avons renoncé.

— Alors, le Mulet est un élément nouveau, dont l'analyse psychohistorique de Seldon ne tenait pas compte. Que s'est-il passé ? »

Dans le silence soudain, Bayta constata que la cage de verre était de nouveau vide. La lumière atomique des murs était éteinte, le doux ronronnement du climatiseur s'était tu.

Quelque part, s'élevait le hurlement d'une sirène, et Randu murmura :

« Une alerte spatiale ! »

Ebling Mis porta sa montre-bracelet à son oreille et s'écria tout d'un coup :

« Galaxie, elle est arrêtée ! Y a-t-il dans cette pièce une montre qui marche? »

Vingt montres se portèrent à vingt oreilles. Et en moins de vingt secondes, on eut l'absolue certitude que toutes avaient cessé de fonctionner.

« Alors, dit Mis, d'un ton sinistre, quelque chose a paralysé toute l'énergie atomique de la crypte... et le Mulet attaque.

— Restez à vos places ! hurla Indbur. Le Mulet est à cinquante parsecs d'ici.

— Il y était, rétorqua Mis sur le même ton, la semaine dernière. Pour l'instant, Terminus est bombardée. »

Bayta sentit une profonde dépression peser doucement sur elle. Elle en sentit les plis se resserrer, jusqu'au moment où sa gorge serrée eut du mal à laisser passer son souffle.

Dehors, on entendait la rumeur d'une foule qui se rassemblait. Les portes s'ouvrirent toutes grandes et un personnage échevelé entra et murmura quelques mots à Indbur qui s'était précipité au-devant de lui.

« Excellence, fit-il, aucun véhicule ne fonctionne dans la ville, toutes les communications avec l'extérieur sont coupées. On signale que la dixième flotte a été battue et que les astronefs du Mulet arrivent dans l'atmosphère. L'état-major... »

Indbur s'effondra. Dans la salle, on n'entendait plus une voix maintenant. Même la foule qui s'amassait était craintive, mais silencieuse, et l'on sentait planer dangereusement l'horreur de la panique.

On releva Indbur. On porta du vin à ses lèvres. Il remua les lèvres avant d'ouvrir les yeux, et un seul mot se forma : « Capitulez ! »

Bayta était au bord des larmes... non par chagrin ni par humiliation, mais purement et simplement par un immense désespoir mêlé de peur. Ebling Mis la tira par la manche.

« Venez, jeune personne... »

Elle se sentit soulevée de son siège.

« Nous partons, dit-il. Emmenez votre musicien avec vous.

— Magnifico », murmura Bayta.

Le clown était recroquevillé sur lui-même, horrifié, le regard vitreux.

« Le Mulet, cria-t-il. Le Mulet vient me chercher. »

Au contact de la main de Bayta, il se débattit comme un perdu. Toran se pencha et son poing se détendit. Magnifico s'affala, et Toran le jeta sur son épaule comme un sac de pommes de terre.

Le lendemain, les astronefs de guerre du Mulet, noirs et affreux, envahirent les terrains d'atterrissage de la planète Terminus. Le général qui menait l'attaque dévala la grande rue déserte de Terminus, à bord d'un véhicule terrestre de fabrication étrangère, qui fonctionnait, alors que les véhicules atomiques de toute la ville demeuraient inutilisables.

La proclamation de l'occupation eut lieu vingt-quatre heures après l'apparition de Seldon devant les anciens chefs de la Fondation.

De toutes les planètes de la Fondation, seules celles des Marchands indépendants subsistaient et ce fut contre elles que la puissance du Mulet – conquérant de la Fondation – se tourna désormais.

TROISIÈME PARTIE

LE CLOWN

I

La planète solitaire, Port — unique planète d'un soleil esseulé dans un secteur galactique proche du vide interstellaire — était en état de siège.

Au sens strictement militaire du terme, on pouvait bien parler de siège, car aucune région de l'espace de ce côté de la Galaxie, au-delà de vingt parsecs, n'était hors de portée des bases avancées du Mulet. Au cours des quatre mois qui s'étaient écoulés depuis la chute fracassante de la Fondation, les communications de Port s'étaient trouvées coupées, comme une toile d'araignée sous le fil du rasoir. Les astronefs de Port convergèrent vers leur monde d'attache, et la planète elle-même n'était plus maintenant qu'une base de combat.

A d'autres égards, l'état de siège était plus prononcé encore : car déjà l'ombre du désespoir et de la catastrophe pesait sur ce monde...

Bayta suivit la travée rose, passant devant les rangées de tables aux plateaux en matière plastique laiteuse, et y trouva machinalement sa place. Elle s'installa sur sa chaise à dossier droit, répondit mécaniquement aux salutations qu'elle n'entendait qu'à moitié, passa sur son œil las une main non moins lasse et prit le menu.

Elle eut le temps d'éprouver une violente réaction de dégoût en constatant la présence de divers plats de moisissures cultivées, qui étaient considérées sur Port comme des mets délicats, et que son goût formé sur la Fondation trouvait immangeables... Puis elle s'aperçut qu'on sanglotait auprès d'elle et leva les yeux.

Jusqu'alors, elle n'avait guère prêté attention à la présence de Juddee, une blonde insignifiante au nez épaté, assise en face d'elle. Mais voilà que Juddee pleurait, mordant fébrilement un mouchoir trempé et refoulant ses sanglots, son pâle visage marbré de rouge. Elle avait rejeté sur ses épaules sa tenue antiradiations, et son casque transparent était tombé dans son dessert et resté là.

Bayta alla rejoindre les trois filles qui se relayaient pour appliquer l'éternelle technique, éternellement inefficace, consistant à tapoter l'épaule, à caresser les cheveux et à murmurer des phrases de consolation inintelligibles.

« Qu'est-ce qui se passe ? » chuchota-t-elle.

L'une des filles se tourna vers elle et dit en haussant les épaules :

« Je ne sais pas. (Puis, sentant ce que son geste avait de peu efficace, elle tira Bayta à part.) Je crois qu'elle a eu une rude journée. Et elle s'inquiète pour son mari.

— Il est en patrouille dans l'espace ?

— Oui. »

Bayta tendi vers Juddee une main amicale.

« Pourquoi ne rentrez-vous pas chez vous, Juddee ? fit-elle d'une voix dont le ton ferme contrastait avec les plats bavardages des autres.

— J'ai déjà manqué une fois cette semaine... fit Juddee en levant vers elle un regard un peu vexé.

— Alors, ça fera deux. Si vous essayez de rester, vous savez, vous manquerez simplement trois jours la semaine prochaine : alors, rentrer chez vous maintenant, c'est faire preuve de patriotisme. Est-ce qu'une de vous travaille dans son service ? Bon, si vous vous occupiez de sa carte ? Mais vous feriez mieux de passer d'abord aux lavabos, Juddee, et de remettre les pêches à la crème à leur place. Allons ! Filez ! »

Bayta regagna sa place et reprit le menu. Ce genre d'attitude était contagieux. En ces temps de nervosité, une fille qui pleurait suffisait à plonger dans l'hystérie tout son service.

Bayta se décida, pressa le bouton qu'il fallait et remit le menu dans sa niche. La grande fille brune en face d'elle disait :

« Nous ne pouvons pas faire grand-chose d'autre que de pleurer, n'est-ce pas ? »

Ses lèvres étonnamment pleines remuaient à peine, et Bayta remarqua qu'elle arborait ce demi-sourire artificiel qui était le fin du fin dans la sophistication.

Bayta réfléchit à ce que cette phrase contenait de perfide allusion et accueillit avec plaisir la diversion procurée par l'arrivée de son déjeuner, grâce au plateau monté sur ascenseur de son unité. Elle déchira soigneusement l'emballage où se trouvaient ses couverts et les réchauffa comme elle put dans ses mains.

« Vous ne trouvez rien d'autre à faire, Hella ? dit-elle.

– Oh ! si, dit Hella. Si ! (D'un petit geste habile, elle lança le mégot de sa cigarette dans le petit réduit prévu à cet effet, et la minuscule pile atomique la désintégra avant qu'elle eût touché le fond.) Par exemple, dit Hella en croisant ses mains soignées sous son menton, je pense que nous pourrions conclure un accord avec le Mulet et faire cesser toute cette absurdité. Mais moi, je ne dispose pas des... heu... des moyens nécessaires pour filer quand le Mulet arrive. »

Bayta ne broncha pas. Elle reprit d'un ton léger et indifférent :

« Vous n'avez pas de frères ni de mari qui se battent, n'est-ce pas ?

– Non. Tout ce qui joue en ma faveur est de ne pas voir de raison au sacrifice des frères et des maris des autres.

– Le sacrifice sera d'autant plus certain quand il s'agira de capituler.

– La Fondation a capitulé et elle connaît la paix. Nos

hommes sont toujours absents et la Galaxie est contre nous. »

Bayta haussa le épaules et dit d'un ton suave :

« Je crois malheureusement que c'est surtout le premier de ces deux inconvénients qui vous gêne. »

Elle se retourna vers son plat de légumes et le termina, dans le lourd silence qui pesait autour d'elle. Personne n'avait pris la peine de répondre au cynisme de Hella. Elle sortit rapidement, après avoir pressé le bouton qui libérait son unité pour le prochain occupant.

Trois sièges plus loin, une nouvelle murmura à Hella :

« Qui était-ce ?

— La nièce de notre coordinateur, murmura Hella. Vous ne le saviez pas ?

— Ah ! oui ? fit l'autre en suivant Bayta des yeux. Qu'est-ce qu'elle fait ici ?

— Elle travaille simplement au montage. Vous ne savez donc pas que c'est à la mode d'être patriote ? Tout ça est si démocratique que ça me donne envie de vomir.

— Voyons, Hella, dit la fille dodue qui se trouvait à sa droite. Elle ne nous a encore jamais brandi son oncle à la figure. Pourquoi ne laissez-vous pas tomber ? »

Hella toisa sa voisine d'un regard méprisant et alluma une autre cigarette.

La nouvelle écoutait la comptable assise en face d'elle, qui pérorait avec animation.

« ... Et il paraît qu'elle était dans la crypte de Seldon quand il a parlé... et il paraît que le Maire était dans tous ses états, qu'il y a eu des bagarres. Elle s'est enfuie avant l'arrivée du Mulet et il paraît qu'elle a fait un voyage épouvantable... qu'elle a dû franchir le blocus. Je me demande pourquoi elle n'en fait pas un livre, avec la popularité qu'ont les livres de guerre de nos jours. Et puis il paraît qu'elle était sur le monde du Mulet aussi... Kalgan, vous savez, et... »

La sonnerie retentit et la salle à manger se vida lentement. La comptable continuait son récit, interrompu seulement par les « Vraiment ? » de la nouvelle, placés au bon moment. Les éclairages étaient masqués par groupes, dans une lente progression vers l'obscurité annonciatrice du sommeil pour les gens vertueux et travailleurs, lorsque Bayta rentra chez elle.

Toran l'accueillit sur le seuil, une tranche de pain beurré à la main.

« Où étais-tu ? » demanda-t-il, la bouche pleine. Puis, d'une voix plus distincte : « J'ai improvisé une sorte de dîner. Si c'est peu de chose, ne me le reproche pas. »

Mais elle l'examinait avec des yeux ronds :

« Torie ! Où est ton uniforme ? Qu'est-ce que tu fais en civil ?

— Ce sont les ordres, Bay. Randu est planqué quelque part avec Ebling Mis, et du diable si je sais à quoi tout ça rime. Tu as toutes les nouvelles.

— Est-ce que je pars ? » fit-elle en s'approchant de lui.

Il l'embrassa avant de répondre :

« Je crois. Ce sera sans doute dangereux ?

— Qu'est-ce qui n'est pas dangereux.

— C'est bien vrai. Oh ! à propos, j'ai déjà fait chercher Magnifico, il doit donc venir aussi.

— Tu veux dire que son concert à l'usine des moteurs devra être annulé ?

— Évidemment. »

Bayta passa dans la pièce voisine et s'assit devant un repas qui offrait tous les signes de l'improvisation. Elle coupa les sandwiches en deux d'un geste précis et dit :

« C'est dommage pour le concert. Les filles de l'usine l'attendaient avec impatience. Magnifico aussi, d'ailleurs. Il est vraiment bizarre.

— Il éveille ton complexe maternel, Bay, voilà tout. Un jour nous aurons un bébé et tu oublieras Magnifico.

— Il me semble, marmonna Bayta dans son sandwich, que tu éveilles bien suffisamment mon complexe maternel. (Elle reposa son sandwich et resta grave un moment.) Torie...

— Oui ?

— Torie, j'étais à la Mairie aujourd'hui... au bureau de production. C'est pourquoi j'étais si en retard.

— Que faisais-tu là-bas ?

— Eh bien... fit-elle d'un ton hésitant. Ça empire. Je ne pouvais plus supporter de rester à l'usine. Le moral est très bas. Les filles éclatent en sanglots sans raison. Celles qui ne tombent pas malades deviennent moroses. Dans mon département, la production n'est pas le quart de ce qu'elle était quand je suis arrivée, et il n'y a pas un jour où nous soyons au complet.

— Bon, fit Toran. Mais qu'est-ce que tu faisais au bureau de production ?

— Je posais quelques questions. Et c'est comme ça partout sur Port, Torie. La production baisse, la sédition se développe. Ainsi que le mécontentement. Le chef de bureau s'est contenté de hausser les épaules — après m'avoir fait faire antichambre une heure et ne m'avoir reçue que parce que j'étais la nièce du coordinateur — et il m'a dit que tout ça le dépassait. Franchement, je crois qu'il s'en fiche.

— Voyons, Bay, ne dis pas des choses comme ça.

— Je t'assure, fit-elle d'un ton farouche. Je te dis qu'il y a quelque chose qui ne va pas. C'est la même horrible déception que j'ai éprouvée dans la crypte quand Seldon nous a abandonnés. Tu l'as éprouvée toi aussi.

— En effet.

— Eh bien, reprit-elle avec ardeur, ça recommence. Et nous ne pourrons jamais résister au Mulet. Même si nous avions du matériel, nous n'avons pas le cœur, l'âme, la volonté... Torie, c'est inutile de se battre... »

Toran ne se souvenait pas d'avoir jamais vu Bayta pleurer, et elle ne pleurait pas en ce moment, pas vraiment. Mais Toran posa une main légère sur son épaule et murmura :

« N'y pense plus, chérie. Je sais ce que tu veux dire. Mais il n'y a rien...

— Non, il n'y a rien à faire ! C'est ce que tout le monde

dit... Alors nous restons assis à attendre que le couteau s'abatte. »

Elle reprit ce qui restait de son sandwich. Silencieusement, Toran faisait les lits. Dehors, il faisait complètement nuit.

Randu, en qualité de coordinateur nouvellement nommé — ce qui était un poste de guerre — de la confédération des villes de Port, s'était vu attribuer sur sa propre demande une pièce tout en haut d'un immeuble, par la fenêtre de laquelle il pouvait contempler les toits et la verdure de la ville. Maintenant que les lumières s'estompaient, la ville retombait dans la grisaille de l'ombre. Randu préférait ne pas s'attarder sur ce symbole.

Il dit à Ebling Mis, dont le regard ne quittait pas le gobelet de liquide rouge qu'il tenait à la main :

« On dit sur Port que, quand les lumières s'éteignent, c'est l'heure de dormir pour les gens vertueux et travailleurs.

— Vous dormez beaucoup ces temps-ci ?

— Non ! Je suis désolé de vous faire venir si tard, Mis. Mais en ce moment, j'aime mieux la nuit. N'est-ce pas curieux ? Les gens de Port se conditionnent très strictement au fait que l'absence de lumière signifie le sommeil. Moi aussi. Mais maintenant, c'est différent...

— Vous vous cachez, dit Mis sans ambages. En période de veille, vous êtes entouré de gens, et vous sentez sur vous leurs regards et leurs espoirs. Vous ne pouvez plus le supporter. Pendant la période de sommeil, vous vous sentez libre.

— Vous aussi, vous ressentez cet horrible sentiment de défaite ?

— Moi aussi, dit Ebling Mis en hochant lentement la tête. C'est une psychose collective, une horrible panique. Par la Galaxie, Randu, à quoi vous attentez-vous donc ? Vous avez toute une civilisation élevée dans la croyance aveugle qu'un héros populaire du passé a tout prévu et s'occupe de tous les détails. Cette attitude a des caractéristiques religieuses, et vous savez ce que ça veut dire ?

— Pas le moins du monde. »

Mis n'était guère enchanté de devoir donner des explications. Il n'aimait pas cela. Il grommela donc, contempla le long cigare qu'il roulait d'un air songeur entre ses doigts et dit :

« C'est une attitude caractérisée par de fortes réactions de foi. Des opinions inébranlables. Sauf en cas de choc violent, où l'on observe alors une complète déroute mentale. Dans les cas bénins : hystérie, sentiment morbide d'insécurité. Dans les cas graves : folie et suicide.

— Quand Seldon nous fait défaut, observa Randu en se mordant un ongle, autrement dit quand nos béquilles disparaissent alors que nous nous appuyons dessus depuis si longtemps, nos muscles sont atrophiés, et nous ne pouvons plus nous tenir debout.

— C'est ça. C'est une métaphore un peu maladroite. Mais c'est ça.

— Et vous, Ebling, où en sont vos muscles ?

Le psychologue exhala lentement une bouffée de fumée.

« Rouillés, mais pas atrophiés. Ma profession m'a amené à quelque réflexion indépendante.

— Et vous voyez une issue ?

— Non, mais il doit y en avoir une. Peut-être Seldon n'a-t-il pas prévu le Mulet. Peut-être n'a-t-il pas garanti notre victoire. Mais alors, il n'a pas non plus garanti la défaite. Il est simplement en dehors du coup et nous sommes livrés à nous-mêmes. Le Mulet peut être vaincu.

— Comment ?

— Par la seule façon dont on peut vaincre quelqu'un : en attaquant son point faible. Comprenez, Randu, que le Mulet n'est pas un surhomme. Tout le monde s'en apercevra s'il finit par être vaincu. Il représente simplement un élément inconnu, et les légendes ont tôt fait de s'amasser. Il paraît que c'est un mutant. Et alors ? Pour les ignorants, un mutant signifie un surhomme. Il n'en est rien.

« On a estimé que plusieurs millions de mutants naissent chaque jour dans la Galaxie. Sur ces plusieurs millions, tous, sauf un ou deux pour cent, peuvent être décelés seulement par des examens microscopiques et chimiques. Sur ces un ou deux pour cent de macromutants, c'est-à-dire ceux dont les mutations sont décelables à l'œil nu ou à l'esprit nu, tous sauf un ou deux pour cent sont des monstres, bons tout au plus pour les parcs d'attractions, les laboratoires et la mort. Enfin, sur les quelques macromutants dont les mutations sont bénéfiques, presque tous sont des curiosités inoffensives, insolites sur un seul point, normaux — et souvent subnormaux — à presque tous autres égards. Vous me comprenez, Randu ?

— Oui. Mais, et le Mulet ?

— En supposant alors que le Mulet soit un mutant, on peut imaginer qu'il possède quelque attribut, sans doute mental, qu'il peut utiliser pour conquérir des mondes. Mais sur les autres plans, il a certainement ses lacunes qu'il nous faut repérer. Il ne serait pas si secret, il ne fuirait pas tant les regards d'autrui, si ces lacunes n'étaient pas visibles et fatales. *A condition* qu'il soit bien un mutant.

— Y a-t-il une autre possibilité ?

— Il se pourrait. Les preuves de mutation proviennent du capitaine Han Pritcher, membre de ce qui était autrefois le service de renseignements de la Fondation. Il a tiré ses conclusions des vagues souvenirs de ceux qui prétendaient connaître le Mulet — ou quelqu'un qui aurait pu être le Mulet — dans son enfance et sa prime jeunesse. Pritcher a travaillé là sur des renseignements bien minces, et les éléments qu'il a recueillis auraient pu être semés par le Mulet délibérément, car il est certain que le Mulet a été grandement aidé par la réputation qu'il s'est acquise d'être un mutant-surhomme.

— Voilà qui est intéressant. Depuis quand pensez-vous cela ?

— Je ne l'ai jamais pensé, dans le sens de croire. C'est

seulement une hypothèse qu'il faut envisager. Supposez, par exemple, que le Mulet ait découvert une forme de radiation capable d'annihiler l'énergie mentale, tout comme il en possède une qui annihile les réactions atomiques. Cela pourrait expliquer ce qui nous frappe maintenant... et ce qui a frappé la Fondation. »

Randu semblait plongé dans un silence maussade.

« Qu'ont donné vos recherches sur le bouffon du Mulet ?

— Rien jusqu'à maintenant, fit Ebling Mis d'un ton hésitant. Mais, Randu, si mes instruments mathématiques étaient à la hauteur, à partir du clown je pourrais analyser complètement le Mulet. Alors, nous le tiendrions. Nous pourrions éclaircir le mystère des étranges anomalies qui m'ont déjà frappé.

— Telles que ?...

— Réfléchissez, mon cher. Le Mulet a battu comme il l'a voulu les flottes de la Fondation, mais il n'a pas réussi une seule fois à obliger les flottes beaucoup plus faibles des Marchands indépendants à battre en retraite en combat. La Fondation s'est effondrée au premier choc ; les Marchands indépendants résistent à toute sa force. Il a commencé par utiliser son champ d'extinction sur les armes atomiques des Marchands indépendants de Mnémon. L'élément de surprise leur a fait perdre cette bataille, mais ils ont riposté. Il n'a jamais pu utiliser de nouveau son champ d'extinction avec succès contre les Indépendants.

« Mais, à différentes reprises, le système a de nouveau fonctionné contre les forces de la Fondation. Il a fonctionné sur la Fondation elle-même. Pourquoi ? Dans l'état actuel de nos connaissances, c'est parfaitement illogique. Il doit donc exister des facteurs que nous ignorons.

— La trahison ?

— C'est du boniment, Randu. Il n'y avait pas un homme sur la Fondation qui ne fût pas sûr de la victoire. Qui trahirait un camp sûr de vaincre ? »

Randu s'approcha de la fenêtre incurvée et son regard se perdit vers l'invisible.

« Mais nous sommes certains de perdre maintenant, même si le Mulet avait mille points faibles, s'il avait des trous dans sa défense... »

Il ne se retourna pas. Son dos voûté, les gestes nerveux de ses mains étaient assez éloquents.

« Nous nous sommes facilement échappés après l'épisode de la crypte, Ebling. D'autres auraient pu s'échapper tout aussi bien. Quelques-uns y sont parvenus. Mais la plupart ont échoué. On aurait pu prendre des contre-mesures vis-à-vis du champ d'extinction. Cela demandait de l'ingéniosité et une certaine dose de travail. Tous les astronefs de la flotte de la Fondation auraient pu gagner Port ou d'autres planètes voisines, pour continuer la lutte comme nous l'avons fait. Il n'y en a pas un pour cent qui ait adopté cette solution. En fait, ils sont tous passés à l'ennemi.

« Le mouvement de résistance de la Fondation, sur lequel la plupart des gens ici semblent s'appuyer si fort, n'a donc jusqu'à maintenant rien accompli. Le Mulet a été assez fin politique pour permettre de sauvegarder les propriétés et les bénéfices des grands Marchands, et ils ont rallié ses rangs.

— Les ploutocrates ont toujours été contre nous, déclara Ebling Mis.

— Mais aussi, ils ont toujours détenu le pouvoir. Écoutez, Ebling. Nous avons toute raison de croire que le Mulet ou ses agents ont déjà pris contact avec des membres influents des Marchands indépendants. On sait que dix au moins de vingt-sept Mondes Marchands sont passés au Mulet. Peut-être dix autres hésitent-ils. Il y a des personnalités, sur Port même, qui ne seraient pas mécontentes d'accepter la domination du Mulet. Cela semble être une tentation insurmontable que de renoncer à un pouvoir politique compromis si cet abandon doit assurer votre emprise sur les affaires économiques.

— Vous ne pensez pas que Port puisse combattre le Mulet ?

— Je ne pense pas que Port le fera. (Randu tourna vers le psychologue un visage inquiet.) Je crois que Port attend de capituler. C'est pour vous dire cela que je vous ai fait venir. Je veux que vous quittiez Port.

— Déjà ? » fit Ebling Mis stupéfait.

Randu se sentait affreusement las.

« Ebling, vous êtes le plus grand psychologue de la Fondation. Les véritables maîtres psychologues ont disparu avec Seldon, mais vous êtes ce que nous avons de mieux. Vous représentez notre seule chance de vaincre le Mulet. Vous ne pouvez y parvenir ici : il faudra que vous alliez sur ce qui reste de l'Empire.

— Sur Trantor ?

— Exactement. Ce qui jadis était l'Empire n'est aujourd'hui que décombres, mais il doit rester quelque chose au centre. C'est là-bas qu'ils ont les archives, Ebling. Peut-être en apprendrez-vous plus en psychologie mathématique ; assez, peut-être, pour pouvoir interpréter l'esprit du clown. Bien entendu, il partira avec vous.

— Je doute qu'il accepte, répondit Mis sèchement, même par crainte du Mulet, à moins que votre nièce ne l'accompagne.

— Je le sais. Toran et Bayta partent avec vous pour cette raison précise. Et, Ebling, il y a une autre mission, plus importante. Hari Seldon, il y a trois siècles, a institué *deux* Fondations : l'une à chaque extrémité de la Galaxie. *Il faut que vous trouviez cette seconde Fondation.* »

II

Le palais du Maire — ce qui avait été jadis le palais du Maire — était une vague silhouette dans l'ombre. La ville était silencieuse et soumise au couvre-feu, et la brume laiteuse de la Galaxie, où brillait çà et là une étoile solitaire, dominait le ciel de la Fondation.

En trois siècles, la Fondation, de refuge d'un petit groupe de savants, était devenue un Empire marchand tentaculaire qui s'étendait loin sur la Galaxie ; mais six mois avaient suffi pour la faire passer de ce sommet au statut d'une autre province conquise.

Le capitaine Han Pritcher refusait de l'admettre.

Le calme morne de la ville plongée dans la nuit, le palais sans lumière occupé par l'intrus, c'étaient là des symboles assez parlants, mais le capitaine Han Pritcher, qui venait de franchir l'enceinte extérieure du palais, avec sa minuscule bombe atomique sous la langue, ne voulait pas comprendre.

Une ombre approcha : le capitaine baissa la tête.

« Le système d'alarme n'a pas changé, capitaine, murmura la voix. Avancez ! Il ne se déclenchera pas. »

Le capitaine se baissa pour franchir le passage voûté et suivit le chemin bordé de fontaines, vers ce qui avait été jadis le jardin d'Indbur.

Quatre mois auparavant, c'était le fameux jour dans la crypte, ce jour dont il préférait ne pas se souvenir. Une à une, les impressions qu'il en gardait lui revenaient, inopportunes, surtout la nuit.

Le vieux Seldon, prononçant ses paroles bienveillantes qu'on avait été consterné de trouver fausses ; le désordre qui s'était ensuivi ; Indbur avec son costume de Maire, ridiculement vif, et son visage pâle aux traits tirés ; la foule affolée, qui s'était aussitôt rassemblée, attendant sans bruit la capitulation inévitable ; le jeune homme, Toran, disparaissant par une porte latérale avec le bouffon du Mulet sur son épaule.

Et lui-même, qui avait quand même fini par sortir de là, pour retrouver sa voiture hors d'état de marche.

Se frayant un chemin à coups d'épaule à travers la cohue qui, déjà, quittait la ville pour une destination inconnue.

Se dirigeant aveuglément vers les diverses tanières qui étaient, qui avaient été le quartier général d'une résistance démocratique en plein déclin depuis quatre-vingts ans.

Et les tanières étaient vides.

Le lendemain, de noirs astronefs étrangers étaient apparus dans le ciel, se posant doucement parmi les maisons de la ville voisine. Le capitaine Han Pritcher avait senti le désespoir l'accabler.

Il était aussitôt parti en voyage.

En trente jours, il avait parcouru plus de trois cents kilomètres à pied, empruntant les vêtements d'un ouvrier des usines hydroponiques dont il avait trouvé le corps au bord de la route, et s'était laissé pousser une barbe toute rousse...

Et il avait découvert ce qui restait du mouvement de résistance.

La ville était Newton ; le quartier, un faubourg résidentiel jadis élégant et qui lentement déclinait vers la misère ; la maison, une maison comme les autres ; et l'homme, un personnage trapu, aux petits yeux, dont on voyait les poings crispés dans ses poches, et qui s'obstinait à rester sur le pas de sa porte, bloquant le passage.

« Je viens de la part de Miran, marmonna le capitaine.

— Miran est en avance cette année, dit l'homme, répondant par la formule convenue.

— Pas plus que l'année dernière », reprit le capitaine.

Mais l'homme ne s'écartait toujours pas.

« Qui êtes-vous ? dit-il.

— Vous n'êtes pas le Renard ?

— Vous répondez toujours en interrogeant ? »

Le capitaine se maîtrisa et dit :

« Je suis Han Pritcher, capitaine de la flotte et membre du Parti Démocratique Clandestin. Voulez-vous me laisser entrer ? »

Le Renard s'écarta.

« Mon vrai nom est Orum Palley », dit-il en tendant la main. Le capitaine la serra.

La pièce était bien tenue mais sans luxe. Dans un coin, on apercevait un magnifique projecteur de livres films, où l'œil militaire du capitaine crut reconnaître un fusil camouflé d'un calibre respectable. L'objectif était braqué sur la porte et l'appareil pouvait sans doute être commandé à distance.

Le Renard suivit le regard de son visiteur barbu et sourit.

« Oui ! fit-il. Cela date du temps d'Indbur et de ses vampires à cœur de laquais. Mais ça ne servirait pas à grand-chose contre le Mulet, hein ? Rien ne servirait contre le Mulet. Vous avez faim ? »

Le capitaine hocha la tête.

« Si ça ne vous ennuie pas d'attendre, j'en ai pour une minute. (Le Renard prit les boîtes dans un placard et en plaça deux devant le capitaine Pritcher.) Gardez le doigt dessus et ouvrez-les quand elles seront assez chaudes. Mon thermostat est en panne. Des choses comme ça vous rappelent qu'on est en guerre... ou qu'on y était, hein ? »

Il avait pourtant dit cela sans jovialité, et son regard était songeur. Il s'assit en face du capitaine et dit :

« S'il y a chez vous quelque chose qui ne me plaît pas, il

ne restera de l'endroit où vous êtes qu'une marque de brûlure. Vous le savez ? »

Le capitaine ne répondit pas. Les boîtes devant lui s'ouvrirent sur une simple pression.

« Du ragoût ! dit brièvement le Renard. Désolé, mais le ravitaillement n'est pas facile.

— Je sais, dit le capitaine. (Il mangeait rapidement, sans lever les yeux.)

— Je vous ai vu autrefois, dit le Renard. J'essaie de me souvenir. Vous n'aviez pas de barbe alors.

— Ça fait trente jours que je ne me suis pas rasé. » Puis, d'un ton âpre, il reprit : « Qu'est-ce que vous voulez ? J'avais les mots de passe normaux. J'ai des papiers d'identité.

— Oh ! fit l'autre en protestant de la main, je vous accorde que vous êtes bien Pritcher. Mais il y en a des tas qui ont les mots de passe, et les cartes d'identité, et l'identité... et qui sont quand même avec le Mulet. Vous avez déjà entendu parler de Levvaw ?

— Oui.

— Il est avec le Mulet.

— Quoi ? Il...

— Eh oui. C'était lui qu'on appelait l'Irréductible. (Le Renard eut un petit rire silencieux et sans gaieté.) Et puis il y a Willig : avec le Mulet ! Garre et Noth : avec le Mulet ! Alors, pourquoi pas Pritcher ? Comment voulez-vous que je sache ? »

Le capitaine se contenta de secouer la tête.

« Mais ça n'a pas d'importance, murmura le Renard. Ils doivent avoir mon nom, si Noth est passé dans l'autre camp... alors, si vous êtes bien ce que vous prétendez être, vous risquez plus que moi. »

Le capitaine avait fini de manger. Il se renversa en arrière.

« Si vous n'avez pas d'organisation ici, où puis-je en trouver une ? La Fondation a peut-être capitulé, mais moi pas.

— Vraiment ? Vous ne pouvez pas errer à jamais, capitaine. Les hommes de la Fondation doivent avoir des permis de circuler pour aller d'une ville à l'autre, maintenant. Vous le savez ? Et aussi des cartes d'identité. Vous en avez ? Et puis, tous les officiers de l'ancienne flotte ont été priés de se présenter au quartier général des forces d'occupation le plus proche. Ça vous concerne, hein ?

— Oui, fit le capitaine d'une voix dure. Vous croyez que c'est par peur que je voyage comme ça. J'étais sur Kalgan peu de temps après la capitulation devant le Mulet. Au bout d'un mois, aucun des officiers de l'ancien Seigneur n'était en liberté, car ils étaient les chefs militaires tout indiqués en cas de révolte. La résistance a toujours su qu'aucune révolution ne peut réussir sans le contrôle d'au moins une partie de la flotte. Le Mulet le sait aussi, évidemment.

— C'est assez logique, fit le Renard. Le Mulet est minutieux.

— Je me suis débarrassé de mon uniforme dès que j'ai pu. J'ai laissé pousser ma barbe. Il y a peut-être une chance que d'autres en aient fait autant.

— Vous êtes marié ?

— Ma femme est morte. Je n'ai pas d'enfant.

— Pas d'otage pour vous, alors ?

— Non.

— Vous voulez mon avis ?

— Si vous en avez un.

— J'ignore quelle est la politique du Mulet, et ce qu'il a l'intention de faire, mais jusqu'à maintenant, on a laissé tranquilles les travailleurs spécialisés. Les salaires ont augmenté. La production de toutes sortes d'armes atomiques est en plein essor.

— Ah oui ? Ça vous sent une nouvelle offensive.

— Je ne sais pas. Le Mulet est astucieux, et peut-être cherche-t-il seulement à se concilier les ouvriers. Si Seldon n'a pas été capable de le deviner avec toute sa psychohistoire, ce n'est pas moi qui vais essayer. Mais vous avez des vêtements de travailleur. Ça suggère quelque chose, non ?

— Je ne suis pas un ouvrier spécialisé.

— Vous avez suivi un cours militaire en science atomique, non ?

— Certainement.

— Ça suffit. La compagnie des roulements pour champ atomique est en ville. Dites-leur que vous avez de l'expérience. Les salopards qui faisaient tourner l'usine pour Indbur continuent à la faire fonctionner... pour le Mulet. Ils ne vous poseront pas de questions, dès l'instant qu'ils ont besoin d'autres ouvriers pour s'emplir les poches. Ils vous donneront une carte d'identité et vous pourrez demander une chambre au service du logement de la corporation. Allez-y donc maintenant. »

C'est ainsi que le capitaine Han Pritcher, de la flotte nationale, devint le chaudronnier Lo Moro, de l'atelier 45. Et, d'agent de service de renseignements, il descendit l'échelle sociale jusqu'au rôle de « conspirateur », ce qui l'amenait quelques mois plus tard dans ce qui avait été le jardin privé d'Indbur.

Dans le jardin, le capitaine Pritcher consulta le radomètre qu'il avait au creux de la main. Le champ d'alarme intérieur fonctionnait toujours, et il attendit. La bombe atomique miniature qu'il avait dans la bouche en avait encore pour une demi-heure. Il la roula sous sa langue.

Le radomètre s'éteignit et le capitaine s'avança aussitôt.

Jusqu'à maintenant, tout se passait assez bien.

Il réfléchit froidement que la vie de la bombe atomique se confondait avec la sienne ; que la mort de la bombe, c'était sa mort... et celle du Mulet aussi.

Ce serait le grandiose aboutissement d'une guerre personnelle de quatre mois ; une guerre qui l'avait conduit d'une usine de Newton à...

Pendant deux mois, le capitaine Pritcher avait porté des tabliers de plomb et de lourds masques protecteurs, jusqu'au jour où tout ce qu'il y avait en lui de militaire avait disparu de son apparence. Il était un ouvrier qui touchait sa paye, passait ses soirées en ville et ne discutait jamais politique.

Deux mois durant, il ne vit pas le Renard.

Et puis, un jour, un homme trébucha devant son établi et il retrouva un bout de papier dans sa poche. Le mot « Renard » était écrit dessus. Il le jeta dans la chambre de désintégration où il se volatilisa en fumée, produisant un millimicrovolt d'énergie, et il retourna à son travail.

Ce soir-là, il se rendit chez le Renard et joua aux cartes avec deux autres hommes qu'il connaissait de réputation, et un autre de nom et de visage. Tout en jouant, ils discutèrent.

« C'est une erreur fondamentale, dit le capitaine. Vous vivez dans les débris du passé. Depuis quatre-vingts ans, notre organisation attend le moment historique convenable. Nous nous sommes laissé aveugler par la psychohistoire de Seldon, dont un des premiers préceptes est que l'individu ne compte pas, qu'il ne fait pas l'Histoire, mais que des facteurs économiques et sociaux complexes le dépassent et font de lui une marionnette. (Il classa soigneusement ses cartes, en examina la valeur et posa un jeton sur le tapis.) Pourquoi ne pas tuer le Mulet ? reprit-il.

— A quoi ça nous avancerait-il ? demanda son voisin de gauche.

— Voilà bien votre attitude, dit le capitaine en écartant deux cartes. Qu'est-ce qu'un homme... sur des dizaines de milliards ? La Galaxie ne s'arrêtera pas de tourner parce qu'un homme sera mort. Mais le Mulet n'est pas un homme, c'est un mutant. Il a déjà bouleversé le Plan de Seldon ; et si vous y réfléchissez, cela signifie que lui, un homme, un mutant, a bouleversé toute la psychohistoire de Seldon. S'il n'avait jamais vécu, la Fondation ne serait pas tombée. S'il cessait de vivre, elle se relèverait.

« Allons, les démocrates ont pendant quatre-vingts ans combattu les Maires et les Marchands par la ruse. Essayons donc l'assassinat.

— Comment ? demanda le Renard, avec un froid bon sens.

— J'ai passé trois mois à y réfléchir sans trouver de solution, dit lentement le capitaine. Je suis venu ici et, en cinq minutes, je l'avais. (Il jeta un bref coup d'œil à l'homme dont le visage large et rose comme un melon souriait à sa droite.) Vous étiez autrefois le chambellan du Maire Indbur. Je ne savais pas que vous étiez dans la résistance.

— Ni moi en ce qui vous concerne.

— Eh bien, en votre qualité de chambellan, vous vérifiez périodiquement le fonctionnement du système d'alarme du palais.

— En effet.

— Et c'est le Mulet qui occupe le palais maintenant.

— C'est ce qu'on a annoncé... bien qu'il soit une modeste conquérant qui ne prononce pas de discours, ne fait de proclamations ni d'apparitions en public.

— C'est une vieille histoire et ça ne change rien. Vous, ex-chambellan, vous êtes ce qu'il nous faut. »

On étala les cartes et le Renard ramassa les enjeux. Lentement, il se mit à distribuer.

L'homme qui avait été chambellan ramassa ses cartes une à une.

« Désolé, capitaine. Je vérifiais bien le système d'alarme, mais je ne connais rien à son fonctionnement.

— Je m'y attendais, mais votre esprit garde un souvenir éidétique des mécanismes si l'on peut le sonder assez profondément, avec une psychosonde. »

Le chambellan pâlit soudain. Ses doigts se crispèrent sur ses cartes.

« Une psychosonde ?

— Ne vous inquiétez pas, dit sèchement le capitaine. Je sais m'en servir. Cela ne vous fera rien d'autre que de vous affaiblir pendant quelques jours. Et si cela était, c'est le risque que vous prenez et le prix que vous payez. Il y en a certainement parmi nous qui, à partir du mécanisme du système d'alarme, pourraient déterminer la longueur d'ondes des combinaisons. Il y en a parmi nous qui pourraient fabriquer une petite tombe à retardement que je porterai moi-même au Mulet. »

Les hommes se penchèrent sur la table.

« Un soir donné, reprit le capitaine, une émeute éclatera sur Terminus dans le voisinage du palais. Pas de véritable bagarre. Une certaine agitation... et puis la fuite. Dès l'instant que la garde du palais est attirée... ou, en tout cas, distraite... »

A dater de ce jour-là, et pendant un mois, les préparatifs se poursuivirent, et le capitaine Han Pritcher, après être devenu conspirateur, descendit plus bas encore dans l'échelle sociale et devint un assassin.

Le capitaine Pritcher, assassin, était dans le palais, fort enchanté de son sens psychologique. Un système d'alarme à l'extérieur, selon lui, signifiait peu de gardes à l'intérieur. En l'occurrence, il n'y en avait pas du tout.

Il avait le plan du rez-de-chaussée bien présent à l'esprit. Il suivait sans bruit la rampe recouverte d'un épais tapis. Arrivé en haut, il s'aplatit contre le mur et attendit.

La petite porte fermée d'une chambre était devant lui. Derrière cette porte, devait se trouver le mutant qui avait vaincu l'invincible. Il était en avance... la bombe exploserait dans dix minutes.

Cinq minutes avaient passé, et il n'y avait toujours pas un bruit. Le Mulet avait encore cinq minutes à vivre... Le capitaine Pritcher aussi.

Il s'avança soudain, mû par un brusque élan. Le complot ne pouvait plus échouer. Quand la bombe sauterait, le palais sauterait avec... le palais tout entier. Une porte pour les séparer... dix mètres, ce n'était rien. Mais il voulait voir le Mulet au moment où ils mourraient ensemble.

Dans un ultime geste de témérité, il se précipita sur la porte...

Elle s'ouvrit et le capitaine Pritcher reçut en pleine figure la lumière aveuglante. Il trébucha puis reprit son équilibre. Le grave personnage debout au milieu de la petite pièce, devant un bocal de poissons suspendu au plafond, leva vers lui un regard affable.

Son uniforme était noir.

« Entrez, capitaine ! » dit-il.

Sous sa langue frémissante, le capitaine avait l'impression que le petit bloc métallique gonflait dangereusement, ce qui était physiquement impossible.

« Vous feriez mieux de recracher ce ridicule bonbon, dit l'homme en uniforme, vous parlerez plus facilement. La bombe n'explosera pas. »

D'un geste lent et las, le capitaine baissa la tête et laissa tomber dans le creux de sa main le petit globe argenté. Il le lança furieusement contre le mur où il rebondit, dans un cliquetis inoffensif.

« Voilà une bonne chose de faite, dit l'homme en uniforme en haussant les épaules. De toute façon, ça ne vous aurait avancé à rien, capitaine. Je ne suis pas le Mulet. Il faudra vous contenter de son vice-roi.

— Comment saviez-vous ? murmura le capitaine d'une voix rauque.

— C'est un système de contre-espionnage efficace qu'il vous faut incriminer. Je peux vous nommer tous les membres de votre petite bande, vous énumérer tous les détails de leurs plans...

— Et vous l'avez laissé s'accomplir jusque-là ?

— Pourquoi pas ? Un de mes grands buts était de vous découvrir, ainsi que quelques autres. Particulièrement vous. J'aurais pu vous avoir il y a quelques mois, alors que vous étiez encore un ouvrier à Newton, mais c'est bien mieux ainsi. Si vous n'aviez pas suggéré vous-même les grandes lignes du complot, un de mes propres hommes aurait proposé quelque chose du même genre. Le résultat est très spectaculaire et d'un humour assez noir.

— Je trouve aussi, dit le capitaine. Est-ce fini maintenant ?

— Ça ne fait que commencer. Allons, capitaine, asseyez-vous. Laissons l'héroïsme aux imbéciles que cela impressionne. Capitaine, vous êtes un homme capable. D'après les renseignements que je possède, vous avez été le premier sur la Fondation à reconnaître la puissance du Mulet. Depuis lors, vous vous êtes intéressé, de façon assez audacieuse, à la jeunesse du Mulet. Vous avez été parmi ceux qui ont enlevé son bouffon, lequel, soit dit en passant, n'a pas encore été retrouvé, ce qui devra se payer. Naturellement, on reconnaît vos talents, et le Mulet n'est pas de ceux qui craignent les talents de ses ennemis, dès l'instant où il peut en faire les talents d'un nouvel ami.

— C'est là que vous voulez en venir ? Oh non !

— Oh si ! C'était le but de la petite comédie de ce soir. Vous êtes un homme intelligent, et pourtant vos petits complots contre le Mulet échouent de façon ridicule. C'est même à peine s'ils méritent le nom de complots. Cela fait-il partie de votre formation militaire que de gaspiller des astronefs dans des actions désespérées ?

— Il faut d'abord admettre qu'elles sont désespérées.

— On y arrivera, lui assura doucement le vice-roi. Le Mulet a conquis la Fondation. Elle devient rapidement un arsenal qui servira de base à de plus grands exploits.

— Lesquels ?

— La conquête de toute la Galaxie. La réunion de tous les mondes désunis en un nouvel Empire. L'accomplissement — écoutez-moi, patriote à l'esprit obtus — du rêve de votre Seldon, sept cents ans avant qu'il ait espéré le voir. Et pour cela, vous pouvez nous aider.

— Que je puisse, je n'en doute pas. Mais que je refuse, je n'en doute pas non plus.

— Il paraît, déclara le vice-roi, que seuls trois des Mondes Marchands indépendants résistent encore. Ils ne dureront guère plus longtemps. Ce seront les dernières forces de la Fondation. Vous désirez continuer à résister ?

— Oui.

— Mais non. Une recrue volontaire est toujours plus efficace, mais nous pourrons nous accommoder de recrues forcées. Malheureusement, le Mulet est absent. Il mène la lutte, comme toujours, contre les Marchands qui résistent. Mais il est sans cesse en contact avec nous. Vous n'aurez pas longtemps à attendre.

— Pour quoi ?

— Pour votre conversion.

— Le Mulet, dit le capitaine d'un ton glacial, va s'apercevoir que cela dépasse ses possibilités.

— Mais non. Il m'a bien converti, moi. Vous ne me reconnaissez pas ? Allons, vous êtes allé sur Kalgan, alors vous m'avez vu. Je portais un monocle, une robe rouge bordée de fourrure, une haute coiffure...

— Vous étiez le Seigneur de Kalgan ? fit le cpaitaine consterné.

— Oui. Et maintenant, je suis le loyal vice-roi du Mulet. Vous voyez qu'il est persuasif. »

III

Ils franchirent sans encombre le blocus. Dans l'immensité de l'espace, toutes les flottes qui existaient ne pouvaient maintenir une garde serrée. Avec un seul astronef, un pilote habile et un peu de chance, les trous ne manquent pas.

Calmement, posément, Toran pilota un astronef qui sautait du voisinage d'une étoile à une autre. Si la proximité d'une masse importante rendait hasardeux un bond interstellaire, cela rendait aussi les moyens de détection ennemie inutiles ou presque.

Et une fois la ceinture d'astronefs passée, la sphère intérieure d'espace mort fut également franchie. Pour la première fois depuis plus de trois mois, Toran cessait de se sentir isolé.

Une semaine s'écoula avant que les bulletins d'informations ennemis se missent à diffuser autre chose que les rapports sur le contrôle de plus en plus serré qui s'exerçait sur la Fondation. Ce fut une semaine au cours de laquelle le navire marchand de Toran arriva de la Périphérie, par bonds précipités.

Ebling Mis l'appela dans la cabine de pilotage et Toran leva sur ses cartes des yeux fatigués.

« Qu'est-ce qui se passe ? fit-il en pénétrant dans la petite salle centrale que Bayta n'avait pu s'empêcher d'installer en living-room.

— Du diable si je le sais, dit Mis en secouant la tête. Les hommes du Mulet annoncent un bulletin d'informations spécial. Je pensais que vous voudriez peut-être l'écouter.

— Pourquoi pas ? Où est Bayta ?

— Elle dresse la table du dîner, compose le menu... quelque chose comme ça... »

Toran s'assit sur le matelas qui servait de lit à Magnifico et attendit. L'appareil de propagande entourant les « bulletins spéciaux » du Mulet était d'une monotone uniformité. D'abord une musique martiale, puis la voix onctueuse du speaker. Venaient alors les nouvelles secondaires, qui se succédaient. Puis un silence. Puis une fanfare de trompettes, la tension qui montait et l'apothéose.

Toran subit tout cela sans rien dire tandis que Mis marmonnait tout seul.

Le speaker débita, du ton conventionnel utilisé pour les communiqués de guerre, les phrases onctueuses qui traduisaient en sons le métal fondu et la chair désintégrée d'une bataille dans l'espace.

« Des escadrons de croiseurs rapides, sous le commandement du général Sammin, ont contre-attaqué violemment aujourd'hui le groupe adverse en provenance d'Iss... » Le visage soigneusement inexpressif du speaker sur l'écran s'effaça pour céder la place à de rapides passages d'astronefs fonçant dans l'espace dans le cours d'une bataille meurtrière. La voix continua, tandis que grondait silencieusement le fracas du combat :

« L'épisode le plus remarquable de la bataille fut le combat du croiseur lourd *Cluster* contre trois appareils ennemis de la classe *Nova*... »

Un plan rapproché apparut sur l'écran. Un grand astronef ouvrit le feu et l'un de ses attaquants sortit brutalement du champ, vira de bord et fonça sur lui. Le *Cluster* s'inclina violemment et survécut aux coups qui n'avaient fait que l'effleurer, tandis que son attaquant, une fois de plus, sortait du champ.

Le commentaire suave et impassible du speaker se poursuivait jusqu'au dernier coup et jusqu'à la dernière coque détruite.

Puis il y eut un silence, suivie de vues et de commentaires semblables d'un combat au large de Mnémon, agrémentés d'une longue description d'un débarquement, avec images d'une ville anéantie et de prisonniers entassés.

Mnémon n'avait pas longtemps à vivre.

De nouveau le silence... puis le bruit rauque des cuivres. Une nouvelle image apparut sur l'écran : le porte-parole du gouvernement, en uniforme de conseiller, s'avançant entre une haie de soldats.

Le silence était accablant.

La voix qui retentit enfin était grave et dure :

« Par ordre de notre souverain, on annonce que la planète Port, qui jusqu'alors s'opposait ouvertement à sa volonté, a reconnu sa défaite. En ce moment même, les forces de notre souverain procèdent à l'occupation de la planète. L'opposition était dispersée, mal coordonnée, et a été rapidement écrasée. »

La scène s'effaça et le speaker reparut pour annoncer, d'un ton important, que l'on donnerait de nouvelles informations au fur et à mesure du déroulement des événements.

Puis il y eut de la musique de danse et Ebling Mis coupa le courant.

Toran se leva et s'éloigna d'un pas chancelant, sans un mot. Le psychologue ne fit pas un geste pour le retenir. Lorsque Bayta sortit de la cuisine, Mis lui fit signe de se taire.

« Ils ont pris Port, dit-il.

— Déjà ? fit Bayta, ouvrant de grands yeux incrédules.

— Sans combat. Sans même... (Il s'interrompit et avala sa salive.) Vous feriez mieux de laisser Toran tranquille. C'est dur pour lui. Si nous mangions seuls ? »

Bayta jeta un coup d'œil vers la cabine de pilotage, puis haussa les épaules d'un air désemparé.

« Très bien ! »

Magnifico s'assit discrètement à table. Il ne parlait pas, il ne mangeait pas, il se contentait de regarder devant lui, paralysé par une peur qui semblait absorber toute son énergie. Ebling Mis repoussa d'un air absent sa salade de fruits et dit d'une voix rauque :

« Deux Mondes Marchands luttent encore. Ils luttent, saignent, meurent et ne capitulent pas. Et pourtant Port... comme la Fondation...

— Mais pourquoi ? Pourquoi ?

— Ce n'est qu'un élément de tout le problème, dit le psychologue en secouant la tête. Chaque aspect bizarre nous donne un aperçu de la nature du Mulet. D'abord, comment il a pu conquérir la Fondation sans presque verser de sang et en ne frappant en fait qu'un seul coup... pendant que les Mondes Marchands indépendants n'intervenaient pas. La paralysie des réactions atomiques n'était qu'une arme sans portée — nous en avons déjà discuté interminablement — et elle n'a été utilisée que sur la Fondation.

« Randu suggérait, reprit Ebling d'un air songeur, qu'il aurait pu s'agir d'un annihilateur de volonté à rayonnement. C'est ce qui a peut-être été utilisé sur Port. Mais alors, pourquoi ne pas l'avoir employé sur Mnémon et Iss, qui maintenant encore luttent avec une détermination si farouche qu'il faut la moitié de la flotte de la Fondation, outre les forces du Mulet, pour les vaincre ? Car j'ai reconnu dans les attaquants des astronefs de la Fondation.

— La Fondation, puis Port, murmura Bayta. Le désastre semble nous suivre sans nous toucher. On dirait toujours que nous le frôlons. Cela durera-t-il toujours ? »

Ebling Mis n'écoutait pas. Il réfléchissait tout haut.

« Mais il y a un autre problème... Bayta, vous vous souvenez de ce bulletin d'informations annonçant que le bouffon du Mulet n'avait pas été trouvé sur Terminus ; qu'on pensait qu'il s'était enfui sur Port ou avait été conduit là par ceux qui l'avaient emmené. On attache de l'importance à ce personnage. Bayta, une importance qui ne se dément pas, et que nous ne nous expliquons pas. Magnifico doit savoir quelque chose qui est fatal au Mulet. J'en suis sûr. »

Magnifico, blanc et balbutiant, protesta aussitôt :

« Seigneur... noble seigneur... je vous jure qu'il n'est pas en mon pouvoir de satisfaire vos désirs. J'ai dit tout ce que je savais, et avec votre sonde vous avez arraché de mon pauvre esprit ce que j'ignorais savoir.

— Bien sûr... bien sûr. C'est peu de chose. Une allusion si mince que ni vous ni moi n'en reconnaissons l'importance. Il faut pourtant que je la trouve... car Mnémon et Iss ne vont pas tarder à disparaître, et alors nous serons les derniers survivants, les dernières bribes de la Fondation indépendante. »

Quand on pénètre au cœur de la Galaxie, les étoiles commencent à être plus proches les unes des autres. Les champs de gravité commencèrent à se chevaucher, à des intensités suffisantes pour créer des perturbations non négligeables dans un bond interstellaire.

Toran s'en aperçut lorsqu'un bond les amena dans le plein éclat d'une étoile rouge qui s'efforçait de les attirer, et dont ils ne parvinrent à fuir l'attraction qu'après douze heures de terribles efforts.

Ne possédant que des cartes d'une portée limitée, et une expérience assez maigre sur le plan opérationnel ou mathématique, Toran se résigna à des jours de calculs entre deux bonds.

Ils s'y mirent tous : Ebling Mis vérifiait les calculs mathématiques de Toran et Bayta contrôlait les itinéraires possibles. Même Magnifico fut mis au travail sur la machine à calculer, ce qui l'amusa beaucoup dès qu'on lui eut expliqué le fonctionnement de l'appareil.

Au bout d'un mois environ, Bayta put inspecter le tracé rouge qui serpentait à travers la maquette à trois dimensions de la Galaxie que possédait l'astronef, tracé qui allait jusqu'à son centre.

« Tu sais à quoi ça ressemble ? dit-elle. On dirait un ver de terre de trois mètres souffrant d'une abominable indigestion. Tu verras qu'on va finir par se retrouver sur Port.

— Sûrement, grommela Toran, si tu parles tout le temps.

— Vraiment ? Figure-toi, benêt, qu'il a probablement fallu à cinq cents astronefs cinq cents ans, pour établir petit à petit cet itinéraire, et mes cartes à deux sous ne le donnent pas. D'ailleurs, peut-être que ces trajets droits sont à éviter. Ils sont sans doute encombrés d'astronefs. Et d'ailleurs...

— Oh ! par la Galaxie, cesse de nous ennuyer ! »

Elle le saisit par les cheveux.

« Ouïe ! » hurla-t-il en la prenant par les poignets, à la suite de quoi Toran, Bayta et une chaise se retrouvèrent tous les trois sur le plancher, irrémédiablement emmêlés. Ce fut une lutte haletante qui s'acheva dans les rires et les exclamations.

Toran vit soudain Magnifico arriver hors d'haleine.

« Qu'y a-t-il ?

— Les instruments se comportent étrangement, monsieur, dit le clown à qui l'anxiété donnait un visage encore plus comique que d'habitude. Sachant mon ignorance, je n'ai touché à rien. »

En deux secondes, Toran était dans la cabine de pilotage.

« Réveillez Ebling Mis, dit-il à Magnifico. Faites-le descendre ici. »

A Bayta qui essayait de remettre de l'ordre dans sa coiffure, il dit :

« Bay, on nous a détectés.

— Détectés ? fit Bayta ? Qui ça ?

— La Galaxie le sait, murmura Toran, mais j'imagine que c'est quelqu'un qui a ses canons déjà braqués sur nous. »

Il s'assit et, à voix basse, envoya dans le subéther le code d'identification de l'astronef.

Quand Ebling Mis entra, vêtu d'un peignoir et les yeux rouges, Toran lui dit avec un calme désespéré :

« Il paraît que nous avons franchi les frontières d'un royaume intérieur qui s'appelle l'Autarchie de Filia.

— Jamais entendu parler, dit Mis.

— Moi non plus, répondit Toran, mais il n'empêche que nous sommes stoppés par un appareil filien, et je ne sais où ça va nous mener. »

Le capitaine-inspecteur de l'astronef filien monta à bord, escorté de six hommes armés. Il était de petite taille, il avait le cheveu rare, la lèvre mince et la peau sèche. En toussotant, il s'assit et ouvrit le dossier qu'il tenait sous son bras.

« Vos passeports et votre permis, s'il vous plaît.

— Nous n'en avons pas, dit Toran.

— Ah ! vous n'en avez pas ? fit-il en décrochant un microphone suspendu à sa ceinture. Trois hommes et une femme. Pas de papiers, dit-il dans le micro. (Il nota quelque chose sur la feuille devant lui.) D'où êtes-vous ? demanda-t-il.

— De Siwenna, dit prudemment Toran.

— Où est-ce ?

— A cent mille parsecs, quatre-vingts degrés ouest de Trantor, quarante degrés...

— Peu importe, peu importe ! »

Toran vit que son interlocuteur avait écrit : « *Venant de la Périphérie.* »

« Où allez-vous ? reprit le Filien.

— Dans le secteur de Trantor, répondit Toran.

— Voyage d'agrément.

— Pas de cargaison ?

— Non.

— Hum. Nous allons voir ça. (Il fit un signe de tête et deux hommes se précipitèrent. Toran n'eut pas un geste pour intervenir.) Qu'est-ce qui vous amène en territoire filien ? reprit l'homme d'un ton peu affable.

— Nous ne savions pas que nous y étions. Je n'ai pas de bonnes cartes.

— Cela va vous coûter cent crédits... et, bien sûr, les frais habituels de douane, et autres. »

Il parla de nouveau dans le microphone... mais écouta plus qu'il ne parla. Puis se tournant vers Toran :

« Vous vous y connaissez en technique atomique ?

— Un peu, répondit Toran sur ses gardes.

— Ah oui ? » Le filien referma son dossier et ajouta : « Les hommes de la Périphérie ont la réputation de s'y connaître. Passez un scaphandre et venez avec moi.

— Qu'allez-vous faire de lui ? » demanda Bayta.

« Où voulez-vous m'emmener ?

— Notre centrale a besoin d'un petit réglage. Il va venir avec vous. (Son doigt était braqué sur Magnifico, dont les yeux bruns exprimaient la consternation la plus éperdue.)

— Qu'est-ce qu'il a à voir là-dedans ? demanda Toran.

— On me signale la présence de pirates dans les parages. Le signalement de l'un d'eux correspond à peu près. C'est une simple vérification d'identité. »

Toran hésita, mais six hommes et six pistolets sont des arguments éloquents. Il prit les scaphandres dans les placards.

Une heure plus tard, il se redressait dans les entrailles de l'astronef filien et déclarait d'un ton rageur :

« Je ne vois rien qui cloche dans ces moteurs. Les barres sont saines, les lampes L sont correctement alimentées et la réaction se passe normalement. Qui est le responsable ici ?

— Moi, dit tranquillement le chef mécanicien.

— Alors, laissez-moi partir d'ici... »

On le conduisit dans le carré des officiers où un enseigne indifférent montait la garde.

« Où est l'homme qui m'a accompagné ?

— Veuillez attendre », dit l'enseigne.

Un quart d'heure plus tard, on fit entrer Magnifico.

« Qu'est-ce qu'ils vous ont fait ? demanda aussitôt Toran.

— Rien. Rien du tout », fit Magnifico en secouant la tête.

Il fallut deux cent cinquante crédits pour satisfaire aux demandes de Filia — cinquante crédits pour que tout fût réglé aussitôt — et ils se retrouvèrent dans l'espace libre.

« Est-ce que, pour ce prix-là, nous n'avons pas droit à une escorte ? fit Bayta avec un rire forcé.

— Ce n'était pas un appareil filien, répondit Toran d'un ton grave... et nous ne partons pas pour l'instant. Venez ici. (Ils se rassemblèrent autour de lui.) C'était un astronef de la Fondation, dit-il d'une voix blanche, et c'étaient des hommes du Mulet qui se trouvaient à bord.

— Ici ? fit Ebling. Nous sommes à trente mille parsecs de la Fondation.

— Nous y sommes bien. Qu'est-ce qui les empêche de faire le même voyage ? Par la Galaxie, Ebling, je sais reconnaître les astronefs, vous savez. J'ai vu leur moteur et ça me suffit. Je vous assure que c'était un moteur de la Fondation dans un appareil de la Fondation.

— Et comment sont-ils parvenus ici ? demanda Bayta avec logique. Quelles sont les chances d'une rencontre accidentelle dans l'espace de deux appareils donnés ?

— Qu'est-ce que ça peut faire ? fit Toran, agacé. Cela montre seulement qu'on nous a suivis.

— Suivis ? répéta Bayta. Dans l'hyperespace ?

— C'est faisable, fit Ebling Mis. C'est faisable avec un bon appareil et un grand pilote. Mais cette possibilité ne me frappe guère.

— Je n'ai pas cherché à masquer mes traces, insista Toran. Un aveugle aurait pu calculer notre route.

— Allons donc, cria Bayta. Avec l'itinéraire tortillé que tu as pris, ça m'étonnerait.

— Nous perdons notre temps, s'exclama Toran en grinçant des dents. Il s'agit d'un appareil de la Fondation, c'est-à-dire du Mulet. Il nous a arrêtés. Il nous a fait fouiller. Il a gardé Magnifico — seul — avec moi comme otage, pour vous faire tenir tranquilles au cas où vous vous méfieriez. Et nous allons les griller pas plus tard que tout de suite.

— Attentez, fit Ebling Mis en le retenant. Allez-vous causer notre perte pour un astronef dont vous pensez que c'est un ennemi ?

— Réfléchissez, mon cher. Est-ce que ces gens nous poursuivraient le long d'un route invraisemblable à travers la moitié de la Galaxie, rien que pour nous regarder et nous laisser partir ? Ça les intéresse de savoir où nous allons.

— Alors pourquoi nous arrêter et nous mettre sur nos gardes ? Ça ne tient pas debout.

— Laissez-moi, Ebling ou je vous assomme. »

Magnifico se pencha du haut du dossier du fauteuil sur lequel il était juché. Il semblait très excité.

« Je sollicite votre pardon pour mon interruption, mais une étrange pensée envahit soudain mon pauvre esprit. »

Bayta prévint le geste agacé de Toran et dit aussitôt :

« Parlez, Magnifico. Nous vous écouterons tous attentivement.

— Dans mon séjour à bord de leur appareil, dit Magnifico, le peu d'esprit qui me restait dans mon désarroi était encore brouillé par la peur qui m'accablait. A dire vrai, je ne me souviens pratiquement pas de ce qui s'est passé. Je me rappelle des hommes me dévisageant et des paroles que je n'ai pas comprises. Mais, vers la fin — comme si un rayon de soleil avait percé à travers un banc de nuages — il y avait un visage que je connaissais. Je n'ai fait que l'apercevoir, et pourtant il demeure dans mon souvenir, fort et brillant.

— Qui était-ce ? dit Toran.

— Ce capitaine qui était avec vous, il y a si longtemps, quand vous m'avez sauvé pour la première fois de l'esclavage. »

Magnifico, de toute évidence, pensait créer une sensation et le sourire qui éclaira son visage montrait qu'il se rendait compte qu'il y était parvenu.

« Le capitaine... Han... Pritcher ? demanda Mis d'un ton sévère. Vous êtes sûr ? Absolument sûr ?

— Monsieur, je le jure, dit le bouffon en posant une main décharnée sur sa poitrine étroite.

— Alors, fit Bayta, au comble de l'étonnement, qu'est-ce que tout ça signifie ?

— Gente dame, dit le clown en se tournant vers elle, j'ai une théorie. Elle m'est venue toute faite, comme si l'Esprit galactique l'avait doucement déposée dans mon esprit. Gente dame, reprit-il, s'adressant exclusivement à Bayta et haussant la voix pour couvrir les protestations de Toran, si ce capitaine s'était comme nous échappé avec un astronef; si, comme nous, il entreprenait un voyage pour des raisons qui lui sont propres ; s'il était tombé sur nous par hasard... il nous soupçonnerait de le suivre et de lui tendre une embuscade, tout comme nous-mêmes nourrissons les mêmes soupçons à son égard. Comment s'étonner alors qu'il ait joué cette comédie pour monter à bord de notre astronef ?

— Mais pourquoi a-t-il voulu nous avoir à son bord, alors ? demanda Toran. Ça ne concorde pas.

— Mais si, mais si, s'exclama le clown. Il a envoyé un subalterne qui ne nous connaissait pas, mais qui nous a décrits dans son microphone. Le capitaine qui écoutait a été frappé de m'entendre décrire, car à la vérité il n'y en a pas beaucoup dans cette grande Galaxie qui me ressemblent. J'étais la preuve de l'identité de vous autres.

— Et il nous laisse repartir ?

— Que savons-nous de sa mission ? Il a constaté que nous n'étions pas un ennemi. Cela fait, doit-il juger bon de compromettre son plan en le révélant à d'autres ?

— Ne sois pas entêté. Torie, fit Bayta. Ça explique en effet bien des choses.

— Ça se pourrait », renchérit Mis.

Toran capitula devant cette résistance. Mais quelque chose dans les abondantes explications du clown le gênait. Il y avait quelque chose de suspect. Mais il était démonté, et malgré lui il sentit sa colère s'apaiser.

« Pendant un moment, murmura-t-il, j'ai pensé que nous pourrions détruire au moins *un* des astronefs du Mulet. »

Et, dans ses yeux, passait toute la tristesse que lui inspirait la chute de Port.

Les autres comprenaient.

IV

NÉOTRANTOR : *La petite planète Delicas, rebaptisée après le Grand Pillage, fut pendant près d'un siècle le siège de la dernière dynastie du Premier Empire. C'était un monde fantôme et un Empire fantôme, et son existence n'a d'intérêt que du point de vue légal. Sous la première dynastie néotrantorienne...*

ENCYCLOPEDIA GALACTICA.

Le nom, c'était Néotrantor ! Nouvelle Trantor ! Et, une fois le nom prononcé, on avait épuisé d'un coup toute ressemblance de la nouvelle Trantor avec le modèle original. A deux parsecs de là, le soleil de l'ancienne Trantor continuait à briller, et la capitale impériale du siècle précédent continuait à fendre l'espace en suivant silencieusement son orbite.

Il y avait même des hommes sur l'ancienne Trantor ; pas beaucoup : cent millions, peut-être, là où cinquante ans auparavant il y en avait quarante milliards. L'immense monde de métal n'était plus que débris épars. Les charpentes des tours qui ceinturaient la planète se dressaient, portant encore les traces de la bataille, souvenir du Grand Pillage, qui avait eu lieu quarante ans plus tôt.

C'était étrange qu'un monde qui avait été le centre de la Galaxie pendant deux mille ans, qui avait régné sur un espace sans limites et avait abrité des législateurs et des gouvernants dont les caprices s'étendaient à des parsecs, pût mourir en un mois. C'était étrange que la gloire de la Galaxie ne fût qu'un corps pourrissant.

Et pitoyable !

Car des siècles passeraient encore avant que les puissants ouvrages de cinquante générations fussent tombés en poussière. Seuls les pouvoirs déclinants des hommes eux-mêmes les rendaient aujourd'hui inutiles.

Les millions d'hommes qui restaient, après la mort de milliards d'autres, avaient ouvert le plafond de métal luisant de la planète, et exposé aux intempéries un sol que le soleil n'avait pas effleuré en mille ans. Entourés par les merveilles mécaniques dues à l'effort humain, au milieu des prodiges industriels d'une humanité libérée de la tyrannie du milieu environnant, les hommes étaient revenus à la terre. Dans les grandes clairières où se posaient jadis les astronefs, poussaient maintenant le blé et le maïs. Les moutons paissaient à l'ombre des tours.

Mais Néotrantor existait — obscure planète noyée dans l'ombre de sa puissante voisine, jusqu'au jour où une famille royale fuyant devant le feu et la flamme du Grand Pillage s'y était précipitée pour y trouver un dernier refuge — Néotrantor existait donc et survivait, péniblement, en attendant que s'apaisent les remous de la rébellion. La planète régnait dans une splendeur fantomatique sur les restes cadavériques de l'Empire.

Vingt mondes agricoles composaient un Empire galactique !

Dagobert IX, chef de vingt mondes de hobereaux réfractaires et de paysans maussades, était empereur de la Galaxie, seigneur de l'Univers.

Dagobert IX avait vingt-cinq ans le jour sanglant où il était arrivé avec son père sur Néotrantor. Il avait encore présentes à l'esprit la gloire et la puissance de l'Empire. Mais son fils, qui serait peut-être un jour Dagobert X, était né sur Néotrantor.

Tout ce qu'il connaissait, c'étaient vingt mondes.

La voiture découverte de Jord Commason était le plus magnifique véhicule de son genre sur Néotrantor. Et ce n'était pas seulement parce que Commason était le plus gros propriétaire terrien de la planète. Car il avait été jadis le compagnon et le mauvais génie d'un jeune prince de la couronne, qui s'énervait sous l'emprise dominatrice d'un empereur vieillissant. Et, aujourd'hui, il était le compagnon et toujours le mauvais génie d'un prince de la couronne vieillissant, qui détestait et dominait un vieil empereur.

Jord Commason, dans sa voiture découverte, qui avec sa carrosserie de nacre et sa décoration en or et lumétron n'avait pas besoin de blason pour qu'on le reconnût, inspectait ses terres, les kilomètres de champs de blé qui lui appartenaient, les batteuses et les moissonneuses dont il était propriétaire, les métayers et les mécaniciens qui dépendaient de lui, et il réfléchissait à ses problèmes.

Auprès de lui, son vieux chauffeur guidait doucement l'appareil à travers les courants ascendants et souriait.

« Tu te souviens de ce que je t'ai dit, Inchney ? » fit Jord Commason.

Les cheveux gris d'Inchney flottaient au vent. Un sourire découvrit sa bouche un peu édentée.

« Et qu'en penses-tu, Inchney ? » demanda-t-il, avec un peu d'impatience.

Inchney se souvenait qu'il avait été jeune et beau, qu'il avait été un seigneur sur l'ancienne Trantor. Et qu'il était sur Noétrantor un vieillard délabré, vivant par la grâce du seigneur Jord Commason, et qui payait cette grâce en prêtant sur demande les ressources de sa subtilité. Il eut un petit soupir à peine perceptible.

« Des visiteurs de la Fondation, sire, sont une chose bien commode. Surtout, sire, quand ils ne viennent qu'à bord d'un seul astronef et n'ont qu'un seul homme en état de se battre. Comment ne pas leur réserver bon accueil ?

— Bon accueil ? fit Commason d'un ton sombre. Peut-être. Mais ces hommes sont des magiciens et peuvent être puissants.

— Bah, marmonna Inchney, la brume de la distance dissimule la vérité. La Fondation n'est qu'un monde. Ses citoyens ne sont que des hommes. Si vous tirez sur eux, ils meurent. (Inchney maintenait le cap. Un fleuve brillait sous leur appareil.) Et n'y a-t-il pas un homme dont on parle maintenant, qui agite les mondes de la Périphérie ?

— Que sais-tu de cela ? fit Commason, soudain méfiant.

— Rien, sire, dit le chauffeur, impassible. C'était une simple question en l'air. »

Le seigneur n'hésita qu'un instant. Il dit avec une brutale franchise :

« Tu ne poses pas de questions en l'air, et ta façon de recueillir des renseignements te fera mal finir. Mais... soit ! Cet homme s'appelle le Mulet, et un de ses sujets est venu ici il y a quelques mois pour... pour affaires. J'en attends un autre — incessamment — pour conclure cette affaire.

— Et ces nouveaux venus ? Ils ne sont pas ceux que vous voulez, peut-être ?

— Ils n'ont pas les papiers qu'ils devraient avoir.

— On a annoncé que la Fondation était tombée...

— Ce n'est pas moi qui te l'ai dit.

— On l'a annoncé, répéta Inchney sans se démonter, et si c'est exact, ce sont peut-être des réfugiés qu'on pourrait garder pour l'envoyé du Mulet par sincère amitié.

— Ah oui ? fit Commason, hésitant.

— Et, sire, puisqu'il est bien connu que l'ami d'un conquérant n'est que la dernière victime, ce serait une simple précaution d'autodéfense. Car il existe des appareils qu'on appelle des psychosondes, et nous avons là quatre cerveaux de la Fondation. Il y a bien des choses à propos de la Fondation qu'il serait utile de connaître, et beaucoup aussi à propos du Mulet. Du même coup, l'amitié du Mulet serait un peu moins accablante. »

Commason revint en frissonnant à sa première pensée.

« Mais si la Fondation n'est pas tombée... si ces nouvelles sont fausses... Il paraît qu'on a prédit qu'elle ne pouvait pas tomber.

— Nous avons passé l'âge des devins, sire.

— Et pourtant, si elle n'est pas tombée, Inchney. Réfléchis ! Si elle n'est pas tombée. Le Mulet m'a fait de belles promesses... (Il était allé trop loin et il battit en retraite.) Ou plutôt, il s'est vanté. Mais les vantardises sont du vent et les actes sont pénibles.

— Les actes sont bien pénibles en effet, fit Inchney avec un petit rire silencieux. On ne pourrait guère trouver crainte plus grande que celle d'une Fondation au bout de la Galaxie.

— Il y a toujours le prince, murmura Commason, comme s'il se parlait à lui-même.

— Il traite avec le Mulet aussi, alors, sire ?

— Pas tout à fait, fit Commason. Pas comme moi. Mais il est plus bizarre, plus difficile à contrôler. Il est la proie d'un démon. Si je m'empare de ces gens et qu'il les emmène pour son propre usage — car il ne manque pas d'une certaine astuce —je ne suis pas encore prêt à me quereller avec lui, fit-il d'un air soucieux.

— J'ai vu ces étrangers quelques instants hier, dit soudain le chauffeur grisonnant, et c'est une femme étrange que cette brune. Elle a la liberté d'allure d'un homme. Et sa peau est d'une étrange pâleur auprès de ses cheveux sombres. (Il y avait dans sa vieille voix comme une chaleur qui fit se tourner vers lui Commason d'un air surpris.)

« Je crois que le prince, poursuivit Inchney, ne serait pas ennemi d'un compromis raisonnable. Vous pourriez avoir le reste, si vous lui laissiez la fille...

— C'est une idée ! s'écria Commason. C'est une idée ! Inchney, fais demi-tour ! Et tu sais, Inchney, si tout s'arrange, nous discuterons ce problème de ta libération. »

Lorsqu'il rentra, Commason trouva une capsule personnelle qui l'attendait dans son cabinet, et son esprit superstitieux vit là une sorte de symbole. La capsule était arrivée sur une longueur d'ondes connue de peu de gens. Commason eut un sourire satisfait. L'homme du Mulet venait et la Fondation était bien tombée.

Les visions brumeuses et vagues qu'avait pu avoir Bayta d'un palais impérial ne concordaient pas avec la réalité, et elle en éprouvait un certain désappointement. La pièce était petite, presque nue, ordinaire. Le palais ne se comparait même pas avec la résidence du Maire sur la Fondation... Quant à Dagobert IX...

Bayta avait des idées précises sur l'aspect que devait avoir un empereur. Il ne devait pas avoir l'air d'un grand-père bienveillant. Il ne devait pas être maigre, blanc et effacé... ni servir le thé de sa propre main tout en s'inquiétant du confort de ses visiteurs.

C'était pourtant ainsi.

Dagobert IX gloussait tout en versant le thé dans la tasse qu'elle lui tendait.

« C'est un grand plaisir pour moi ma chère. Cela me change de l'étiquette et des courtisans. Je n'ai pas eu l'occasion d'accueillir des visiteurs de mes lointaines provinces depuis quelque temps maintenant. C'est mon fils qui s'occupe de ces détails depuis que je suis vieux. Vous n'avez pas rencontré mon fils ? Un charmant garçon. Têtu, peut-être, mais il est jeune. Voulez-vous une capsule parfumée ? Non ? »

Toran voulut l'interrompre.

« Votre Majesté Impériale ?

— Oui.

— Votre Majesté Impériale, notre intention n'était pas de venir en intrus...

— Allons donc, vous n'êtes pas des intrus. Ce soir, il y aura la réception officielle, mais jusque-là nous sommes libres. Voyons, d'où m'avez-vous dit que vous veniez ? Voilà longtemps, me semble-t-il, que nous n'avons pas eu de réception officielle. Vous me disez que vous veniez de la province d'Anacréon ?

— De la Fondation, Votre Majesté Impériale !

— Ah ! oui, la Fondation. Je me souviens maintenant. Je l'ai fait situer. C'est dans la province d'Anacréon. Je ne suis jamais allé là-bas. Mes médecins m'interdisent les grands voyages. Je ne me rappelle pas avoir vu récemment des rapports de mon vice-roi sur Anacréon. Comment cela va-t-il là-bas ? conclut-il avec inquiétude.

— Sire, murmura Toran, je n'apporte aucune doléance.

— Voilà qui est bien. Je féliciterai mon vice-roi. »

Toran jeta un coup d'œil désespéré à Ebling, dont la voix brusquement retentit :

« Sire, on nous a dit qu'il faudra votre permission pour visiter la bibliothèque de l'université impériale de Trantor.

— Trantor ? répéta l'empereur. Trantor ? (Une expression de douloureuse surprise se peignit sur son visage.) Trantor ! murmura-t-il. Je me souviens maintenant. Je fais des plans en ce moment pour retourner là-bas avec toute une armada d'astronefs. Il faudra que vous veniez avec moi. Ensemble nous anéantirons le rebelle, Gilmer. Ensemble, nous restaurerons l'Empire ! »

Son dos voûté s'était redressé. Sa voix avait repris de la force. Un moment, il eut un regard dur. Puis il clignota et reprit doucement :

« Mais Gilmer est mort. On dirait que je me rappelle... Oui ! Oui ! Gilmer est mort ! Trantor est morte ! Un moment, il m'a semblé... d'où avez-vous dit que vous veniez ?

— C'est vraiment un empereur ? murmura Magnifico à l'oreille de Bayta. Je croyais que les empereurs étaient plus grands et plus sages que les hommes ordinaires. »

Bayta lui fit signe de se taire.

« Si Votre Majesté Impériale, dit-elle, voulait bien signer un permis nous autorisant à aller sur Trantor, cela servirait grandement la cause commune.

— Sur Trantor ? fit l'empereur qui semblait ne rien comprendre.

— Sire, le vice-roi d'Anacréon, au nom de qui nous parlons, annonce que Gilmer est encore vivant...

— Vivant ! Vivant ! tonna Dagobert. Où ? Ce sera la guerre !

— Votre Majesté Impériale, on ne doit pas le révéler encore. On n'est pas très sûr de l'endroit où il se trouve. Le vice-roi nous envoie pour vous en informer, et c'est seulement sur Trantor que nous trouverons peut-être où il se cache. Alors...

— Oui, oui... il faut le trouver... (Le vieil empereur s'approcha du mur et pressa d'un doigt tremblant la petite cellule photoélectrique.) Mes serviteurs ne viennent pas, marmonna-t-il après un silence. Je ne peux pas les attendre. »

Il griffonna quelque chose sur une feuille blanche et termina par un D très surchargé.

« Gilmer va apprendre ce qu'est la puissance de son empereur. D'où êtes-vous donc venus ? D'Anacréon ? Comment ça va-t-il là-bas ? Le nom de l'empereur est-il respecté ? »

Bayta lui prit le papier des mains.

« Votre Majesté Impériale est adorée du peuple. Votre amour pour la population est bien connu.

— Il faudra que je rende visite à mon bon peuple d'Anacréon, mais mon médecin a dit... je ne me souviens pas de ce qu'il dit, mais... (Il leva soudain les yeux.) Vous disiez quelque chose à propos de Gilmer ?

— Non, Votre Majesté Impériale.

— Il ne doit pas avancer davantage. Retournez dire cela à votre peuple. Trantor doit tenir ! Mon père commande la flotte maintenant, et cette vermine de Gilmer doit geler dans l'espace avec sa horde de régicides. »

Il se laissa tomber dans un fauteuil et, une fois de plus, son regard redevint vague.

« Qu'est-ce que je disais ? »

Toran se leva et s'inclina très bas.

« Votre Majesté Impériale a été bonne avec nous, mais

le temps qui nous était imparti pour une audience est terminé. »

Un moment Dagobert IX eut vraiment l'air d'un empereur lorsqu'il se leva et resta très droit, tandis qu'un par un ses visiteurs se dirigeaient à reculons jusqu'à la porte...

... Vingt hommes armés les attendaient et les encerclèrent.

L'éclair d'une arme jaillit...

Bayta reprit lentement conscience, mais sans passer par la phase du « Où suis-je ? » Elle se souvenait parfaitement de cet étrange vieillard qui se prétendait empereur et des autres hommes qui attendaient dehors. Le petit picotement qu'elle éprouvait aux doigts signifiait qu'elle avait simplement été victime d'un rayon paralysant.

Elle garda les yeux fermés et écouta les voix.

Il y en avait deux. L'une était lente et prudente, avec des accents rusés sous l'obséquiosité de surface. L'autre était rude, rauque et saccadée. Bayta n'aimait ni l'une ni l'autre.

C'était la voix rauque qu'on entendait le plus souvent. Bayta entendit les derniers mots : « Il ne crèvera jamais, ce vieux fou ! Ça m'exaspère. Commason, j'en ai assez. Je vieillis aussi.

— Votre Altesse, voyons d'abord à quoi peuvent nous servir ces gens. Peut-être allons-nous disposer d'une source d'énergie autre que celle de votre père. »

La voix rauque se perdit dans un murmure tumultueux. Bayta n'entendit que les mots : « ... la femme », mais l'autre voix continuait, flatteuse, ricanante : « Dagobert, vous ne vieillissez pas. Ils mentent, ceux qui disent que vous n'êtes pas un jeune homme de vingt ans. »

Ils rirent tous les deux et Bayta sentit son sang se glacer. Dagobert... Votre Altesse... Le vieil empereur avait parlé d'un fils têtu, et elle comprenait maintenant ce que signifiait cette conversation. Mais ces choses-là n'arrivaient que dans les romans...

La voix de Toran intervint soudain, débitant un chapelet de jurons.

Elle ouvrit les yeux, et ceux de Toran, fixés sur elle, exprimèrent un intense soulagement.

« L'empereur, dit-il d'un ton violent, devra répondre de cet acte de banditisme. Libérez-nous. »

Bayta s'aperçut alors que ses poignets et ses chevilles étaient liés au mur et au plancher par un fort champ d'attraction.

L'homme à la voix rauque s'approcha de Toran. Il était bedonnant, ses paupières inférieures étaient bouffies et ses cheveux clairsemés. Il y avait une plume de couleur vive à son chapeau pointu et son pourpoint était bordé d'écume métallique argentée.

« L'empereur ! ricana-t-il. Ce pauvre fou d'empereur ?

— J'ai un laissez-passer signé de lui. Aucun sujet ne peut attenter à notre liberté.

— Mais je ne suis pas son sujet, déchet de l'espace. Je suis le régent et le prince de la couronne et c'est ainsi que l'on doit s'adresser à moi. Quant à mon pauvre imbécile de père, cela l'amuse de voir de temps en temps des visiteurs. Nous lui permettons ce plaisir. Cela chatouille sa prétendue dignité impériale. Mais, bien sûr, cela ne signifie rien. »

Puis il se planta devant Bayta, qui le toisa d'un air méprisant. Il se pencha vers elle, lui soufflant au nez une haleine violemment parfumée à la menthe.

« Ses yeux lui vont bien, dit-il. Commason... elle est encore plus belle avec les yeux ouverts. Je crois qu'elle fera l'affaire. Ce sera un plat exotique pour un palais blasé, hein ? »

Toran eut un vain sursaut, que le prince de la couronne ignora, et Bayta sentit un frisson la parcourir. Ebling Mis n'avait toujours pas repris connaissance ; sa tête pendait mollement sur sa poitrine, mais Bayta observa avec une certaine surprise que Magnifico avait les yeux ouverts, bien ouverts comme s'il était réveillé depuis longtemps. Ses grands yeux bruns se tournèrent vers Bayta et la dévisagèrent.

Il poussa un gémissement et, désignant de la tête le prince de la couronne :

« C'est lui qui a mon Visi-Sonor. »

Le prince de la couronne se retourna vers cette nouvelle voix.

« C'est à toi, monstre ? fit-il en balançant l'instrument qu'il avait pendu à son épaule. (Il le manipula maladroitement, s'efforçant d'émettre un son, mais en vain.) Tu sais en jouer, monstre ? »

Magnifico hocha la tête.

« Vous avez pillé un astronef de la Fondation, dit soudain Toran. Si l'empereur ne nous venge pas, la Fondation le fera. »

Ce fut l'autre, Commason, qui répondit lentement :

« Quelle Fondation ? Ou bien le Mulet n'est-il plus le Mulet ? »

Sa question demeura sans réponse. Le sourire du prince découvrit de grandes dents irrégulières. Le champ qui retenait le clown fut interrompu et on le fit se relever sans douceur. Puis on lui mit dans les mains le Visi-Sonor.

« Joue pour nous, monstre, dit le prince. Joue-nous une sérénade d'amour et de beauté pour notre belle dame étrangère. Dis-lui que la prison de mon père n'est pas un endroit pour elle, mais que je puis l'emmener en un lieu où elle pourra nager dans l'eau de rose... et savoir ce qu'est l'amour d'un prince. Chante-lui l'amour d'un prince, monstre. »

Il posa sa cuisse épaisse sur une table de marbre et balança nonchalamment sa jambe, tandis que son sourire fat faisait monter en Bayta une rage silencieuse. Toran s'efforçait de se libérer du champ d'attraction, et ses efforts le mettaient en nage. Ebling Mis s'agita et gémit.

« Mes doigts sont tout raides... fit Magnifico.

— Joue, monstre ! » rugit le prince.

Sur un geste de Commason, les lumières devinrent moins vives.

Magnifico promena rapidement ses doigts d'un bout à l'autre de l'instrument... et un arc-en-ciel étincelant de lumière jaillit à travers la pièce. Un son bas et doux retentit, palpitant, vibrant. Il s'acheva en un rire triste, derrière lequel résonnait un glas lugubre.

L'obscurité parut s'intensifier, s'épaissir. La musique parvenait à Bayta à travers les plis d'invisibles couvertures. La lumière lui parvenait des profondeurs, comme si une bougie brillait au fond d'un puits.

Machinalement, elle écarquilla les yeux. La lumière se fit plus vive, mais elle demeurait brouillée. Elle s'agitait de façon confuse et la musique eut soudain des éclats de cuivre, maléfiques, qui montaient en un violent crescendo. Quelque chose se tordit au sein de la lumière. Quelque chose avec des écailles métalliques empoisonnées qui bâillaient. Et la musique se tordait et bâillait au même rythme.

Bayta était en proie à une étrange émotion, puis elle se reprit. Cela lui rappelait un peu l'épisode de la crypte de Seldon, lors des derniers jours passés sur Port. C'était cette horrible toile d'araignée d'horreurs et de désespoir. Elle la sentait peser sur elle, l'étouffer.

La musique déferlait sur elle, dans un rire horrible, et la chose terrifiante qui se tordait au petit bout du télescope dans le minuscule cercle lumineux disparut. Bayta détourna fiévreusement la tête. Elle avait le front humide d'une sueur froide.

La musique s'éteignit. La séance avait dû durer un quart d'heure et Bayta éprouva un immense soulagement en constatant que c'était terminé. La lumière revint, et elle aperçut le visage de Magnifico tout près du sien, baigné de sueur, le regard fou, l'air lugubre.

« Gente dame, murmura-t-il, comment vous portez-vous ?

— Pas trop mal, murmura-t-elle, mais pourquoi avez-vous joué ça ? »

Elle fit attention à la présence des autres dans la pièce. Toran et Mis étaient affalés contre le mur, mais ses yeux ne s'arrêtèrent pas sur eux. Il y avait le prince, qui gisait étrangement immobile au pied de la table. Puis Commason, qui poussait des gémissements et qui bavait.

Commason tressaillit et poussa un long cri en voyant

Magnifico s'approcher de lui. Magnifico se retourna et, d'un bond, vint libérer ses compagnons.

Toran se précipita et, d'une poigne énergique, saisit Commason par le cou.

« Vous, venez avec nous. Nous aurons besoin de vous, pour être sûrs d'arriver jusqu'à notre astronef. »

Deux heures plus tard, dans la cuisine de l'astronef, Bayta servit une tarte improvisée, et Magnifico célébra leur retour dans l'espace en s'y attaquant au mépris de toute bonne manière.

« C'est bon, Magnifico ?

— Hummm !

— Magnifico ?

— Oui, gente dame ?

— Qu'est-ce que vous avez joué là-bas ?

— Je... je préférerais ne pas en parler, fit le clown d'un air gêné. J'ai appris cela autrefois, et le Visi-Sonor a des effets sur le système nerveux en profondeur. Bien sûr, c'était mal, et cela ne convenait pas à votre douce innocence, gente dame.

— Oh ! voyons, Magnifico, je ne suis pas aussi innocente que ça. Ne me flattez pas. Est-ce que j'ai vu la même chose qu'eux ?

— J'espère que non. C'était pour eux seulement que je jouais. Si vous avez vu, ce n'était qu'en bordure... de loin.

— Et c'était bien suffisant. Savez-vous que vous avez assommé le prince ?

— Je l'ai tué, gente dame, fit Magnifico tout en mordant à belles dents dans sa tarte.

— Quoi ? fit-elle en avalant péniblement sa salive.

— Il était mort quand je me suis arrêté, sinon j'aurais continué. Commason ne m'intéressait pas. Mais, gente dame, ce prince vous regardait d'un air pervers et... » Il s'interrompit, en proie tout à la fois à l'indignation et à la gêne.

Bayta sentit d'étranges pensées lui venir et les refoula sévèrement.

« Magnifico, vous avez l'âme vaillante.

— Oh ! gente dame », fit le bouffon en penchant son nez rouge dans sa tarte.

Ebling Mis regardait par le hublot. Trantor était proche... son éclat métallique formidablement brillant. Toran était debout auprès de lui.

« Nous sommes venus pour rien, Ebling, dit-il, d'un ton amer. L'homme du Mulet nous précède. »

Ebling Mis se frotta le front d'une main qui n'avait plus l'apparence potelée de jadis. Il marmonna quelque chose d'inintelligible.

« Je vous assure, dit Toran avec agacement, que ces gens savent que la Fondation est tombée. Je vous assure...

— Hein ? fit Mis en levant les yeux d'un air surpris. (Puis il posa la main sur le poignet de Toran, oubliant complètement ce que celui-ci venait de dire.) Toran, je... je regardais Trantor. Vous savez... j'ai une étrange impression... depuis notre arrivée sur Néotrantor. C'est un instinct, qui vient de l'intérieur. Toran, je peux y arriver, je sais que je peux y arriver. Les choses deviennent claires dans mon esprit... elles n'ont jamais été aussi claires. »

Toran le regarda et haussa les épaules. Ces propos ne lui inspiraient aucune confiance.

« Mis ? fit-il.

— Oui ?

— Vous n'avez pas vu un astronef se poser sur Néotrantor quand nous sommes partis ?

— Non, répondit l'autre après un instant de réflexion.

— Moi, si. C'était sans doute un tour de mon imagination, mais ç'aurait très bien pu être cet appareil filien.

— Celui à bord duquel se trouvait l'Espace sait qui. Quelqu'un qui cherchait Magnifico... Il nous a suivis jusqu'ici, Mis. »

Ebling Mis ne dit rien.

« Il y a quelque chose qui ne va pas ? demanda Toran. Vous ne vous sentez pas bien ? »

Une lueur étrange et songeuse passa dans le regard de Mis. Il ne répondit rien.

V

Repérer un objectif sur le grand monde de Trantor présente un problème unique dans la Galaxie. Il n'y a pas de continents ni d'océans à localiser à quinze cents kilomètres de distance. Il n'y a pas de fleuves, de lacs ni d'îles à apercevoir à travers les bancs de nuages.

Le monde couvert de métal était — avait été — une cité colossale, et seul l'ancien palais impérial pouvait être facilement identifié de l'espace par un étranger. Le *Bayta* contourna la planète presque à l'altitude d'un avion, en cherchant péniblement l'entrée.

Des régions polaires, où la glace qui recouvrait les tours métalliques prouvait que le système de climatisation était en panne ou défectueux, ils se dirigèrent vers le sud. De temps en temps, ils pouvaient faire un rapprochement — problématique — entre ce qu'ils voyaient et ce que montrait la carte bien suffisante qu'ils s'étaient procurée sur Néotrantor.

Mais quand ils y arrivèrent, il n'y avait pas à s'y tromper. La brèche dans la carapace métallique de la planète était de quatre-vingts kilomètres. L'étrange verdure s'étendait sur des centaines de kilomètres carrés, enfermant la grâce altière des anciennes résidences impériales.

Le *Bayta* s'arrêta et s'orienta lentement. Il n'y avait que les énormes rampes d'accès pour les guider. De longues flèches droites sur la carte ; des rubans lisses et brillants au-dessous d'eux.

Ils naviguèrent à l'estime jusqu'à la région que la carte indiquait comme étant celle de l'université, et l'astronef se posa sur l'espace plat qui avait dû jadis être un astroport animé.

Lorsqu'ils plongèrent dans le fouillis du métal, ce qui d'en haut semblait une beauté lisse se révéla n'être que des ferrailles brisées et tordues, vestiges du pillage. Les tours étaient rasées, les parois tordues et bosselées, et pendant un instant ils aperçurent une zone de terre rasée, sur plusieurs centaines d'hectares.

Lee Senter observait l'astronef qui descendait prudemment. C'était un appareil étranger, qui ne venait pas de Néotrantor, et Lee ne put maîtriser un soupir. Les astronefs étrangers et les négociations confuses avec les hommes qui venaient du fond de l'espace pouvaient signifier la fin de la brève période de paix, un retour aux temps grandioses des morts et des batailles. Senter était chef du groupe ; c'était à lui qu'étaient confiés les vieux livres, et il y avait lu des récits de cette époque-là. Il ne voulait pas voir cela se reproduire.

Dix minutes peut-être se passèrent, tandis que l'appareil venait se poser sur le terrain, mais durant cette période, bien des souvenirs se bousculèrent dans l'esprit de Senter. Il y avait d'abord la grande ferme de son enfance : il gardait simplement le souvenir de toute une foule de gens. Et puis il y avait le voyage des jeunes familles vers les terres nouvelles. Il avait dix ans alors ; il était enfant unique, étonné et effrayé.

Et puis les nouvelles constructions ; les grandes plaques de métal qu'il fallait déraciner et recouper ; le sol nu qu'il fallait retourner, rafraîchir, revigorer. Les bâtiments voisins qu'il fallait abattre et raser. D'autres, qu'il fallait transformer en lieux d'habitations.

Il y avait des semailles à faire et des moissons à récolter ; des relations pacifiques à établir avec les fermes voisines... il y avait la croissance et l'expansion, le rendement sûr de l'autonomie. Il y avait la venue d'une nouvelle génération de jeunes, durs, nés sur la terre. Il y avait le grand jour où il avait été élu chef du groupe et où, pour la première fois depuis son dix-huitième anniversaire il ne s'était pas rasé et avait vu apparaître les premiers poils de sa barbe de chef.

Et maintenant, la Galaxie allait peut-être intervenir et mettre un terme à cette brève période d'isolement idyllique...

L'astronef se posa. Senter regarda sans un mot la porte s'ouvrir. Quatre personnages émergèrent, sur leurs gardes. Il y avait trois hommes, différents : un vieux, un jeune et un maigre au nez crochu. Et une femme était avec eux, comme une égale. Il s'avança et leur adressa le signe universel de paix : les deux mains devant lui, les paumes dures et calleuses tournées vers le ciel.

Le jeune fit deux pas en avant et répéta le geste.

« Je viens en paix. »

L'accent était étrange, mais les mots étaient compréhensibles. Senter répondit du fond du cœur :

« Que ce soit en paix. Soyez le bienvenu auprès du groupe. Avez-vous faim ? Vous mangerez. Avez-vous soif ? Vous boirez.

— Nous vous remercions de votre bonté, répondit lentement le voyageur, et nous porterons témoignage de l'hospitalité de votre groupe quand nous regagnerons notre monde. »

Une réponse bizarre, mais satisfaisante. Derrière lui, les hommes du groupe souriaient, et du fond des constructions voisines, les femmes apparurent.

Dans son appartement personnel, il tira de sa cachette le coffret fermé à clef, aux parois de glace, et offrit à chacun de ses hôtes les longs cigares réservés pour les grandes occasions. Il hésita devant la femme. Elle avait pris place parmi les hommes. Les étrangers de toute évidence toléraient cette effronterie, s'y attendaient même. Un peu raide, il lui tendit le coffret.

Elle accepta un cigare en souriant et en tira une bouffée

avec tout le plaisir qu'on pouvait imaginer. Lee Senter s'efforça de ne pas montrer qu'il était scandalisé.

La conversation qui précéda le repas effleura poliment le sujet de la culture sur Trantor. Ce fut le vieillard qui demanda :

« Et les hydroponiques ? Certainement, pour un monde comme Trantor, les hydroponiques seraient une solution. »

Senter secoua lentement la tête. Il ne se sentait pas sûr de lui. Il ne connaissait que ce qu'il avait lu dans les livres.

« Vous parlez de la culture artificielle des produits chimiques ? Non, pas sur Trantor. Les hydroponiques nécessitent un monde industriel... par exemple, une grande industrie chimique. Et en cas de guerre ou de désastre, quand l'industrie s'effondre, les gens meurent de faim. Et puis on ne peut pas faire pousser artificiellement toutes les denrées. Certaines perdent de leur valeur nutritive. La terre demeure meilleur marché, et on peut toujours compter sur elle.

— Et votre ravitaillement est suffisant ?

— Suffisant ; monotone, peut-être. Nous avons des volailles qui nous fournissent les œufs et des bêtes laitières pour nos produits laitiers, mais notre ravitaillement en viande dépend surtout de notre commerce extérieur.

— De votre commerce, fit le jeune homme qui parut soudain intéressé. Vous faites du commerce, alors. Mais qu'exportez-vous ?

— Du métal, répondit Senter. Regardez vous-même. Nous en avons des quantités infinies, déjà traité. Les gens viennent de Néotrantor avec des astronefs, démolissent une zone donnée — ce qui augmente ainsi notre espace cultivable — et nous laissent en échange de la viande, des fruits en conserve, des aliments concentrés, de l'outillage agricole. Ils emportent le métal et tout le monde est content. »

Ils firent un repas de pain et de fromage, agrémenté d'un ragoût de légumes absolument délicieux. Ce fut au moment du dessert — des fruits congelés, le seul article d'importation au menu — que les étrangers devinrent un peu plus que de simples invités. Le jeune homme exhiba une carte de Trantor.

Lee Senter l'examina calmement. Il écouta, et dit :

« Le terrain de l'université est une région statique. Nous autres fermiers nous ne faisons rien pousser là-bas. Nous préférons même ne pas y pénétrer. C'est une des rares reliques d'une autre époque que nous voudrions garder intactes.

— Nous sommes à la recherche de renseignements. Nous ne dérangerions rien. Notre astronef resterait en otage, proposa le plus vieux, avec un empressement fiévreux.

— Alors, dit Senter, je peux vous conduire là-bas. »

Ce soir-là, les étrangers dormirent, et ce soir-là Lee Senter envoya un message à Néotrantor.

VI

Le peu de vie qu'il y avait sur Trantor se réduisit à néant lorsqu'ils pénétrèrent parmi les bâtiments largement espacés de l'université. Là, planait un silence solennel.

Les étrangers de la Fondation ne connaissaient rien des jours et des nuits du pillage sanglant qui avait laissé l'université intacte. Ils ne savaient rien de l'époque qui avait suivi l'effondrement du pouvoir impérial, et où les étudiants, avec les armes qu'ils avaient empruntées et leur courage sans expérience, avaient formé une armée de volontaires pour protéger l'autel central de la science de la Galaxie. Ils ne savaient rien de la Bataille des Sept Jours, ni de l'armistice qui avait sauvegardé la liberté de l'université, alors même que le palais impérial retentissait du fracas des bottes de Gilmer et de ses soldats, durant leur brève domination.

Les gens de la Fondation, en approchant pour la première fois, s'aperçurent seulement que dans un monde de transition, cette région était un paisible et gracieux musée dans la grandeur de jadis.

Dans une certaine mesure, ils arrivaient en intrus. Le vide maussade des lieux les repoussait. L'atmosphère de travail semblait durer encore et s'irriter de cette irruption.

La bibliothèque était une construction étonnamment petite, qui s'agrandissait en sous-sols monumentaux, pleins de silence et de rêverie. Ebling Mis s'arrêta devant les fresques qui couvraient les murs du hall d'entrée. Il chuchota (il fallait chuchoter en ces lieux) :

« Je crois que nous avons dépassé la salle des catalogues. Je vais m'arrêter là-bas. (Il avait le front moite, ses mains tremblaient.) Il ne faut pas qu'on me dérange, Toran. Voudrez-vous m'apporter mes repas en bas ?

— Comme vous voudrez. Nous ferons tout ce que nous pourrons pour vous aider. Voulez-vous que nous travaillions sous vos ordres ?...

— Non il faut que je sois seul.

— Vous pensez que vous trouverez ce que vous voulez ?

— Je sais que je trouverai ! » répondit Ebling Mis avec une douce certitude.

Toran et Bayta « s'installèrent » plus normalement en somme qu'à aucun moment de leur unique année de vie conjugale. C'était, bien sûr, une étrange installation. Ils vivaient au milieu de la grandeur avec une étonnante simplicité. Leur ravitaillement provenait essentiellement de la ferme de Lee Senter et était payé en petits appareils atomiques comme on peut en trouver à bord de n'importe quel astronef marchand.

Magnifico apprit tout seul à utiliser les projecteurs de la salle de lecture de la bibliothèque, et il restait à regarder des romans d'aventures et des histoires d'amour, au point d'en oublier presque autant les repas et le sommeil que Ebling Mis.

Ebling, lui, était complètement perdu dans ses recherches. Il avait insisté pour qu'on lui accrochât un hamac dans la salle de référence de psychologie. Son visage était pâle et amaigri. Il avait perdu sa vigueur de langage et oublié ses jurons favoris. Il y avait des moments où il semblait faire un effort pour reconnaître Toran ou Bayta.

Il était davantage lui-même avec Magnifico qui lui apportait ses repas et qui restait souvent assis à l'observer pendant des heures, avec une étrange fascination, tandis que le vieux psychologue transcrivait d'interminables équations, procédait à des vérifications dans des microfilms, se démenait sans fin, en un effort désespéré, vers un but qu'il était seul à percevoir.

Toran surgit dans la pièce pleine d'ombre et dit sèchement :

« Bayta ! »

Bayta sursauta d'un air coupable.

« Oui ? Tu as besoin de moi, Torie ?

— Bien sûr que j'ai besoin de toi. Par l'Espace, qu'est-ce que tu fais assise là ? Tu agis bizarrement depuis que nous sommes sur Trantor. Qu'est-ce que tu as ?

— Oh ! Torie, tais-toi, dit-elle d'un ton las.

— Oh ! Torie, tais-toi ! » répéta-t-il avec agacement en l'imitant. Puis, avec une soudaine douceur : « Tu ne veux pas me dire ce qui ne va pas, Bay ? Il y a quelque chose qui te tracasse ?

— Mais non ! Rien, Torie. Si tu continues à me harceler, tu vas me mettre en colère. Je... je réfléchis.

— Tu réfléchis à quoi ?

— A rien. Enfin, au Mulet, à Port, à la Fondation, à tout ça. A Ebling Mis, et je me demande s'il trouvera quelque chose à propos de la Seconde Fondation. Et si cela nous aidera quand il l'aura trouvée. Je pense à un million d'autres choses. Tu es satisfait ? fit-elle nerveusement.

— Si tu fais simplement la tête, tu ne voudrais pas t'arrêter ? Ce n'est pas agréable et ça n'arrangera rien. »

Bayta se leva avec un pâle sourire.

« Bon. Je suis heureuse. Tu vois, je souris, je suis gaie. »

Dehors, on entendit l'exclamation de Magnifico :

« Gente dame !

— Qu'y a-t-il ?

— Venez. »

La voix de Bayta s'étrangla brusquement lorsque, dans l'ouverture de la porte, apparut la haute silhouette...

« Pritcher, s'écria Toran.

— Capitaine ! fit Bayta. Comment nous avez-vous trouvés ? »

Han Pritcher entra. Sa voix était claire et calme, parfaitement neutre et impassible.

« J'ai maintenant le grade de colonel... sous les ordres du Mulet.

— Sous les ordres du Mulet ! » murmura Toran.

Magnifico, qui contemplait l'arrivant d'un air éperdu, vint se blottir derrière Toran. Personne ne fit attention à lui. Bayta, les mains tremblantes, dit :

« Vous venez nous arrêter ? Vous êtes vraiment passé dans leur camp ?

— Je ne suis pas venu vous arrêter, répondit aussitôt le colonel. Mes instructions ne font pas mention de vous. En ce qui vous concerne, je suis libre et, si vous le voulez bien, je choisis de renouer notre vieille amitié.

— Comment nous avez-vous trouvés ? demanda Toran. Furieux. Vous étiez à bord de l'astronef filien, alors ? Vous nous avez suivis ? »

Un rien de gêne sembla passer sur le visage de Pritcher.

« J'étais en effet à bord de l'astronef filien ? Je vous ai d'abord trouvés... disons... par hasard.

— Un hasard mathématiquement impossible.

— Non. Simplement assez improbable, aussi devrez-vous vous contenter de mon affirmation. Quoi qu'il en soit, vous avez avoué aux Filiens — il n'y a bien entendu pas de nation filienne, en fait — que vous vous dirigiez vers le secteur de Trantor, et comme le Mulet a déjà ses contacts sur Néotrantor, il a été facile de vous faire retenir là-bas. Malheureusement, vous avez réussi à vous enfuir avant mon arrivée, mais pas longtemps avant. J'ai eu le temps de faire signaler votre arrivée aux fermes de Trantor. Cela a été fait, et me voici. Vous permettez que je m'assoie ? Croyez-moi, je viens en toute amitié. »

Il s'assit. Toran baissa la tête, se perdant en vaines réflexions. Abasourdie, Bayta prépara le thé.

« Alors, qu'attendez-vous, *colonel ?* fit brusquement Toran. Que vaut donc votre amitié ? Si vous ne venez pas nous arrêter, qu'est-ce alors ? Vous venez nous surveiller pour nous protéger ? Appelez vos hommes et donnez vos ordres.

– Non, Toran, dit Pritcher en secouant patiemment la tête. Je viens de mon propre chef vous parler, vous persuader de l'inutilité de ce que vous faites. Si j'échoue, je partirai. Voilà tout.

– Voilà tout ? Eh bien, allez-y donc de votre petit couplet de propagande et partez. Je ne veux pas de thé, Bayta. »

Pritcher accepta une tasse en remerciant gravement. Tout en buvant à petites gorgées, il dévisageait Toran. Puis il dit :

« Le Mulet est bien un mutant. Et la nature même de sa mutation empêche qu'on puisse le vaincre...

– Pourquoi ? De quelle mutation s'agit-il ? demanda Toran d'un ton sarcastique. Je pense que vous allez nous le dire maintenant, non ?

– En effet. Le fait que vous le sachiez ne lui nuira pas. Voyez-vous... il est capable de modifier l'équilibre émotionnel des êtres humains. Ça n'a l'air de rien, mais c'est une arme imbattable.

– L'équilibre émotionnel ? fit Bayta en fronçant les sourcils. Vous ne voulez pas m'expliquer ? Je ne comprends pas très bien.

– Je veux dire qu'il est facile pour lui, par exemple, d'instiller dans l'esprit d'un général compétent un sentiment de totale loyauté envers le Mulet et d'absolue certitude dans la victoire du Mulet. Tous ses généraux sont contrôlés sur le plan émotionnel. Ils ne peuvent le trahir ; ils ne peuvent fléchir... et le contrôle est permanent. Ses ennemis les plus acharnés deviennent ses plus fidèles lieutenants. Le Seigneur de Kalgan capitule avec sa planète et devient son vice-roi pour la Fondation.

– Et vous, ajouta Bayta d'un ton amer, vous trahissez

votre cause et devenez l'envoyé du Mulet sur Trantor. Je vois !

— Je n'ai pas fini. Le don du Mulet opère dans l'autre sens, et de façon plus efficace encore. Le désespoir est aussi une émotion ! Au moment crucial, les hommes-clés de la Fondation, les hommes-clés de Port ont désespéré. Leurs mondes sont tombés sans trop de lutte.

— Vous voulez dire, demanda Bayta, crispée, que les sentiments que j'ai éprouvés dans la crypte de Seldon étaient dus au contrôle émotionnel du Mulet sur moi ?

— Sur moi aussi. Sur les sentiments de tout le monde. Comment cela s'est-il passé sur Port, vers la fin ? »

Bayta détourna la tête.

« Cela fonctionne pour les individus comme pour les mondes, reprit Pritcher. Pouvez-vous déclencher une force susceptible de vous faire capituler de votre plein gré quand elle le désire ; susceptible de faire de vous un serviteur fidèle quand elle en a envie ?

— Comment savoir si c'est la vérité ? fit lentement Toran.

— Pouvez-vous expliquer autrement la chute de la Fondation et de Port ? Pouvez-vous expliquer autrement ma... ma conversion ? Réfléchissez ! Qu'est-ce que vous... ou moi... ou toute la Galaxie avons fait pendant tout ce temps contre le Mulet ? Citez-moi un seul petit fait ?

— Par la Galaxie, volontiers, fit Toran, piqué au vif. Votre merveilleux Mulet, cria-t-il, avait des contacts avec Néotrantor, grâce auxquels nous avons été retenus, hein ? Eh bien, ces contacts sont morts, ou pire encore. Nous avons tué le prince de la couronne et laissé son complice dans un état confinant à l'idiotie. Le Mulet ne nous a pas arrêtés là-bas, et nous avons échappé à son emprise.

— Mais non, pas du tout. Ces hommes-là n'étaient pas à nous. Le prince de la couronne était un médiocre, gorgé de vin. L'autre, Commason, est d'une stupidité phénoménale. Il avait de l'autorité sur son monde, mais cela ne l'empêchait pas d'être méchant, pervers et absolument incompétent. Nous n'avions en fait rien à voir avec eux. Ils n'étaient que des simulacres...

— Ce sont eux pourtant qui nous ont détenus, ou qui ont essayé.

— Une fois de plus, non. Commason avait un esclave à lui... un nommé Inchney. C'est *lui* qui a eu l'idée de vous retenir. Il est vieux mais il nous servira provisoirement. Lui, voyez-vous, vous ne l'auriez pas tué. »

Bayta se retourna vers lui.

« Mais, d'après ce que vous venez de dire vous-même, vos propres émotions ont été modifiées. Vous avez foi dans le Mulet, une foi contre nature, malsaine. Que valent vos opinions ? Vous avez perdu toute faculté de réflexion objective.

— Vous faites erreur, fit le colonel en secouant lentement la tête. Seules mes émotions ont été modifiées. Ma raison n'a pas changé. Elle peut être influencée dans une certaine direction par le conditionnement de mes émotions, mais on ne la *force* pas. Et puis, il y a certaines choses que je vois plus clairement, maintenant que je suis libéré de mes émotions précédentes.

« Je comprends, par exemple, que le programme du Mulet est intelligent et digne d'intérêt. Depuis que j'ai été... converti, j'ai suivi sa carrière depuis ses débuts, il y a sept ans. Avec ses facultés mentales de mutant, il a commencé par vaincre un condottiere et sa bande. Avec cela, et ses facultés, il a étendu son emprise jusqu'au moment où il a pu s'attaquer au Seigneur de Kalgan. Chaque étape a suivi logiquement. Ayant Kalgan, il avait une flotte de première classe — et avec cela, et ses facultés, il a pu s'attaquer à la Fondation.

« La Fondation, c'est la clé. C'est la plus grande zone de concentration industrielle de la Galaxie, et maintenant que les techniques atomiques de la Fondation sont entre ses mains, il est le véritable maître de la Galaxie. Grâce à ces techniques — et aux facultés qu'il possède — il peut forcer les vestiges de l'Empire à reconnaître son autorité, et finalement — après la mort du vieil empereur qui est fou et n'est même plus de ce monde — à le couronner empereur. Il aura alors le titre aussi bien que le pouvoir. Avec cela — et ses facultés — où est le monde de la Galaxie capable de lui tenir tête ?

« Au cours de ces sept années, il a fondé un nouvel Empire. En sept ans, autrement dit, il aura accompli tout ce que la psychohistoire de Seldon n'a pu faire en près de sept cents ans. La Galaxie va connaître enfin l'ordre et la paix.

« Et vous ne pourriez pas l'empêcher... pas plus que vous ne pourriez barrer de vos épaules le passage d'une planète. »

Un long silence suivit le discours de Pritcher. Son thé avait refroidi. Il vida sa tasse, l'emplit de nouveau et la but lentement. Toran se mordait nerveusement les ongles. Le visage de Bayta était pâle et son expression froide et distante.

Puis elle dit d'une voix frêle :

« Nous ne sommes pas convaincus. Si le Mulet désire que nous soyons ainsi, qu'il vienne sur place nous conditionner lui-même. Vous l'avez combattu jusqu'au dernier instant de votre conversion, j'imagine, n'est-ce pas ?

— En effet, dit gravement le colonel Pritcher.

— Alors, octroyez-nous le même privilège. »

Le colonel Pritcher se leva.

« En ce cas, je pars, dit-il d'un ton pincé. Comme je l'ai dit tout à l'heure, ma mission pour l'instant ne vous concerne pas. Je ne crois pas qu'il me sera nécessaire de signaler votre présence ici. Ce n'est pas une trop grande bonté de ma part. Si le Mulet désire arrêter votre action, il a sans nul doute d'autres hommes chargés de cette mission, et vous serez arrêtés en temps utile. Mais, en ce qui me concerne, je ne ferai pas plus que ce qu'on exige de moi.

— Merci, murmura Bayta.

— Quant à Magnifico, où est-il ? Venez, Magnifico, je ne vous ferai pas de mal...

— Qu'allez-vous faire de lui ? demanda Bayta avec une brusque animation.

— Rien. Mes instructions ne parlent pas de lui non plus. J'ai entendu dire qu'on le recherche, mais le Mulet le trouvera quand il le voudra. Je ne dirai rien. Voulez-vous que nous nous serrions la main ? »

Bayta secoua la tête. Toran le toisa avec mépris. Le colonel baissa imperceptiblement les épaules. Il se dirigea vers la porte, se retourna sur le seuil et dit :

« Un dernier détail. Ne croyez pas que j'ignore d'où provient votre entêtement. On sait que vous recherchez la Seconde Fondation. Le Mulet, en temps utile, prendra les mesures nécessaires. Rien ne vous avancera à rien... mais je vous ai connus autrefois, peut-être ma conscience m'a-t-elle poussé à agir ainsi ; en tout cas, j'ai essayé de vous aider avant qu'il soit trop tard. Adieu. »

Il salua sèchement et disparut.

Bayta se tourna vers Toran qui demeurait silencieux et murmura :

« Ils sont même au courant de l'existence de la Seconde Fondation. »

Dans les profondeurs de la bibliothèque, Ebling Mis, ignorant de tout cela, était accroupi sous l'unique lumière qui brillait au milieu de toutes ces ténèbres, et il marmonnait triomphalement tout seul.

VII

Après cela, Ebling Mis n'eut plus que deux semaines à vivre.

Et, durant ces deux semaines, Bayta le vit à trois reprises. La première fois, c'était le soir qui suivit la visite du colonel Pritcher. La seconde, une semaine plus tard. Et la troisième, encore une semaine plus tard, le dernier jour, le jour où Mis mourut.

Tout d'abord, il y eut le soir de la visite du colonel Pritcher ; après le départ de celui-ci, les jeunes époux passèrent une heure perdus dans de sombres méditations.

« Torie, dit Bayta, allons raconter ça à Ebling.

— Tu crois qu'il peut nous aider ? fit Toran d'un ton morne.

— Nous ne sommes que deux. Il faut nous décharger d'une partie du fardeau. Peut-être d'ailleurs peut-il nous aider.

— Il a changé, dit Toran. Il a maigri. Il est léger comme une plume. Il y a des moments où je n'ai pas l'impression qu'il pourra jamais nous servir à grand-chose. Je me dis parfois que rien ne pourra nous aider.

— Ne dis pas cela ! s'écria Bayta. Torie, non ! Quand tu parles ainsi, je crois que le Mulet nous tient. Allons parler à Ebling, Torie... tout de suite ! »

Quand ils approchèrent, Ebling Mis leva la tête du long bureau où il était installé et tourna vers eux ses yeux rougis par la lecture. Ses cheveux clairsemés étaient tout décoiffés et il parla d'une voix ensommeillée.

« Quoi ? fit-il. On me demande ?

— Nous vous avons réveillé ? demanda Bayta. Faut-il que nous partions ?

— Partir ? Qui est-ce ? Non, non, restez ! Il n'y a pas de sièges ? J'en avais vu pourtant ! » fit-il avec un geste vague.

Toran poussa deux fauteuils devant lui. Bayta s'assit et prit dans ses mains une des mains molles du psycholoue.

« Pouvons-nous vous parler, docteur ? (Elle employait rarement ce titre.)

— Il y a quelque chose qui ne va pas ? (Une petite lueur s'alluma dans ses yeux. Ses joues flasques reprirent quelque couleur.) Il y a quelque chose qui ne va pas ? répéta-t-il.

— Le capitaine Pritcher est venu, dit Bayta. Laisse-moi parler, Torie. Vous vous souvenez du capitaine Pritcher, docteur ?

— Oui... oui... (Ses doigts pincèrent ses lèvres puis les relâchèrent.) Un grand type. Démocrate.

— Oui, c'est lui. Il a découvert quelle est la mutation du Mulet. Il était ici, docteur, et il nous l'a dit.

— Mais ce n'est rien de nouveau. J'ai éclairci le problème de la mutation du Mulet. Je ne vous l'ai pas dit ? fit-il avec un étonnement sincère. J'ai oublié de vous le dire ?

— Oublié de nous dire quoi ? fit précipitamment Toran.

— Que j'avais découvert la mutation du Mulet, bien sûr. Il agit sur les émotions. Le contrôle émotionnel ! Je ne vous en ai pas parlé ? Voyons, qu'est-ce qui m'a fait oublier ? »

Il se mordit la lèvre inférieure d'un air songeur. Puis, lentement, sa voix reprit quelque vie, ses paupières se soulevèrent comme si son cerveau endormi venait de s'aiguiller sur un rail bien graissé. Il parlait dans un rêve, regardant entre ses deux interlocuteurs plutôt que directement vers eux.

« C'est d'une telle simplicité ! Ça ne nécessite pas de connaissances spécialisées. En utilisant les mathématiques de la psychohistoire, bien sûr, on y arrive tout de suite, par une équation du troisième degré qui ne comporte pas plus... mais peu importe. Cela peut s'expliquer en termes ordinaires... et c'est compréhensible, ce qui n'est pas courant dans les phénomènes psychohistoriques.

« Vous n'avez qu'à vous demander : qu'est-ce qui peut bouleverser le Plan minutieux de Hari Seldon, hein ? Quelles étaient les hypothèses de base de Seldon ? D'abord, qu'il n'y aurait pas de changement fondamental dans la société humaine au cours des mille ans à venir.

« Supposez, par exemple, qu'il y ait un changement important dans la technologie de la Galaxie — qu'on ait trouvé, si vous voulez, un nouveau principe pour l'utilisation de l'énergie, ou qu'on ait perfectionné l'étude de la neurobiologie électronique. Des bouleversements sociaux rendraient les équations primitives de Seldon démodées. Mais cela ne s'est pas produit, n'est-ce pas ?

« Ou bien supposez qu'une nouvelle arme soit inventée par des forces étrangères à la Fondation, capables de résister à tout l'arsenal de la Fondation. Cela pourrait provoquer une déviation catastrophique, encore que ce soit moins certain. Mais cela non plus ne s'est pas produit. Le dépresseur de champ atomique du Mulet était une arme rudimentaire, à laquelle on pouvait trouver une parade. Et c'était la seule découverte originale qu'il ait faite.

« Mais il y avait une seconde hypothèse, plus subtile ! Seldon supposait que la réaction humaine aux stimuli demeurerait constante. Et, en admettant que la première hypothèse soit restée valable, la seconde ne doit plus tenir ! Il doit y avoir un facteur qui fausse et déforme les réactions émotionnelles des êtres humains, sinon Seldon n'aurait pu se tromper et la Fondation n'aurait pu tomber. Et quel peut être ce facteur, sinon le Mulet ?

« N'ai-je pas raison ? Y a-t-il une faille dans mon raisonnement ?

— Pas de faille, Ebling », fit Bayta en lui tapotant doucement la main.

Mis était joyeux comme un enfant.

« Tout cela est si facile ! Je vous assure, je me demande parfois ce qui se passe en moi. Je crois me rappeler l'époque où tant de choses étaient un mystère pour moi, alors que tout est si clair maintenant. Il n'y a plus de problèmes. Je tombe sur ce qui pourrait en être un, et, je ne sais comment, au fond de moi je le comprends. Et mes hypothèses, mes théories semblent toujours se vérifier. Il y a un élan en moi... qui me pousse toujours de l'avant... si bien que je ne peux m'arrêter... et que je ne veux pas manger ni dormir... mais continuer toujours... toujours... toujours. »

Sa voix n'était plus qu'un murmure. Sa main veinée de bleu passait en tremblant sur son front. Il y avait dans ses yeux une lueur frénétique qui s'effaça au bout d'un moment.

« Alors je ne vous ai jamais parlé des pouvoirs de mutant du Mulet, reprit-il plus calmement. Mais... vous ne m'avez pas dit que vous étiez au courant ?

— C'est le capitaine Pritcher, Ebling, dit Bayta. Vous vous souvenez ?

— Il vous l'a dit, dit-il d'un ton un peu scandalisé. Mais comment l'a-t-il découvert ?

— Il a été conditionné par le Mulet. Il est colonel maintenant, dans l'armée du Mulet. Il est venu nous conseiller de nous rendre au Mulet et il nous a dit... ce que vous venez de nous dire.

— Alors, le Mulet sait que nous sommes ici ? Il faut que je me dépêche... Où est Magnifico ? Il n'est pas avec vous ?

— Magnifico dort, dit Toran avec impatience. Il est minuit passé, vous savez.

— Vraiment ? Mais alors... je dormais lorsque vous êtes entrés ?

— Vous dormiez, dit Bayta d'un ton ferme, et vous n'allez pas vous remettre à travailler. Vous allez vous coucher. Tiens, Torie, aide-moi. Restez tranquille, Ebling, et estimez-vous heureux que je ne commence pas par vous pousser sous une douche. Enlève-lui ses chaussures, Torie, et demain tu descendras ici pour le traîner à l'air libre avant qu'il s'étiole complètement. Regardez-vous, Ebling, vous allez vous couvrir de toiles d'araignées si vous continuez. Vous n'avez pas faim ? »

Ebling Mis secoua la tête et regarda Bayta d'un air penaud.

« Je voudrais que vous m'envoyiez Magnifico demain », murmura-t-il.

Bayta borda le drap autour de lui.

« C'est moi qui viendrai demain avec du linge propre. Vous allez prendre un bon bain, et puis vous sortirez pour visiter la ferme, et prendre un peu de soleil.

— Je ne veux pas, protesta faiblement Mis. Vous m'entendez ? J'ai trop à faire. (Ses cheveux étaient répandus sur l'oreiller comme une auréole argentée autour de sa tête. Il parlait d'un ton de confidence.) Vous voulez trouver cette Seconde Fondation, non ? »

Toran se retourna rapidement et vint s'asseoir sur la couchette auprès de lui.

« Que savez-vous de la Seconde Fondation, Ebling ? »

Le psychologue sortit un bras de sous le drap et ses doigts fatigués étreignirent la manche de Toran.

« Les Fondations ont été instituées lors d'une grande assemblée psychologique présidée par Hari Seldon. Toran, j'ai retrouvé les comptes rendus de cette assemblée. Vingt-cinq gros microfilms. J'ai déjà consulté plusieurs d'entre eux.

— Alors ?

— Alors, savez-vous qu'il est très facile, à partir de là, de trouver l'emplacement exact de la Première Fondation, si l'on a quelques notions de psychohistoire ? Quand on comprend les équations, il y est fait de fréquentes allusions. Mais, Toran, personne ne parle de la Seconde Fondation. Il n'y a de référence nulle part.

— Elle n'existe pas ? fit Toran en fronçant les sourcils.

— Bien sûr que si, elle existe, s'écria Mis, furieux. Qui a dit qu'elle n'existait pas ? Mais on en parle moins. Sa signification, et tout ce qui l'entoure, sont mieux cachés. Vous ne comprenez pas ? C'est la plus importante des deux. *C'est celle qui compte !* Et j'ai les comptes rendus de l'assemblée Seldon. Le Mulet n'a pas encore gagné... »

Bayta éteignit les lumières.

« Dormez ! »

Sans un mot, Toran et Bayta remontèrent à la surface.

Le lendemain, Ebling Mis prit un bain et s'habilla, il vit le soleil de Trantor, il sentit le vent de Trantor pour la dernière fois. A la fin de la journée, il était replongé dans les gigantesques profondeurs de la bibliothèque, d'où il ne devait jamais ressortir.

Dans la semaine qui suivit, la vie retrouva sa routine. Le soleil de Néotrantor était une étoile calme et brillante dans le ciel nocturne de Trantor. A la ferme, on était en pleines semailles de printemps. Les terrains de l'université étaient silencieux et déserts. La Galaxie semblait vide. Le Mulet aurait pu ne jamais exister.

Bayta songeait à cela tout en regardant Toran allumer soigneusement son cigare et observer les zones de ciel bleu visibles entre les tours métalliques qui encerclaient l'horizon.

« Belle journée, dit-il.

— Oui, c'est vrai. Tu as tout noté sur la liste, Torie ?

— Bien sûr. Une demi-livre de beurre, une douzaine d'œufs, des haricots verts... tout est là, Bay. Je n'oublierai rien.

— Bon. Et assure-toi que les légumes sont frais et non des reliques de musée. Tu as vu Magnifico, au fait ?

— Pas depuis le petit déjeuner. Il doit être en bas avec Ebling, en train de regarder un microfilm.

— Très bien. Ne perds pas de temps, car j'aurai besoin des œufs pour le dîner. »

Toran la quitta en souriant avec un petit salut de la main.

Bayta tourna les talons dès que Toran eut disparu parmi les enchevêtrements de métal. Elle hésita devant la porte de la cuisine, fit lentement demi-tour et pénétra sous la colonnade menant à l'ascenseur qui s'enfonçait dans les souterrains.

Ebling Mis était là, penché sur les objectifs du projecteur, immobile, perdu dans ses recherches. Auprès de lui, Magnifico était assis, vissé sur un fauteuil, le regard aux aguets.

« Magnifico... », murmura Bayta.

Magnifico se leva d'un bond.

« Gente dame ! murmura-t-il avec dévotion.

— Magnifico, dit Bayta, Toran est parti pour la ferme et il ne reviendra pas tout de suite. Voudriez-vous être assez gentil et courir le rejoindre pour lui porter un message que je vais vous remettre ?

— Avec plaisir, gente dame. Les menus services que je puis rendre, je vous les offre bien volontiers. »

Elle était seule maintenant avec Ebling Mis qui n'avait pas bougé. Elle posa une main ferme sur son épaule.

« Ebling... »

Le psychologue sursauta en poussant un petit cri.

« Qu'est-ce que c'est ? (Il cligna des paupières.) C'est vous, Bayta ? Où est Magnifico ?

— Je l'ai encoyé dehors. J'ai besoin d'être seule avec vous un moment. (Elle articulait avec un soin étrange.) Il faut que je vous parle, Ebling. »

Le psychologue fit un geste pour revenir à son projecteur, mais la main qu'elle avait posée sur son épaule ne le lâchait pas. Elle sentait nettement l'os sous la manche. On aurait dit que la chair avait fondu depuis leur arrivée sur Trantor. Son visage était émacié, jaunâtre, mal rasé. Même assis, il était voûté.

« Magnifico ne vous ennuie pas, n'est-ce pas, Ebling ? demanda Bayta. Il a l'air de passer tout son temps ici.

— Non, non, non ! Pas du tout. Il ne me gêne pas. Il se tait et ne me dérange jamais. De temps en temps, il m'apporte les films ; il a l'air de savoir ce que je veux avant que je parle. Laissez-le venir.

— Très bien... Mais, Ebling, est-ce qu'il ne vous étonne pas ? Vous m'entendez, Ebling ? Est-ce qu'il ne vous amène pas à vous poser des questions ? »

Elle approcha un fauteuil du sien et le dévisagea, comme pour lui arracher une réponse du regard.

« Non, fit Ebling Mis en secouant la tête. Que voulez-vous dire ?

— Je veux dire que le colonel Pritcher et vous dites tous deux que le Mulet peut conditionner les émotions des êtres humains. Mais en êtes-vous sûr ? Magnifico lui-même n'est-il pas une faille dans la théorie ? »

Il y eut un lourd silence.

« Qu'est-ce qui ne va pas, Ebling ? Voyons, Magnifico était le bouffon du Mulet. En ce cas, pourquoi n'était-il pas conditionné pour éprouver à son égard amour et foi ? Pourquoi, de tous ceux qui sont en contact avec le Mulet, le déteste-t-il tant ?

— Mais... mais il était conditionné. Certainement, Bay ! (Il semblait de plus en plus sûr à mesure qu'il parlait.) Imaginez-vous que le Mulet traite son clown comme il traite ses généraux ? Chez ceux-ci, il veut trouver foi et loyalisme, mais chez son clown, il n'a besoin que de trouver de la crainte. Vous n'avez jamais remarqué que l'état de perpétuelle panique où se trouve Magnifico a un caractère pathologique ? Pensez-vous qu'il soit naturel pour un être humain d'être aussi affolé qu'il l'est tout le temps ? Une peur pareille devient comique. Le Mulet trouvait sans doute cela comique — et cela l'arrangeait aussi, puisque cela compromettait l'assistance que nous aurions pu obtenir au début de Magnifico.

— Vous voulez dire, reprit Bayta, que les renseignements de Magnifico sur le Mulet étaient faux ?

— Ils étaient susceptibles de nous égarer. Ils étaient colorés par une peur pathologique. Le Mulet n'est pas le géant que croit Magnifico. Il est plus probablement un homme ordinaire, mis à part ses facultés mentales. Mais si cela l'amusait de faire figure de surhomme auprès du pauvre Magnifico... (Le psychologue haussa les épaules.) En tout cas, les renseignements de Magnifico n'ont plus d'importance.

— Qu'est-ce qui en a, alors ? »

Mis revint à son projecteur.

« Qu'est-ce qui en a, alors ? répéta-t-elle. La Seconde Fondation ?

— Est-ce que je vous ai dit quelque chose à ce propos ? dit le psychologue en se tournant brusquement vers elle. Je ne m'en souviens pas. Je ne suis pas encore prêt. Qu'est-ce que je vous ai confié ?

— Rien, fit Bayta avec force. Oh ! Par la Galaxie, vous ne m'avez rien dit, mais je le regrette, car je suis affreusement lasse. Quand tout cela sera-t-il fini ? »

Ebling Mis la contempla avec une vague tristesse.

« Voyons, voyons... ma chère, je ne voulais pas vous blesser. J'oublie parfois... qui sont mes amis... il me semble quelquefois que je ne devrais pas parler de tout cela. Il faut garder le secret... mais vis-à-vis du Mulet, pas vis-à-vis de vous, mon enfant, fit-il en lui tapotant l'épaule gentiment.

— Qu'avez-vous découvert à propos de la Seconde Fondation ? dit-elle.

— Savez-vous le soin avec lequel Seldon a couvert ses traces ? Les comptes rendus de l'assemblée Seldon ne m'auraient pratiquement servi à rien il y a un mois, avant que je me découvre doué de cette étrange intuition. Même maintenant, la piste me semble... bien fragile. Les documents laissés par l'assemblée semblent souvent décousus : ils sont toujours obscurs. Je me suis demandé plus d'une fois si les membres de l'assemblée eux-mêmes savaient tout ce qu'il y avait dans l'esprit de Seldon. Je pense parfois qu'il n'a utilisé l'assemblée que comme une gigantesque façade, derrière laquelle il a édifié tout seul un formidable bâtiment...

— Les Fondations ? insista Bayta.

— La Seconde Fondation ? Notre Fondation était simple.

Mais la Seconde Fondation n'était qu'un nom. On en parlait, mais s'il y avait des détails, ils étaient cachés dans les mathématiques. Il y a beaucoup de choses encore que je ne commence même pas à comprendre, mais depuis sept jours, les fragments commencent à se rassembler pour former une vague image.

« La Fondation numéro un était un monde de physiciens. Elle représentait une concentration de la science mourante de la Galaxie, dans les conditions propres à en assurer la renaissance. Il n'y avait pas de psychologues. C'était une étrange carence, qui devait avoir un but. L'explication habituelle, c'était que la psychohistoire de Seldon fonctionnait au mieux là où les unités individuelles à l'œuvre — les êtres humains — ignoraient ce qui allait survenir et pouvaient donc réagir naturellement à toutes les situations. Vous me suivez, ma chère ?

— Oui, docteur.

— Alors, écoutez bien. La Fondation numéro deux, elle, était un monde de spécialistes des sciences mentales. C'était le reflet de votre monde. La psychologie, et non plus la physique, dominait. Vous comprenez ? fit-il d'un ton triomphant.

— Pas du tout.

— Mais réfléchissez, Bayta, utilisez votre cerveau. Hari Seldon savait que sa psychohistoire ne pouvait prédire que des probabilités, et non des certitudes. Il y avait toujours une marge d'erreurs, et à mesure que le temps passait, cette marge devait augmenter en progression géométrique. Seldon voulait naturellement s'en protéger autant que possible. Notre Fondation était vigoureuse sur le plan scientifique. Elle pouvait conquérir des armées et des armes. Elle pouvait opposer la force à la force. Mais que pouvait-elle contre l'attaque mentale d'un mutant comme le Mulet ?

— Ce serait alors le travail des psychologues de la Seconde Fondation, fit Bayta, qui sentait l'excitation monter en elle.

— Oui, oui, oui ! Certainement !

— Mais ils n'ont rien fait jusqu'à maintenant.

— Qu'en savez-vous ? »

Bayta réfléchit.

« Je n'en sais rien. Avez-vous des preuves qu'ils existent ?

— Non. Il y a de nombreux facteurs dont je ne sais rien. La Seconde Fondation n'aurait pu être établie à son point final de développement, pas plus que nous. Nous avons grandi lentement et notre force s'est accrue ; il a dû en aller de même pour eux. Qui sait à quel stade de développement ils en sont maintenant ? Sont-ils assez forts pour combattre le Mulet ? Ont-ils conscience du danger ? Ont-ils des chefs capables ?

— Mais s'ils se conforment au Plan de Seldon, alors le Mulet *doit* être battu par la Seconde Fondation.

— Ah ! fit Ebling Mis d'un ton songeur, est-ce bien cela ? La Seconde Fondation était une entreprise plus difficile que la Première. Elle est infiniment plus complexe, et plus sujette par conséquent à des possibilités d'erreurs. Et si la Seconde Fondation ne battait pas le Mulet, alors ce serait grave... extrêmement grave. Ce serait peut-être la fin de la race humaine telle que nous la connaissons.

— Oh ! non.

— Mais si. Si les decendants du Mulet héritent ses facultés mentales... vous comprenez ? L'homo sapiens ne pourrait pas lutter. Il y aurait une nouvelle race dominante, et l'homo sapiens serait relégué au rang d'esclave en tant que membre d'une race inférieure. Vous ne le pensez pas ?

— Si, évidemment.

— Et même si, par quelque hasard, le Mulet ne fondait pas une dynastie, il établirait quand même un nouvel Empire qui ne reposerait que sur son pouvoir personnel. Cet Empire disparaîtrait avec sa mort ; la Galaxie se retrouverait là où elle en était avant sa venue, à cela près qu'il n'y aurait plus de Fondations autour de laquelle un véritable Second Empire, solide et sain, pourrait se reformer. Cela signifierait des milliers d'années de barbarie.

— Que pouvons-nous faire ? Avertir la Seconde Fondation.

— Il le faut, sinon ils peuvent succomber par ignorance, et c'est un risque que nous ne pouvons prendre. Mais il n'y a aucun moyen de les avertir.

— Aucun moyen ?

— Je ne sais pas où ils sont. Ils sont « à l'autre extrémité de la Galaxie », mais c'est tout, et nous avons le choix entre des millions de mondes.

— Mais, Ebling, rien n'est dit là-dedans ? fit-elle en désignant les microfilms qui encombraient la table.

— Mais non. Je n'ai encore rien trouvé. Ce secret doit signifier quelque chose. Il doit y avoir une raison... (Une lueur étonnée passa de nouveau dans son regard.) Mais j'aimerais que vous partiez. J'ai perdu assez de temps et je n'en ai plus beaucoup à ma disposition... je n'en ai plus beaucoup. »

Il se précipita vers sa table, maussade et agacé.

Magnifico approchait de son pas souple.

« Votre mari est rentré, gente dame. »

Ebling Mis ne salua même pas le clown. Il était retourné à son projecteur.

Ce soir-là, Toran, après avoir écouté le récit de Bayta, lui dit :

« Et tu crois vraiment qu'il a raison, Bay ? Tu ne crois pas qu'il... (Il hésita.)

— Il a raison, Torie. Il est malade, je le sais. Ce changement en lui, cet amaigrissement, cette façon de parler... il est malade. Mais dès qu'on lui parle du Mulet, de la Seconde Fondation, ou d'un sujet sur lequel portent ses recherches, écoute-le. Il est lucide et clair comme le ciel de l'espace. Il sait de quoi il parle. J'ai confiance en lui.

— Alors, il y a encore de l'espoir, fit-il sans conviction.

— Je... je ne comprends pas encore très bien. Peut-être !

Peut-être que non ! Désormais, je porte un pistolet. (Tout en parlant, elle brandissait une arme au canon luisant.) A tout hasard, Torie, à tout hasard.

— Comment ça ?

— Peu importe, fit Bayta avec un rire un peu nerveux. Peut-être que je suis un peu folle aussi... comme Ebling Mis. »

Ebling Mis avait alors sept jours à vivre, et les sept jours s'écoulèrent, l'un après l'autre, paisiblement.

Pour Toran, ils passèrent dans une sorte de stupeur. La vie semblait vide de toute action, il avait l'impression d'hiberner.

Mis était une entité mystérieuse dont le travail de taupe restait invisible à l'œil nu. Il s'était barricadé. Ni Toran ni Bayta ne pouvaient le voir. Seul Magnifico assurait la liaison. Magnifico, devenu silencieux et songeur, qui apportait et emportait les plateaux de nourriture et qui restait vigilant dans l'ombre.

Bayta, elle aussi, avait changé. Elle avait perdu de sa vivacité, de son assurance. Elle aussi se repliait sur elle-même et, une fois, Toran l'avait surprise en train de manipuler son pistolet. Elle l'avait aussitôt rengainé, avec un sourire forcé.

« Qu'est-ce que tu fais avec ça, Bay ?

— Je le tiens. C'est un crime ?

— Tu vas te faire sauter stupidement la tête.

— Et après ! Ce ne serait pas une grande perte ! »

La vie conjugale avait appris à Toran la vanité de discuter avec une femme de mauvaise humeur. Il haussa les épaules. Et s'éloigna.

Le dernier jour, Magnifico arriva hors d'haleine. Il les prit par les bras, l'air affolé.

« Le savant docteur vous demande. Il ne va pas bien. »

Mis n'allait pas bien, en effet. Il était au lit, les yeux écarquillés, brillant d'un éclat anormal. Il était sale, méconnaissable.

« Ebling ! s'écria Bayta.

— Laissez-moi parler, articula péniblement le psychologue, en se soulevant tant bien que mal sur un coude. Laissez-moi parler. J'ai fini ; je vous laisse continuer. Je n'ai pas pris de notes ; j'ai détruit mes brouillons. Nul autre ne doit savoir. Tout doit rester dans vos esprits.

— Magnifico, dit Bayta brutalement, monte ! »

A regret, le clown se leva et fit un pas en arrière. Ses yeux tristes étaient fixés sur Mis.

Celui-ci eut un geste las.

« Ça n'a pas d'importance. Qu'il reste. Reste, Magnifico. »

Le clown se rassit aussitôt. Bayta baissa les yeux. Lentement, ses dents s'abaissèrent sur sa lèvre inférieure.

« Je suis convaincu, murmura Mis d'une voix rauque, que la Seconde Fondation peut l'emporter, si elle n'est pas prise au dépourvu par le Mulet. Elle a maintenu le secret sur son existence ; il ne faut pas briser ce secret : il a un but. Il faut que vous alliez là-bas ; les informations que vous possédez sont d'une importance vitale... elles peuvent tout changer. Vous m'entendez ?

— Oui, oui, cria Toran. Dites-nous comment aller là-bas, Ebling. Où est-ce ?

— Je peux vous le dire », murmura la voix.

Il n'en eut jamais l'occasion.

Bayta, pâle comme une morte, braqua son pistolet et tira, le fracas de la détonation se répercutant sous les voûtes de la bibliothèque. Tout le buste et la tête de Mis avaient disparu et, derrière lui, il y avait un trou béant dans le mur. Les doigts gourds de Bayta laissèrent tomber le pistolet sur le sol.

VIII

Il n'y avait rien à dire. Le fracas de la détonation se répercuta de salle en salle, mais, avant de s'éteindre, il avait masqué le cliquetis métallique du pistolet de Bayta tombant par terre, étouffé le cri perçant de Magnifico et noyé le rugissement de Toran.

Il y eut un lourd silence.

Bayta penchait la tête dans l'obscurité. Pour la première fois, des larmes coulaient sur son visage. Toran avait les muscles tendus au point d'avoir l'impression que jamais plus il ne desserrerait les dents. Le visage de Magnifico était un masque impassile.

Enfin, Toran réussit à articuler d'une voix méconnaissable :

« Alors, tu es une créature du Mulet. Il a fini par t'avoir ! »

Bayta le regarda, la bouche crispée par un rictus :

« Moi, une créature du Mulet ? Ça alors... (Elle sourit, péniblement, et rejeta ses cheveux en arrière. Lentement, sa voix redevint normale, ou presque.) C'est fini, Toran, je peux parler maintenant. Combien de temps survivrai-je, je ne sais pas. Mais je peux commencer à parler... »

Les nerfs de Toran maintenant s'étaient détendus.

« Parler de quoi, Bay ? fit-il d'un ton las. Qu'y a-t-il à dire ?

— Je veux parler de la calamité qui nous a poursuivis. Nous l'avons déjà remarquée, Torie. Tu ne te souviens pas ? Comment la défaite a toujours été sur nos talons sans jamais réussir à nous rattraper ? Nous étions sur la Fondation et elle s'est effondrée tandis que les mondes indépendants luttaient encore, mais nous, nous sommes partis à temps pour gagner Port. Nous étions sur Port et la planète s'est effondrée tandis que les autres se battaient encore, et une fois de plus nous sommes partis à temps. Nous nous sommes rendus sur Néotrantor, et il est hors de doute que la planète a rallié maintenant le camp du Mulet. »

Toran secoua la tête.

« Je ne comprends pas.

— Torie, ces choses-là n'arrivent pas dans la vie réelle. Toi et moi, nous sommes des gens sans importance ; on ne tombe pas d'un tourbillon de politique dans un autre, sans arrêt pendant un an... à moins de porter en soi ce tourbillon. *A moins de porter en soi la source d'infection !* Tu comprends maintenant ? »

Toran se mordit les lèvres. Son regard se fixa sur les restes sanglants de ce qui avait été un être humain, et une expression de dégoût passa dans ses yeux.

« Sortons d'ici, Bay. Allons à l'air libre. »

Dehors, le temps était nuageux. Le vent soufflait par courtes rafales, décoiffant Bayta. Magnifico les avait suivis et il écoutait leur conversation.

« Tu as tué Ebling Mis parce que tu croyais que c'était lui le foyer d'infection ? fit Toran. (Quelque chose dans le regard de Bayta le frappa.) C'était lui le Mulet ? murmura-t-il, sans vraiment croire à la signification de ces paroles.

— Ce pauvre Ebling, le Mulet ? fit Bayta en riant. Galaxie, non ! Je n'aurais pas pu le tuer si c'était lui le Mulet. Il aurait décelé l'émotion annonçant mon geste et l'aurait changée en amour, en dévotion, en adoration, en terreur, à son gré. Non, j'ai tué Ebling parce qu'il n'était pas le Mulet. Je l'ai tué parce qu'il savait où se trouvait la Seconde Fondation et que, deux secondes plus tard, il aurait révélé au Mulet le secret.

— Il aurait révélé au Mulet le secret, répéta Toran stupidement. Il aurait révélé au Mulet... »

Et, là-dessus, il poussa un cri et se tourna pour contempler d'un air horrifié le clown.

« Pas Magnifico ? murmura-t-il.

— Écoute ! fit Bayta. Te souviens-tu de ce qui s'est passé sur Néotrantor ! Oh ! réfléchis un peu, Torie... »

Mais il secouait la tête en marmonnant tout seul.

« Sur Néotrantor, reprit-elle d'un ton las, un homme est mort. Un homme est mort sans que personne le touche. N'est-ce pas étrange ? N'est-ce pas bizarre qu'une créature quand il a eu fini, le prince de la couronne était mort. N'est-ce pas étrange ? N'est-ce pas bizarre qu'une créature qui a peur de tout, qui semble pétrifiée de terreur, ait la possibilité de tuer à volonté ?

— La musique et les effets lumineux, dit Toran, ont un violent impact émotionnel...

— Oui, *émotionnel.* Il se trouve que les actions émotionnelles sont la spécialité du Mulet. On peut, j'imagine, considérer cela comme une coïncidence. Et une créature qui peut tuer par suggestion est aussi craintive. Certes, le Mulet est censé avoir agi sur son esprit, ce qui peut fournir une explication. Mais, Toran, j'ai perçu un peu de cette composition au Visi-Sonor qui a tué le prince de la couronne. Rien qu'un peu... mais cela a suffi à m'inspirer le même sentiment de désespoir que j'avais connu dans la crypte de Seldon et sur Port. Toran, je ne peux me tromper sur ce sentiment-là.

— Je.. je l'ai senti aussi, fit Toran. J'avais oublié. Je n'aurais jamais cru...

— C'est alors que l'idée m'est venue pour la première fois. Ce n'était qu'une vague impression... une intuition, si tu veux. Je n'avais rien sur quoi m'appuyer. Et puis Pritcher nous a parlé du Mulet et de sa mutation, et j'ai tout de suite compris. C'était le Mulet qui avait fait naître ce désespoir dans la crypte de Seldon ; c'était Magnifico qui avait fait naître ce désespoir sur Néotrantor. C'était la même émotion. Le Mulet et Magnifico étaient donc la même personne. Est-ce que ça ne concorde pas admirablement, Torie ? Est-ce qu'on ne dirait pas un axiome : deux choses égales à une même chose sont égales entre elles ? »

Elle était au bord de la crise de nerfs, mais elle parvint à se calmer.

Elle reprit :

« Cette découverte m'a terrifiée. Si Magnifico était le Mulet, il pouvait connaître mes émotions... et les modifier pour servir ses desseins. Je n'osais pas le laisser s'en douter. Je l'évitais. Heureusement, il m'évitait aussi ; il s'intéressait trop à Ebling Mis. J'avais fait le projet de tuer Mis avant qu'il puisse parler. J'avais fait ce projet en secret — aussi secrètement que je pouvais — si secrètement que je n'osais même pas me le dire à moi-même. Si j'avais pu tuer le Mulet lui-même... mais je ne pouvais pas prendre le risque. Il s'en serait aperçu d'avance et j'aurais tout perdu. »

Elle semblait vidée de toute émotion.

« C'est impossible, dit Toran d'une voix rauque. Regarde-moi cette misérable créature. Lui, le Mulet ? Il n'entend même pas ce que nous disons. »

Mais, quand son regard suivit son doigt braqué vers le clown, il vit que Magnifico était debout, aux aguets, l'œil vif. Il parla sans aucun accent.

« Je l'entends, mon ami. C'est simplement que je suis assis là, à méditer sur le fait qu'avec toute mon astuce et mon habileté, j'ai pu commettre une telle erreur. »

Toran recula d'un pas, comme s'il craignait que le clown vînt le toucher ou que son haleine pût le contaminer.

Magnifico hocha la tête et répondit à la question que Toran n'osait formuler :

« Je suis le Mulet. »

Il n'avait plus l'air grotesque ; ses membres dégingandés, son nez crochu n'amusaient plus. Il ne semblait plus avoir peur ; il paraissait plein d'assurance. Il était maître de la situation, et il en avait l'habitude.

« Asseyez-vous, dit-il d'un ton conciliant. Allez, autant vous détendre et vous mettre à l'aise. Le jeu est fini, et j'aimerais vous raconter une histoire. C'est une de mes faiblesses : je tiens à ce que les gens me comprennent. »

Et ses yeux, tandis qu'il regardait Bayta, avaient encore la douce expression triste des yeux de Magnifico, le clown.

« Il n'y a vraiment rien dans mon enfance, commença-t-il, dont j'aime à me souvenir. Vous le comprendrez sans doute. Ma maigreur est d'origine glandulaire ; quant à mon nez, je suis né avec. Je ne pouvais pas avoir une enfance normale. Ma mère est morte avant de m'avoir vu. Je ne connais pas mon père. J'ai grandi au hasard, blessé et torturé dans mon esprit, plein de haine pour les autres. On me connaissait alors comme un enfant bizarre. Des incidents étranges se produisirent... bah, qu'importe ! Il s'est passé suffisamment de choses pour permettre au capitaine Pritcher, lorsqu'il a enquêté sur mon enfance, de se rendre compte que j'étais un mutant, alors que moi, je ne m'en suis aperçu qu'à vingt ans passés. »

Toran et Bayta écoutaient, assis par terre. Le clown — ou le Mulet — marchait devant eux à petits pas, les bras croisés.

« La révélation de mon étrange pouvoir semble m'être venue lentement, peu à peu. Même vers la fin, je ne pouvais pas y croire. Pour moi, les esprits des hommes sont des cadrans, avec des aiguilles qui indiquent l'émotion dominante. C'est une image bien sommaire, mais comment puis-je expliquer autrement ? Peu à peu, j'ai appris que je pouvais pénétrer dans ces esprits et tourner l'aiguille sur le point que je désirais en la fixant là à jamais. Et ensuite, il m'a fallu plus longtemps encore pour comprendre que les autres n'en étaient pas capables.

« Mais j'ai pris finalement conscience de mon pouvoir et, en même temps, m'est venu le désir de compenser la triste situation dans laquelle j'avais vécu jusqu'alors. Vous pouvez sans doute comprendre cela. Vous pouvez essayer. Ce n'est pas facile d'être un monstre, d'avoir un esprit, de comprendre, et d'être un monstre. D'être différent ! De ne pas être comme les autres ! Vous n'avez jamais connu cela ! »

Magnifico leva les yeux vers le ciel, se balança sur ses talons et reprit :

« Mais j'ai fini par apprendre et j'ai décidé que la Galaxie et moi nous pourrions nous affronter. Allons, j'avais été patient pendant vingt-deux ans. C'était à moi de jouer maintenant. (Il s'interrompit pour jeter un bref coup d'œil à Bayta.) Mais j'avais une faiblesse. Je n'étais rien par moi-même. Si je pouvais acquérir le pouvoir, ce ne serait que par l'intermédiaire des autres. Je n'ai jamais réussi que par des intermédiaires. Toujours ! Pritcher avait raison. Grâce à un pirate, j'obtins ma première base d'opérations sur un astéroïde. Grâce à un industriel, je pris pied sur une planète. Grâce à toute une série d'autres personnages, en terminant par le Seigneur de Kalgan, je m'emparai de Kalgan et je me procurai une flotte. Après cela, ce fut la Fondation... et c'est alors que vous intervenez dans l'histoire...

« La Fondation, dit-il doucement, a été le plus gros morceau. Pour la vaincre, il me fallait conquérir, briser ou mettre hors d'état de nuire une proportion extraordinaire de sa classe dominante. J'aurais pu y parvenir, mais il y avait une méthode plus rapide que je finis par trouver. Après tout, si un homme fort peut soulever deux cent cinquante kilos, ça ne veut pas dire qu'il tienne à le faire souvent. Le contrôle émotionnel que j'exerce n'est pas facile. Je préfère ne pas l'utiliser quand ce n'est pas indispensable. J'acceptai donc des alliés dans ma première attaque contre la Fondation.

« En me faisant passer pour mon propre bouffon, je cherchais l'agent ou les agents de la Fondation qu'on avait certainement envoyés sur Kalgan pour enquêter sur mon humble personne. Je sais maintenant que c'était Han Pritcher l'homme que je cherchais. Par un heureux hasard, c'est sur vous que je suis tombé. Je suis télépathe, mais pas complètement, et, gente dame, vous étiez de la Fondation. Cela m'a induit en erreur. Il n'était pas fatal que Pritcher nous rejoignit par la suite, mais c'était le point de départ d'une erreur qui, elle, s'est révélée fatale. »

Toran, pour la première fois, s'agita.

« Allons ! fit-il d'un ton furieux. Vous voulez dire que, lorsque j'ai affronté ce lieutenant sur Kalgan avec un simple pistolet étourdisseur et que je vous ai sauvé, vous exerciez déjà un contrôle sur mes émotions ? (Il en bégayait.) Vous voulez dire que, depuis le début, vous m'avez manœuvré ? »

Un pâle sourire se dessina sur les lèvres de Magnifico.

« Pourquoi pas ? Ça ne vous paraît pas vraisemblable ? Posez-vous donc la question suivante : auriez-vous risqué la mort pour un bouffon que vous n'aviez jamais vu, si vous aviez eu tout votre bon sens ? J'imagine qu'après coup, vos réactions vous ont surpris.

— Oui, fit Bayta d'un ton distant, c'est vrai.

— En fait, reprit le Mulet, Toran ne courait aucun danger. Le lieutenant avait des consignes strictes de nous laisser partir. C'est ainsi que nous sommes allés tous les trois, ainsi que Pritcher, sur la Fondation... et vous voyez comment ma campagne aussitôt a pris forme. Quand Pritcher a été traduit devant un conseil de guerre, je n'ai pas perdu mon temps. Les jeunes militaires ont par la suite commandé leurs escadres au combat. Ils ont capitulé assez facilement et ma flotte a remporté la bataille d'Horleggor et divers autres engagements de moindre importance.

« Par l'intermédiaire de Pritcher, j'ai fait la connaissance du docteur Mis, qui m'a apporté de son plein gré un Visi-Sonor, me facilitant ainsi considérablement la tâche. Seulement, ce n'était pas *tout à fait* de son plein gré.

— Ces concerts ! intervint Bayta. J'ai essayé de leur trouver une justification. Maintenant, je comprends.

— Mais oui, dit Magnifico, le Visi-Sonor agit comme concentrateur. En fait, c'est un moyen primitif de contrôler les émotions. Avec cet appareil, je peux manipuler des gens par groupes, et accentuer mon action sur tel ou tel individu. Les concerts que j'ai donnés sur Terminus avant sa chute et sur Port ont contribué à l'atmosphère générale de défaitisme. J'aurais pu rendre le prince de la couronne de Néotrantor très malade sans l'aide du Visi-Sonor, mais je n'aurais pas pu le tuer. Vous comprenez ?

« Mais c'était Ebling Mis ma découverte la plus importante. Il aurait pu être... (Magnifico réprima la tristessse qui perçait dans sa voix.) Il existe un aspect du contrôle émotionnel que vous ne connaissez pas. L'intuition, le flair, le sens prophétique — selon le nom que vous choisissez de lui donner — peut être traité comme une émotion. En tout cas, c'est ce que je fais. Vous me suivez ? (Il poursuivit sans attendre.) L'esprit humain fonctionne avec un faible rendement. J'ai vite découvert que je pouvais provoquer un usage continu du cerveau à haut rendement. C'est un procédé meurtrier pour l'individu sélectionné, mais utile... Le dépresseur de champ atomique que j'ai utilisé dans la guerre contre la Fondation a été obtenu grâce à la mise *en haute pression* d'un technicien kalganais. Comme toujours, j'opère par personne interposée.

« Ebling Mis était une proie de choix. Ses possibilités étaient élevées et j'avais besoin de lui. Même avant l'ouverture des hostilités avec la Fondation, j'avais déjà envoyé des délégués pour négocier avec l'Empire. C'est alors que j'ai commencé mes recherches sur la Seconde Fondation. Naturellement, je ne l'ai pas trouvée. Je savais que je devais absolument la découvrir... et Ebling Mis était l'homme qu'il me fallait. Avec son esprit fonctionnant à plein rendement, il aurait sans doute pu réitérer les travaux de Hari Seldon.

« Il y a réussi en partie. Je l'ai vraiment poussé au bout de ses forces. C'était cruel, mais nécessaire. Il était mourant vers la fin, mais il vivait encore... (Le chagrin de nouveau lui brisa la voix.) Il aurait vécu assez longtemps. Tous les trois, nous aurions gagné la Seconde Fondation. Ç'aurait été la dernière bataille, si je n'avais pas commis cette erreur.

— Pourquoi tant de phrases ? fit sèchement Toran. Quelle a été votre erreur ? Finissons-en.

— Mais votre femme, voyons. Votre femme s'est révélée une créature exceptionnelle. Je n'avais jamais encore rencontré sa pareille. Je... je... (La voix de Magnifico se brisa brusquement ; il se maîtrisa péniblement.) Elle m'aimait bien, sans que j'aie à contrôler ses émotions. Je ne lui inspirais ni répulsion ni amusement. Elle avait pitié de moi. Elle m'aimait bien !

« Vous ne comprenez pas ? Vous ne voyez donc pas ce que cela signifiait pour moi ? Jamais personne... Enfin, c'était une situation qui me plaisait. Mes propres émotions m'ont trompé, bien que je sois maître de celles d'autrui. Je n'ai pas forcé son esprit, vous comprenez ; je n'ai pas cherché à le manipuler. Ce sentiment *naturel* m'était trop cher. Cela a été mon erreur... la première.

« Vous, Toran, je vous contrôlais. Vous ne vous êtes jamais méfié de moi ; vous n'avez jamais rien vu en moi de bizarre. Tenez, quand l'astronef « filien » nous a arraisonnés... Ils connaissaient notre position, je vous le dis en passant, parce que j'étais en contact avec eux, comme je suis resté en contact, à tout moment, avec mes généraux. Lorsqu'ils nous ont arrêtés, on m'a emmené à bord pour m'occuper de Han Pritcher, qui se trouvait là prisonnier. Lorsque je suis reparti, il était colonel, homme du Mulet, et il commandait. Tout cela était trop évident, même pour vous, Toran. Pourtant, vous avez accepté mon explication. Vous voyez ce que je veux dire ? »

Toran fit la grimace.

« Comment avez-vous conservé le contact avec vos généraux ? fit-il.

— Cela ne posait aucun problème. Les émetteurs à ultra-ondes sont faciles à manier et portables. D'ailleurs, on ne pouvait pas vraiment me découvrir ! Quiconque me surprenait en flagrant délit repartait avec un trou béant dans la mémoire. C'est arrivé.

« Sur Néotrantor, mes stupides émotions m'ont de nouveau trahi. Bayta n'était pas sous mon contrôle, mais elle ne m'aurait tout de même pas soupçonné, si je n'avais perdu la tête à propos du prince de la couronne. Les intentions qu'il manifestait à l'égard de Bayta m'ont... agacé. Je l'ai tué. C'était un geste stupide. Un étourdissement aurait aussi bien fait l'affaire.

« Et pourtant, vos soupçons ne se seraient jamais transformés en certitudes si j'avais interrompu le bavardage plein de bonnes intentions de Pritcher, ou si j'avais fait moins attention à Mis et davantage à vous... (Il haussa les épaules.)

— Alors, demanda Bayta, c'est la fin ?

— C'est la fin.

— Et maintenant ?

— Je vais poursuivre mon programme. Mais trouver, en ces temps de décadence, quelqu'un d'aussi doué et d'aussi bien équipé intellectuellement que Ebling Mis me paraît douteux. Il me faudra alors chercher par d'autres moyens la Seconde Fondation. Dans une certaine mesure, vous m'avez battu. »

Bayta s'était levée, triomphante.

« Dans une certaine mesure ? Comment ça ? Nous vous avons battu complètement. Toutes vos victoires en dehors de la Fondation ne comptent pas, puisque la Galaxie est désormais un vide voué à la barbarie. La conquête de la Fondation ne représente même qu'une victoire mineure, puisqu'elle n'était pas conçue pour parer à la crise que vous incarnez. C'est la Seconde Fondation que vous devez vaincre — *la Seconde Fondation, parfaitement* — et c'est elle qui va vous vaincre. Votre seule chance était de la repérer et de frapper avant qu'elle soit prête. Vous n'y arriverez plus maintenant. Désormais, à chaque minute qui passe, ils sont de plus en plus prêts à vous affronter. En ce moment même, le mécanisme s'est peut-être mis en branle. Vous le saurez quand il vous frappera, et votre bref règne sera terminé, vous ne serez qu'un conquérant éphémère de plus à avoir passé sur le visage ensanglanté de l'Histoire. »

Elle haletait maintenant dans son ardeur.

« Et nous vous avons vaincu, Toran et moi. J'en suis sûre. »

Mais les yeux tristes du Mulet étaient de nouveau les yeux tristes de Magnifico.

« Je ne vais pas vous tuer, ni votre mari. Vous ne pouvez pas, après tout, me nuire davantage, et vous détruire ne ressusciterait pas Ebling Mis. Je suis seul responsable de mes erreurs. Votre mari et vous pouvez partir ! Allez en paix, au nom de ce que j'appelle... l'amitié. » Puis avec un sursaut d'orgueil : « Et, en attendant, je suis toujours le Mulet, l'homme le plus puissant de la Galaxie. Je battrai quand même la Seconde Fondation. »

Bayta lança alors sa dernière flèche, avec une tranquille certitude.

« Que non ! J'ai foi dans la sagesse de Seldon. Vous serez le premier et le dernier souverain de votre dynastie.

— De ma dynastie ? répéta Magnifico d'un ton songeur. Oui, j'y avais souvent pensé. Que j'aurais pu fonder une dynastie. Que j'aurais pu trouver une compagne. »

Bayta comprit soudain la signification de son regard et demeura pétrifiée.

Magnifico secoua la tête.

« Je sens votre répulsion, mais c'est stupide. Si les choses avaient tourné autrement, j'aurais pu sans aucun mal vous rendre heureuse. Ç'aurait été une extase artificielle, mais vous ne vous seriez pas aperçue de la différence. Seulement, voilà, elles n'ont pas tourné ainsi... Je me suis donné le nom de Mulet... mais pas à cause de ma force... c'est évident... »

Sur quoi, il tourna les talons et s'éloigna sans un regard.

TABLE

PREMIÈRE PARTIE 7
DEUXIÈME PARTIE 105
TROISIÈME PARTIE 195

ACHEVÉ D'IMPRIMER
LE 28 FÉVRIER 1985
SUR LES PRESSES DE
L'IMPRIMERIE HÉRISSEY
À ÉVREUX (EURE)
POUR FRANCE LOISIRS
123, BD DE GRENELLE – PARIS

Imprimé en France
N° d'édition : 10085
N° d'impression : 36386
Dépôt légal : janvier 1985